歩く亡者

怪民研に於ける記録と推理

三津田信三

角川書店

歩く亡者

怪民研に於ける記録と推理

目次

装幀　西村弘美
装画　影山徹

第一話　歩く亡者

一

あの忌まわしい出来事を瞳星愛《とうしょうあい》が体験したのは、十歳の夏の夕刻だった。

関西《かんさい》で生まれ育った彼女は当時、瀬戸内《せとうち》の兜離《とり》の浦《うら》の波鳥《なみとり》町にある母方の祖母の家に、夏休みになると滞在していた。

問題の日の午後遅く、一緒に遊んでいた磯貝睦子《いそがいむつこ》と別れた彼女は、その足で地元の郷土史家である寒田《そうだ》を訪ねた。持参した本を読んでしまったので、祖母の知り合いで蔵書家の彼に、彼女でも読める本を貸してもらうためである。肝心の用件はすぐに済んだが、話し好きの寒田に引き留められてしまい、はっと気づくと十八時半を過ぎている。日の長い夏場とはいえ、さすがに辺りが薄暗くなりはじめていて、愛はかなり焦った。

早《はよ》う帰らんと、お祖母《ばあ》ちゃんが心配する。

寒田の家は海沿いにあった。よって近道をするのなら、昔は「亡者道《ぼうもんみち》」と呼ばれとった……と祖母から聞いている、海に面する道を通らなければならない。町中の入り組んだ路地は迷い易くて、物心ついた頃から毎年ここに来ている愛でも未《いま》だに慣れない。そこで時間を食うことを考えると、一本道である亡者道を選ぶ方が間違いなく早く帰れる。

この道を歩いたんがバレたら、お祖母ちゃんに怒られるかな。

それに変なもんが、もしも視《み》えたらどないしよう……。

愛は迷いに迷ったが、いつも彼女を気にかけて可愛がってくれる祖母に、帰りが遅いことで心配をかけるのが何よりも心苦しかった。

さっさと通り過ぎて、すぐに町中へ入ったら――。

きっと大丈夫だろうと愛は考えた。何かと迷信が息づく兜離の浦のような地で一夏を何回か過ごしているが、これまで特にその手のものを彼女は目にしていない。

愛は意を決すると亡者道へと出た。

その途端、夕間暮れとはいえ夏の最中なのに、ざわっと鳥肌が立つような肌寒い風に吹かれて、彼女は自然に身震いをした。

きらきらと赤銅色に輝く目の前の海原から、右手を見やると波鳥町の西端に当たる崖の上に、この町一番の網元である鯨谷《くじらだに》家の西洋館が建っている。左手に目を向けると町の東端になる崖の上に、ここからでは辛うじて分かる程度に恵比寿様の祠《ほこら》が小さく見える。

この町の西端から東端に至る海沿いの道が、すべて亡者道ではないらしい。昔は大凡《おおよそ》の範囲があったようだが、今では完全に分からなくなっているという。あの祖母でさえも知らないのだから、そうなると誰に聞いても無駄だろう。

愛は亡者道に出ると、ちらっと鯨谷家を見上げてから、あとは脇目も振らず足早に東へ歩き出した。町中を迷路のように通る細い路地に比べて、ほぼ直線の道である。町の路地と同じく幅はあまりないが、歩き易さは桁違《けたちが》いだった。

それなのに胸が少し苦しく、どきどきと妙に騒ぐのはなぜか。家屋が密集している町中でも感じない圧迫感を、この道を進むに従い覚えるのはどうしてか。

……やっぱり、あかんかも。

愛が歩き出したばかりの亡者道を、すぐにでも町側へ逸《そ》れようとしたときである。前方の坂道を下ってくる黒い人影に、ふと遅蒔《おそま》きながらも気づいた。

あれ……って、鯨谷家の昭治《しょうじ》さん？

睦子によると今年の春頃から、鯨谷家には当主の甥《おい》が滞在しているという。このような漁師町には似合わない、かなり小柄で色白なうえ病弱な優男ながら、その容姿が役者のようだというので、若い女性たちには人気らしい。

ここ最近の習慣として昭治は毎夕、鯨谷家から恵比寿様の祠近くまで散歩をすると聞いている。黒く見えるのは彼が纏《まと》う特別製の薄手の外套《がいとう》だろう。夏でも夕刻の風は肌寒いことがあるため、病身の彼を気遣う鯨谷家の者が着せていると耳にした。

過保護やなぁ。

噂の姿を目にして、凡《およ》そ十歳の子供らしからぬ批判的な感想が、愛の脳裏に浮かんだ。でも束の間だった。反対方向に進むとはいえ、亡者道を歩く者が別にいる事実ほど、今の彼女に心強いことはない。

昭治さん様々や。

過保護だと莫迦《ばか》にしたことも忘れ、坂を下り切ろうとしている人影に、愛は改めて感謝の眼差《まなざ》しを向けかけて、……うん？

何とも言えぬ感覚に囚《とら》われた。それが何なのか咄嗟《とっさ》に分からなかったので、彼女は思わず首を傾げた。

……変やないかなぁ。

不意に脳裏で響いたのは、そんな言葉である。

何が？

だが目を凝らしても、さっぱり分からない。ふらふらと酔ったように身体が揺れているわけでも、がっくりと両肩を落として両足を引き摺《ず》っているわけでも、異様なほどの速度で進んでいるわけでも、決してない。あくまでも普通に歩いている。そういう風にしか映らない。けれど何処か可怪《おか》しいような気がしてならない。

では一体、何が？

その肝心な点が不明であるため、堪《たま》らなく気持ちが悪い。

……とにかく変や。

そうこうしているうちに人影は、坂道から平らな直線の亡者道へと歩を進め、ゆっくりした足取りながらも、着実に彼女へと向かって来ている。

あれは……。

今や愛も早足を止めて、それに近づくのを少しでも遅らせたいと願うかのように、普通に歩いている。

あれは……。

にも拘《かかわ》らず人影から目が離せない。むしろ繁々《しげしげ》と眺めている。その間にも、どんどん不安ばかりが募る。可怪しい、何か変だ、気味が悪い……という思いが、みるみる強まっていく。

あれは……。

そのうち彼女は、俄《にわか》には自分でも信じられない感覚を覚えはじめた。

こっちにやって来るんは……、

……死んどるけど生きとる。

……生きとるけど死んどる。

そんな矛盾する存在のように、あれが感じられ出した。これまで覚えたことのない歪《いびつ》さが、こちらへ向かって来る人影から漂っている気がした。

あれは一体……。

何なのか。鯨谷昭治ではないのか。人間とは違うのか。だとしたら亡者か。ここは亡者道である。そこを妙なものが歩いているのなら、もう亡者に決まっているのではないだろうか。

お祖母ちゃん、助けて、怖い、助けて、お願いやから……。

愛は必死に祈った。祖母なら孫の危機を察知して、本当にこの場へ駆けつけてくれそうに思えた。しかし、いくら足取りを遅くして、のろのろ歩きで時間を稼いでも、祖母は現れない。助けに来る気配など一向にない。それとは逆に得体の知れぬ人影との距離が刻一刻と縮まっていく。相手の歩みは依然としてゆっくりながらも、一定の速度を保っているように映る。その妙な正確さが、また何とも言えぬほど薄気味悪い。

町中に逃げ込むことも考えたが、あれに背中を向けるのも怖くて堪らない。そもそも亡者に行き遭ったときは、亡者道から外れずに、そのまま素知らぬ振りで擦れ違わなければならない……と、祖母は言っていた。下手に逃げると追いかけられ、あっという間に取り憑《つ》かれるという。

お祖母ちゃん、怖いよぉ。

愛は泣き出しそうになるのを必死に我慢しながら、向こうの容姿がはっきりと認められる地点の手前で、そっと相手から視線を逸らした。とはいえ完全に外すのも怖いので、海側を歩く相手と擦れ違えるように町側へ身を寄せつつ、眼差しは真っ直ぐ前方へ向けた。これだと視界には入っているが、相手の表情までは分からない。

あれの顔も正面を向いたままなのが、せめてもの救いである。

うちに気づいてない?

だったら嬉《うれ》しいと思う反面、互いの距離を考えると変だろう。こちらには相手を無視する理由が立派にあるが、あれが亡者なら愛に憑こうと、こちらを凝視していても可怪しくない。

何を考えてんの。

これほど望ましい状況は、またとない。このまま互いに相手を見ずに、何事もないまま擦れ違うのが一番ではないか。

あれの表情が完全に認められる距離まで、あと少しになった。

ちょっとだけ……。

見てみたいという好奇心が湧き起こる。とんでもないと思いながらも、なぜ変に感じるのか、その謎を解くために必要な気がした。

ほんの一瞬だけ……。

目をやるのなら大丈夫ではないか。それも擦れ違う刹那《せつな》、ちらっと見やる。あとは一目散に逃げれば良い。

けど……。

祖母には日頃から「もし視てもうたらな、知らん振りしたらええ」と教えられている。その一方で「怪異の正体さえ突き止められたら、どう対処すべきなんか、そいが分かるようになるもんや」と相談者に対して、祖母が話しているのを聞いたことも何度かある。

あれの顔を見たら……。

この違和感が何処から来るのか、その原因の察しがつきそうに思えた。もちろん根拠は何もない。ただの勘のようなものである。

どないしよう……。

あと十数歩で擦れ違ってしまう。どんどん近づくにつれて、それから覚える異様さが増しはじめる。黒い外套と共に、かなり悍《おぞ》ましい気配まで纏っていることが、はっきりと伝わってくる。

……怖い、恐い、こわい。

こんなに恐ろしいのに、それの顔に目をやるのか。頭が可怪しいのではないか。愛は自分自身が信じられなくなった。

あと数歩で擦れ違う。

……逃げたい、離れたい、走りたい。

もう、あかん……。

それと擦れ違いそうになる少し手前で、愛は咄嗟に横目を使った。その顔を目にした直後には、もう相手は彼女の後ろを歩いている。正にそんな間を選んだ。

それは……。

かっと両の眼《まなこ》を一杯に見開き、ひたすら前方を凝視していた。

愛どころか周りの何物にも目をくれず、ただ前を向いていた。

にも拘らず実は何も見ていない。というよりも、それの瞳にだけ映る何かを凝視している恐ろしさが、その死んだような眼には認められた。

一体それは何を見ていたのか……。

自分は気づかれていないと知り、本当なら愛は安堵《あんど》するはずだった。しかし実際は逆だった。さらに無気味さを覚えた。余計に恐くなった。

とにかく彼女は後悔した。それの顔を真面《まとも》に見やって激しく動揺した。死に物狂いで目を向けたのに、結局は何も分からない。むしろ謎が深まってしまい、恐怖が増したに過ぎない。

……うううっっっ。

そのとき背後で、唸《うな》り声のようなものが聞こえた。

えっ……。

思わず愛の脳裏に浮かんだのは、あれが振り返って、かっと見開いた両目を彼女に向けている姿である。

彼女は走った。亡者道を駆けた。途中から逸れて町の中に入っても、細い路地を祖母の家まで走り続けた。

——という体験を翌日になって、まさか警察に話すことになろうとは。そして八年も経ったあとで、さらに初対面の人に語る羽目になろうとは。もちろん愛は予想だにしていなかった。

二

その日の大学の一般教養課程の講義をすべて受講したあと、文学部国文学科の一回生である瞳星愛は図書館棟の地階にはじめて足を踏み入れた。

朝から鬱々《うつうつ》とした梅雨曇りで、昼になっても黒々とした曇天のままだった空から、しとしと……と小雨が降り出している。霧のように細かい小糠《こぬか》雨で、今が梅雨時でなければ大地に適度な湿り気を齎《もたら》してくれる恵みとして、彼女も歓迎したかもしれない。

露にしとしとに濡《ぬ》れて、いろいろの草が花を開いてる。

伊藤左千夫《いとうさちお》『野菊の墓』の文章が、ふと愛の脳裏を過《よぎ》った。しかし残念ながら現在の彼女の心情に、その一節は完全にそぐわなかった。

……あそこ、出るらしいよ。

そんな噂が学生たちの間で流れている図書館棟の地下へと、彼女が向かっていたからだ。ただでさえ梅雨時の暗鬱な雰囲気が構内に満ちているのに、ぼそぼそと陰気な小雨が降り出した夕間暮れに、かなり曰《いわ》くのありそうな場所に向かっている。彼女の心が晴れないのも無理はない。

愛は大の読書好きのため、図書館なら頻繁に利用している。勉強も家でやるより遥《はる》かに集中できた。大学生活がはじまって三ヵ月ほどだが、図書館は彼女にとって特別な場所になっている。

だが、その建物の地階には一度も足を踏み入れたことがない。もちろん用事がなかった所為《せい》だが、それでも少しは興味を持っていた。

なぜならあの刀城言耶《とうじょうげんや》の研究室があると聞いていたからだ。

刀城言耶は「東城雅哉《とうじょうまさや》」の筆名で変格探偵小説と怪奇幻想小説を書く作家で、かつ全国で民俗採訪を行なう怪異譚《かいいたん》蒐集家《しゅうしゅうか》であり、また本人は望んでいないものの素人探偵の顔も持つ興味深い人物である。

日本の敗戦から約十年の間に、言耶が様々な地方で遭遇した奇っ怪な事件は三十件に垂《なんな》んとしており、その多くを彼は一応「解決」していた。はっきりと断定できないのは、事件が終わったあとでも依然として怪異は残っている……そんな事例が多々あったからだ。それでも言耶は「名探偵」と、いつしか呼ばれるようになる。ちょうど彼の父親である刀城牙升《がじょう》が、冬城牙城《とうじょうがじょう》として活躍した戦前から戦中にかけて「昭和の名探偵」と謳《うた》われたように。恰《あたか》も父の後を彼が継ぎでもしたかのように。

だが実際は違った。言耶が事件に遭遇するのも、それを解決しようとするのも、あくまでも偶々《たまたま》に過ぎない。ほとんど何らかの事情があって、止む無く関わる場合が多かった。しかも彼と父親の間には、当事者にしか分からない厄介な確執が存在した。よって言耶自身は「名探偵」と呼ばれることが、とにかく嫌で堪らなかった。

しかし幸いにも、刀城言耶は本業である作家活動に於《お》いて、充分な実績と人気を誇っていた。そればかりでなく『民俗学に於ける怪異的事象』（英明館《えいめいかん》）のような専門書も上梓《じょうし》しており、市井の民俗学者としても活躍している。

そんな彼に目をつけたのが、京都の仏教系の私立大学である「無明《むみょう》大学」の学長の堤下玄学《つつみしたげんがく》だった。元々「東城雅哉」の愛読者であった彼は、その民俗学的な業績を大いに評価して、同学の教授として迎え入れたいと考えた。だが、如何《いか》に理事会で絶対的な権力を持つと言われる玄学でも、この試みはあまりにも無謀だった。そこで助教授に格下げしたらしいのだが、やはり理事会を通すことは無理だった。

言耶は素人学者に過ぎないうえ、肝心の実績もまだまだ乏しい。それでも著作が文学的に評価された、文豪と見做《みな》されているような老齢作家であれば、ひょっとすると可能だったかもしれない。しかしながら彼は三十代前半の大衆作家である。夏期講習などの特別講師として呼ぶ算段で、ようやく認められただけでも、学長は良しとすべきだったろう。

にも拘らず堤下玄学は、刀城言耶に研究室を与えようとした。年に一度か二度、特別講義を行なうだけの講師に対して、これは破格の待遇である。もっとも教授たちの再三の猛反発に遭い、その目論見《もくろみ》も敢《あ》え無く潰《つい》えてしまう。だが玄学が諦めずに画策した結果、ほぼ物置と化していた図書館棟の地階の部屋の一つが、言耶のために用意された。

ただし、ここから玄学が予想だにしなかった誤算が起きた。以上の申し出を嬉々《きき》として相手に伝えたところ、あっさりと刀城言耶が断ったのである。

前もって本人の意思を確認しなかったのか。

誰もが呆《あき》れたらしいが、この強引さが堤下玄学の持ち味だった。そのため今回も彼は、己の希望を押し通してしまう。もっとも当の言耶は「蔵書の保管場所として利用しても良いですか」と尋ねたというから、そういう意味では双方の利害が一致したとも言える。

「怪異民俗学研究室」

図書館棟の地階にある部屋の扉の横に掲げられた室名札には、そう記されていると愛は聞いた。略して「怪民研《かいみんけん》」と呼ぶらしい。常勤しているわけでもないのに「研究室」を名乗るのは、言耶の冗談だという。

斯様《かよう》に特別講師である刀城言耶に関する話は、無明大学の学生たちの間で普通に流れていた。もっとも日頃、彼本人の姿を目にした者は、ほぼ皆無だった。そもそも言耶の活動拠点は、東京の鴻池《こうのいけ》家の離れになる。そこにさえ彼は、ほとんど帰っていない。なぜなら一年中、怪異譚蒐集のための民俗採訪に明け暮れていたからだ。当初は好奇心から怪民研を覗《のぞ》きに行く学生が結構いたらしいのだが、今では誰も足を向けない。いつ訪れても当人がいないのだから当然だろう。しかも例の噂が、そのうち自然に立ちはじめた。

……あそこ、出るらしいよ。

本来なら余計に訪問者が増えそうである。なにせ相手は学生なのだ。噂の真偽を確かめようと、または面白半分の気持ちで、それこそ怪民研に何十人もが押しかけても不思議ではない。

ところが、そういう者たちは当初こそいたものの、すぐに激減した。そして新しい噂が、いくらも経たないうちに流れはじめた。

……あそこ、ほんまにあかんらしい。

ただ奇妙なことに、問題の「ほんまにあかん」に纏《まつ》わる話が、一向に学生たちの間で広がらない。怪民研で何か異様な体験をした者がいれば、あっという間にそれが共有されそうなものなのに。

誰も喋《しやべ》りたがらないから……。

そういう新たな噂も上級生たちの間にはあったが、本当のところは分からない。一回生である愛の耳に届く頃には、かなり曖昧《あいまい》になっていた。

……厭《いや》やなぁ。

愛は地階へと続く階段の下り口に立ったところで、思わず心の中で呟《つぶや》いた。

普通なら図書館棟の正面扉から入ったあとホールを奥へと進み、目の前の階段を上がって、二階の図書室を訪れている。でも今は、ホールの途中で右に折れて、その先の狭い廊下を進み、行き止まりで折り返して、地下へと下りる階段の前に佇《たたず》んでいる。何処もはじめて目にする場所ばかりである。

ここから下りるんかぁ。

愛は決して怖がりではない。ただ、そういう所に物見遊山で行くのは、阿呆者《あほうもの》のすることだと思っている。特に彼女の場合は避けこそすれ、わざわざ足を向ける心算《つもり》は毛頭なかった。

だって視えてしまうかもしれんから……。

幼少の頃より愛は、異形《いぎょう》のものを察知することが時折あった。それが自分にしか視えていないと知ったときは、かなりのショックを受けた。

「お祖母ちゃんと一緒やな」

しかし母方の祖母にそう言われたときは、純粋に嬉しかった。

愛の母親は関西生まれの関西育ちだが、その母親――つまり愛の祖母――は瀬戸内の出身だった。子供たちが――もちろん愛の母親も含まれている――大人になって独立したあと、夫――愛の祖父――が亡くなったのを機に、祖母は自分が生まれ育った故郷の兜離の浦へ帰って、かつての実家で暮らすようになる。

そこは波鳥町という所で、ここで祖母の祖母は「拝み屋」をやっていたという。当時の町村に一人はいた、所謂《いわゆる》「民間の宗教者」である。そんな彼女の資質は祖母に受け継がれ、故郷に戻ってからは本人も「拝み屋」になった。つまり祖母の祖母から能力は祖母へ伝わり、同じものが愛にも齎されたわけだ。

自分の「力」が孫に隔世遺伝していると知った祖母は、それとの付き合い方を彼女に伝授した。学校の夏休みなどで遊びに来た愛の相手をしながら、祖母は自然に教えを授けてくれた。お陰で彼女は己の力を制御する術《すべ》を身につけられたのだが、「視えるときは厭でも目に入ってしまう」ものでもあるため、今こうして階段の上で躊躇《ためら》っていた。

そこから見える地階の廊下が、そもそも薄暗い。外は小雨が降っているため、この棟の内部も決して明るいわけではない。それを差し引いても陰気な眺めだった。とても下りて行きたいとは思えない、そんな雰囲気に満ちている。

……厭やなぁ。

二度目の呟きを胸に、ゆっくりと愛は階段を下った。他でもない祖母の頼みなのである。ここまで来て回れ右はできない。

階段を下り切ると、急に視界が陰った。廊下の左右を見やったところ、天井で点《とも》っている電灯の光があまりにも弱々しく、何とも心許《こころもと》ない。ぱちぱちっと最後の瞬きをしたあと、すうっと消えてしまいそうである。

廊下を左手へ進み、最初の角を左に曲ったところで、少し先の左側の壁に明かりが見えた。ぽっかりと口を開けた長方形の空間から、それは漏れている。明かりの前まで行くと、開け放たれた扉口の左手に「怪異民俗学研究室」という室名札がある。

ほんまにあったんや。

なければ愛としても困るわけだが、実際に目の前に現れると妙な気分になる。まるで小説の中で描かれていた架空の存在が、いきなり眼前に出現したような、そんな戸惑いを覚えてしまう。

「……し、失礼します」

室内に人の気配を覚えたため、彼女は挨拶《あいさつ》しながら入室したのだが、

「ふええっっっ」

自然に驚嘆の声を上げていた。

廊下から一部は見えていたものの、とにかく圧倒的な書籍の量である。本棚も壁際だけでなく、室内を横切る形でいくつも据えられている。そのため奥まで見通せず、愛は本棚を迂回《うかい》するようにして進んだ。

書籍は本棚にずらっと並んでいる以外にも、そういった本と棚板の隙間、書棚の上部、部屋の中央にある作業机と奥の窓際の机の上、そして床の至る所に、もう溢《あふ》れ返っている状態だった。

古本屋みたい。

真っ先に浮かんだ感想だが、すぐに否定的な思いを愛は抱いた。

……何処か違う。

沢山の本に囲まれた空間という意味では同じなのだが、それだけではない異質さがこの部屋にはある気がしてならない。

何やろう?

繁々と周囲を見回しているうちに、それまで目に入っていなかった沢山のものが、不意に自己主張しはじめたように、なぜか思えた。まるで今まで上手に隠れていたのが、ようやく彼女の前に姿を現したかのように。

それは大量の書籍の中に交じりつつも埋もれている、木彫りの面、藁《わら》で作られた人形、紙の船、真ん丸い鏡、陶器の置物、何本もの縄、大小の壺、狐《きつね》と狼《おおかみ》の像、玉のように磨かれた石、着物姿の美しい女性のモノクロ写真、見慣れぬ文言が垣間《かいま》見える和紙の巻物……といった恐らく民俗学的に意味のある代物ばかりだった。

そういう如何にも癖のありそうな品々が、かなり無造作に、あちらこちらに放置されている。

こ、これは……。

あまり好ましいとは言えない気配が、それらからは感じ取れた。よくよく目を凝らしてみると、そんな代物がいくらでも目につくではないか。

……原因は、これかぁ。

この研究室に「出る」という噂があるのは、明らかに曰くがあると思われる物たちが、こうして一箇所に何の整理もされずに――ちゃんと祀《まつ》る必要がある物も存在するのではないか――蒐集されている所為に違いない。そう愛は強く確信した。室内の電灯が今は半分しか点されていないことを考慮しても、どうにも気味悪く映る代物ばかりに、自分が取り囲まれている気がしてならない。

先生はまったく何も感じへんのかな。

それが不思議に思えたものの、そもそも刀城言耶はこの部屋に在室することが、ほとんどない事実を思い出した。彼にとって当研究室は、蔵書と蒐集品を仕舞っておく倉庫に過ぎないのだろう。

面白かったのは、あまりにも雑然とした室内の光景を眺めているうちに、もしかすると刀城言耶なりの整理方法によって、これら全部が実は理路整然と分類されているのかもしれない……という考えが浮かんだことである。

まさか、ね。

愛は自分の考えに己で首を振りつつ、手前の作業机を回り込んだあと、さらに本棚を迂回して、奥の机の前まで進んだ。

そこには四百字詰めの原稿用紙が積まれていた。その光景を目にした途端、大いに胸が高鳴った。

先生が執筆中の小説かも。

勝手に見てはいけないと思いつつ、どうしても好奇心を抑え切れずに、つい原稿用紙に目を落としてしまった。

ところが、一枚目の最初に書かれていたのは「青い春の脈動」という凡そ怪奇幻想小説らしからぬ題名と、なぜか「天弓馬人」という見慣れぬ名前だった。「てんきゅう　まひと」とでも読むのだろうか。

先生の新しい筆名とか。

それにしても東城雅哉と、あまりにも違い過ぎる。天弓馬人の名前から想起されるのは、ギリシア神話に登場する半人半獣のケンタウロスである。それもまた刀城言耶のイメージとは異なる気がしてならない。

不審を覚えながら机の上を検《あらた》めていると、数冊の雑誌が目に留まった。そのうち文芸誌の『柘榴《ざくろ》』は愛も読んだことがある。だが『新狼《しんろう》』という雑誌は知らなかった。手に取って眺めたところ、どうやら同人誌らしい。そこに天弓馬人の名前と「朝靄《あさもや》の息遣い」という作品名があった。他にも小《こ》松納《まつな》敏之《としゆき》「偏光」、泉薫子《いずみかおるこ》「流沙を止める」、弦矢駿作《つるやしゅんさく》「朧月夜の香り」、夏目《なつま》雪壽子《ゆきとしこ》「曲解」などが載っている。

これって純文学？

掲載されている他の作品をパラパラと見ても、そうとしか思えない。つまり刀城言耶とは何の関係もないのかもしれない。

あっ、うちが話をするのは、この人か……。

きっと当大学の院生か何かで、先生の助手をしているのだろう。ようやく今日の訪問の目的と、天弓馬人という名前が頭の中で結びついて、彼女の合点がいったときである。

「ゲンヤはおるか」

突然、廊下から声をかけられて愛は驚いた。いきなりだったこともあるが、刀城言耶を下の名前で呼び捨てにした事実と、その口調の軽さから相手が何の敬意も払っていないと分かり、びっくりしたのである。

彼女が慌てて扉口が見えるところまで戻ると、三十代後半くらいの眼鏡をかけた細面の男性が、廊下から顔だけ出している姿があった。

「いいえ、先生はおられません」

はっきり受け答えする愛に、その男は薄ら笑いを返しつつ、

「センセイねぇ」

揶揄《やゆ》するような口調で応《こた》えたあと、

「早《はよ》う論文を出すように、そのセンセイに言うといてくれるか」

「そ、そちら様は……」

「助教授の保曾井《ほそい》や」

顔に似た名字を名乗ったのだが、自分の名前よりも「助教授」を強調したような物言いは、何とも嫌味に聞こえた。

はいはい、刀城先生は特別講師ですよ。

愛も皮肉っぽく言い返したかったが、当の刀城言耶は恐らく少しも気にしていないのではないか。そう思ったので、

「はい、お伝えしておきます」

素直に返事をした。その態度が気に入られたのか、

「君は、うちの学生？　学部は？　名前は？　どんな漢字を書く？」

保曾井から矢継ぎ早に尋ねられ、彼女は仕方なく返答する羽目になった。

「僕の研究室に、君なら遊びに来てもええよ」

最後は身の毛がよだつ誘いまで受けて、ほとほと愛は嫌になった。しかし、にっこりと笑顔で相手を見送った。ここで保曾井に無礼な態度を取った場合、刀城言耶に迷惑がかかるかもしれない。それを彼女は危惧《きぐ》した。

それにしても――。

天弓馬人は何処に行ったのか。もっとも今日、彼と約束があるわけではない。とはいえ近日中の夕方に、この研究室を訪ねる者がいることを、ちゃんと彼は知らされているはずなのだ。

ほとんど怪民研に籠《こも》ってるって話やったのに。

愛は仕方なく奥の机まで行くと、そこの椅子に座って『新狼』に載っている天弓馬人の「朝靄の

息遣い」を読みはじめた。

へぇ、綺麗《きれい》な文章を書くんやなぁ。

最初はその程度の感想しか抱かなかったのに、そのうち彼女は主人公の青年の感情の揺らぎに、気がつくと見事に嵌《は》まっていた。いつしか夢中で彼の想念を追いかけていた。

「うわぁぁぁっ」

そのため真後ろで不意に大きな叫び声が上がったとき、彼女は椅子から文字通り飛び上がりそうになった。

三

愛が恐る恐る椅子を回して振り返ると、室内を横切る本棚の側で固まっている二十代前半くらいの男性の姿があった。

両手で大判の本をしっかり抱えていることから、どうやら読書しながら入室して来て、ぎりぎりまで彼女に気づかなかったらしい。今は表情が強張《こわば》っているものの、なかなか端整な顔立ちで、かなり知的な印象を受ける。

「……天弓さん、ですか」

肯定の返事があるものと思い尋ねたのだが、どうにも相手の様子が可怪しい。

うちを幽霊とでも思うたんかな。

まさか――と苦笑しかけたが、彼の態度を見ていると、強《あなが》ち間違ってはいない気もする。

「天弓馬人さんや、ないのですか」

ここは逸《いち》早く相手の素性を確認して、それから自分も名乗るべきだと考えて尋ねたのだが、

「化物に自分の名前を決して教えてはならん……と、先生が仰《おつしや》っていた」

とんでもない言葉が返ってきた。

「だ、誰が、化物ですか」

「女人に化けているとか……」

「な、何がです？」

「狐か、狸《たぬき》か、狢《むじな》か。大学の背後の山中になら、狐狸《こり》の類《たぐ》いが棲《す》んでいても変ではない」

普通なら冗談と受け取る展開ながら、そうと断定できない雰囲気が目の前の男性にはあって、愛は大いに戸惑った。

「そんなら――」

よく考えるまでもなく、このやり取りはあまりにも莫迦莫迦しい。そう彼女はさっさと結論を出すと、

「まずは、うちが名乗ります。刀城言耶先生に頼まれて、こちらにお話をしに来た、瞳星愛と言います」

「天弓馬人《てんきゆうまひと》です」

すると彼もあっさり認めたので、彼女は拍子抜けした。

しかし、ようやく安堵したらしい、ほっとした顔つきを見せた天弓が、そこで信じられない台詞《せりふ》を口にした。

「同性愛者だという女子学生は、君か」

「はぁ？」

「保曾井先生が言っていたよ」

「な、なっ――」

まったく訳が分からずに混乱したが、ちゃんと否定をしておくべきだと思い、

「何のことですか。ち、違いますよ。うちは――」

男が好きです――と言いかけて、それでは別の誤解を生み兼ねないと、咄嗟に顔を赤らめた。

「いやいや、大丈夫だ」

その態度を天弓は勘違いしたのか、

「愛という感情の向けられる先が、異性であるか同性であるか、そんな区別は必要ない。そう俺は思っているからね」

明らかに気を回すような物言いをしたので、愛は大いに焦った。彼女自身も同性愛に対する偏見など少しもなく、それも含めて自由恋愛だろうと思っている。とはいえ自分に降りかかった誤解は解いておきたい。

「あ、あの、私はですね――」

しかし、どう説明すれば良いのか。彼女が困って途方に暮れていると、

「可怪しいだろ」

にやっと天弓が笑った。

「えっ……何がです？」

「どうして保曾井先生は、君が同性愛者だと分かったのか。いや、実際は違うんだろうけど、なぜ俺にそう伝えたのか」

「……わ、分かりません」

なおも愛が戸惑っていると、彼に名字の漢字を訊《き》かれた。それに答えたところ、

「つまり保曾井先生は、君の名字『瞳星』を『どうせい』と読んで、下の名前の『愛』と繫《つな》げて『同性愛』としたわけだ」

「しょ、小学生の男子か！」

咄嗟に出た彼女の突っ込みに、天弓は笑い出した。

「名字を引っ繰り返せば『星の瞳』とも読める如く、好奇心に満ちた綺麗な目をしているとも言っていた。また下の名前の通りに、愛らしい可愛さがあるとも」

この唐突な褒め言葉と、陰気な地階の研究室に似合わない素敵な彼の笑顔を目にして、彼女は一瞬どきっとした。

あれ……。

でも次の瞬間、自分は天弓に揶揄《からか》われたのではないか、という気がしてきた。「愛という感情」の台詞を彼が口にしたのも、すべて承知のうえだったのだと今なら分かる。

けど、どうして？

思い当たることと言えば、天弓が室内で上げた悲鳴しかない。奥の机の椅子に座る愛の後ろ姿を目にして、あれは思わず口から出た叫び声だったに違いない。

だとしても変や。

保曾井から彼女の存在を聞かされていたのなら、この研究室に見慣れぬ女性の姿が仮にあったとしても、その人だと分かりそうなものだろう。あれほど驚くような態度を見せるなど、どう考えても変ではないか。

あっ、ひょっとして臆病《おくびょう》な質《たち》とか。

彼女のことを保曾井から聞かされていたのに、いざその姿を目にした途端、思わず悲鳴が漏れたのだとしたら……。その腹癒《はらい》せに揶揄ったのだとしたら……。

愛が繁々と見詰めていると、次第に天弓の笑顔が強張り出して、そわそわと居心地悪そうな様子を見せはじめた。

「君が当研究室に来たのは、何か話をするためだろ」

それを誤魔化すかのように、天弓は作業机の椅子へと愛を誘《さそ》った。二人の位置関係から、彼女が室内の奥側に、彼が扉口側に座る恰好《かっこう》になる。これでは彼女が先生で、天弓が学生のようである。

この人は、刀城先生の助手なんかな。

年齢的には院生と考えるのが妥当だろう。ただ他の院生たちに比べると、どうにも雰囲気が異なっている気がしてならない。

またしても愛は凝《じ》っと天弓を眺めていたらしく、

「それで？」

彼に先を促されたので、逆に質問した。

「刀城先生から、何もお聞きになってないんですか」

「まったく知らない。本校の学生が一人、ここに来て話をするので、それを書き留めておいて欲しい――と連絡があっただけだ」

それなら無理もないか、と愛は少し同情しかけたが、慌てて心の中で首を振った。

いやいや天弓さんは、うちを揶揄ったんやから……。

「話す気はないっていうのか」

いきなり怒られて愛は戸惑ったが、心の中ではなく実際に首を横に振っていたことに気づき、かあっと顔が熱くなった。

「そ、そうやありません」

「だったら早く、その話とやらを喋ってくれ」

彼の何処か冷たい物言いに、かちんときた彼女は、

「自己紹介もしてない人に、そんなに気安うお話なんて、うちはできません」

「俺は天弓馬人で、この大学の卒業生だ。在学中から創作をしていた縁で、刀城言耶先生と知り合った。だから本校に当研究室ができたとき、院生になっていた俺は、先生の留守を預かって、ここの蔵書と蒐集品の整理をして欲しいと頼まれた。その代わりに、この部屋を好きに使う許可を得た

ので、日頃から籠って小説を書いている。これでいいか」

立て板に水を流すような天弓の説明に驚きつつ、次いで愛も自己紹介をしようとしたのだが、

「うち、いえ私は――」

「なぜ言い直すんだ。別に『私』じゃなくて『うち』のままでもいいだろ」

「そ、そうですか。えーっとうちは、この大学の――」

「自己紹介は必要ないから、肝心の話を教えてくれ」

「えぇっ」

ぷうっと愛は膨れたが、それを求めたのは確かに彼女だけである。だからといって相手の言いなりになるのも癪《しゃく》なので、

「うちは関西の生まれで、両親もそうですが、母方の祖母は――」

「だから必要ないよ」

はっきりした天弓の返しに、愛は澄ました声音で、

「これは今からお話しする体験談の背景になります。せやからただの自己紹介やありません」

と言い訳しつつ一通り自分と家族について喋った。成り行き上こうなったに過ぎないのに、そんな話を彼にするのが、どうしてか愛には楽しく感じられた。それが不思議だったが、やがて問題の事件について語りはじめた。

「あの無気味な体験をしたのは、うちが十歳の夏休みでした」

「よーやくかぁ」

それまで一言も口を挟むことなく——恐らく早々に諦めたのだろう——耳を傾けていた天弓が溜《た》め息《いき》と共にそう言ったのを、愛は無視して続けた。いや、さらに遠回りの説明をすることにした。

「それまでの夏と同様、祖母の家に泊まりがけで遊びに行ったんですが、そこは兜離の浦にある波鳥町いう所で——」

「ちょっと待て」

そこで予想通りの反応を天弓が見せた。

「瀬戸内のお祖母さんの家って、兜離の浦なのか」

「はい。その波鳥町ですが、潮鳥《しおとり》町の隣町になります」

ここで天弓の表情に、ようやく愛の話に対する好奇心が生まれたように映った。

刀城言耶の言いつけのため、仕方なく彼女の語りに耳を傾けている感じが、これまでの彼の顔には見受けられた。「どうせ大した話ではないだろう」と思っているのが見え見えで、またしても愛をかちんとさせた。だから彼女は祖母の出身地について、わざと具体的な地名を伏せて説明した。すべては本題に入る直前に、彼を驚かせるためである。

「刀城先生は兜離の浦の沖合にある鳥坏島《とりつきじま》に於いて、かつて鵺敷《ぬえじき》神社の鳥人の儀に参加されて、そこで密室と化した拝殿からの人間消失事件に関わられたことが——」

「よく存じてます」

「どうして？」

天弓が再び不審そうな顔をしたのは、刀城言耶の事件簿に詳しいのは自分だけだ——という自負がある所為ではないか、と愛には思えた。しかし、だとしたら話が早いと彼女は喜んだ。

「潮鳥町の海部《かいふ》旅館は知っとられますか」

「もちろん」

「あそこの女将《おかみ》さんと祖母は、昔から仲良しなんです」

「……なるほど。そういうことか」

天弓が即座に納得したのは、刀城言耶の一つの癖を知っていたからだろう。それは彼が過去に遭遇した事件の関係者に、折に触れ手紙を出すことだった。相手によっては事件後の身の振り方を心配して……という場合もあったが、多くは事件後に何か異変が起きていないかどうか、その問い合わせの意味が強い。そんな意図を持つ手紙の送り先が、兜離の浦では海部旅館の女将になる。

「祖母が孫の大学入学の話をしたところ、女将さんが刀城言耶先生についてご説明なさったそうで。そんなに面白い先生やったら、うちの体験談がお役に立つんやないかと、どうやら祖母は考えたらしいんです」

「それで海部旅館の女将さんが、先生に手紙を書かれて、君のことを教えたわけか」

「はい。うちには祖母から手紙が来たあと、刀城先生にもいただいて、いつでも構わないので夕暮れ頃に、ここを訪ねるようにと。そうしたら留守を任せている若者がいるから、その人に話して欲しい――という経緯がありました」

「長い説明だったなぁ」

本人は嫌味を言った心算などなさそうなのに、愛としては面白くない。そこで何か言い返してや

ろうとしていたところ、

「あっ、まさか君の話って、鳥女《とりめ》の化物――」

と言いかけて天弓が、急に何とも不安そうな顔を見せた。いや、これは純粋に厭がっていると言うべきか。

やっぱり怖がりなんかなぁ。

そんな性格でよく刀城言耶先生の助手が務まるものだ――と愛は思いつつも、これは話し甲斐《がい》があると密《ひそ》かに北叟笑《ほくそえ》んだ。

「そう言えばあの地方には、海底に共潜《ともかず》き、海原に船幽霊、中空に鳥女を用心すべし……っていう言い伝えがありましたよね」

「し、知ってるよ」

彼の反応を見て、愛は笑いを堪《こら》えつつ、
それにしても刀城先生にお伝えするお話やっていう段階で、怖い内容を少しも想定してないのは、どう考えてもあかんと思うけど。

天弓に対して覚えた知的な印象が、微妙に揺らぎ出した。

ちなみに共潜きとは、海女《あま》が海底に潜って鮑《あわび》などを採っていると、いつの間にか側に見知らぬ別の海女がいて、もっと鮑の豊富な場所があると身振り手振りで教えてくれるので、つい嬉しくなってついて行くと、そのまま溺《おぼ》れ死んでしまう……という海底の怪異である。決して欲を掻《か》いてはならぬ。そういう戒めの込められた怪談とも受け取れる。

船幽霊とは、沖合で漁船が漁をしていると、ぬっと海中から腕が突き出されて「柄杓《ひしやく》を貸せぇ」と言うので、その通りにしたところ、どんどん柄杓で海水を船の中に入れられて、仕舞いには沈没させられてしまう……という海上の怪異である。これから逃れるためには、柄杓を渡すときに底を抜いておかなければならない。

鳥女とは兜離の浦に昔から伝わる化物で、宗教者の堕《お》ちた姿だとも言われているが、まだまだ謎の多い存在だった。

「そ、それで――」

天弓が相変わらず不安そうな様子で先を促したので、

「鳥女の話やありません」

愛が否定したところ、あからさまに安堵した表情を見せたのだが、

「でも漁師って、なかなか迷信深いやないですか」

「えっ……」

彼女の新たな言葉によって、彼の顔が元に戻った。

「亡者《ぼうもん》ってご存じですか」

「刀城先生が民俗採訪先で、しばしば耳にされる怪異だろ。俺が印象に残っているのは、波美《はみ》地方や強羅《ごうら》地方になるけど……」

「他の地方のことは分かりませんが、兜離の浦では水死した死者の亡霊のことを、昔から亡者と言います」

「水死人の霊という解釈は、何処の地方でも一緒かもしれない。もっとも波美地方では沈深湖《ちんしんこ》という山中の湖に現れる怪異で、水中に留《とど》まった遺体が膨張する現象を踏まえて、『膨張する者』の意だとする説がある。強羅地方では難破などの海難事故で亡くなった者の霊が、亡者となって現れるとされている」

「いずれにしても、水の中に出るんですよね」

この愛の確認に、天弓は露骨に顔を顰《しか》めつつ、

「兜離の浦の亡者は、そうじゃないのか」

「日の暮れかけた逢魔《おうま》が時に、ふらふらと海沿いの亡者道を歩く姿が、昔は見られることがあったんやって、子供のとき祖母から聞きました」

「…………」

何の反応も示さない天弓馬人を相手に、何処か嬉々とした様子で愛は自らの体験を語りはじめた。

四

瞳星愛は物心がついた頃から、夏になると母親に連れられて、兜離の浦の波鳥町にある祖母の家を訪れた。

幼いときは近所の子供たちに交じって、よく一緒に遊んだものだが、やがて磯貝睦子という同じ歳の友達ができた。もっとも一日中ほぼ暇な愛とは違って、かなり小柄ながらも働き者の睦子は早

朝から家の手伝いをしていた。

波島町の隣の潮島町から内陸に向かって、町中を縫うように上がる急勾配《こうばい》の路地を辿《たど》っていくと、十見所《とおみどころ》という高台に出る。この峠では定期的に市場が開かれており、そこで様々な品が物々交換されていた。

さらに内陸の中鳥町《うちとりちょう》から、商人たちは主に肉類と生活用品を軽トラックなどに積んで運んでくる。一方の潮島町をはじめとする海岸沿いの町々からは、主に魚介類が持ち寄られる。前者は車を運転するため男が目立つが、後者はまず女しか見られない。男たちは漁に出ているためだが、何よりの理由は品物の運搬方法にあった。

愛が兜離の浦について覚えている最も古い記憶は、十見所から見下ろした町々の眺めである。峠から海岸線までの急な斜面に、まるで貼りつくように小さな家々が犇《ひし》めいており、それら家屋の間を細い路地が縦横に走っている……そんな箱庭のように美しいながらも何処か閉じられた光景が、まず脳裏に浮かぶ。

そのため町中で車が通れる道は非常に少なく、どんな荷であれ人力によって運ぶのが当然とされた。しかし男たちは漁のために不在で、しかも町の中を縫うように通る路地はかなり狭い。限られた土地に家や畑を作る必要性から、とにかく道幅が削られている。

よって兜離の浦では、女性による頭上運搬が発達した。まず頭頂部に藁製の輪や円形の竹笊《たけざる》を置き、その上に運ぶ品物を入れた籠《かご》や桶《おけ》を載せ、あとはバランスを取りつつ歩くのである。これだと狭い路地でも擦れ違えるうえに、両手の自由も利く。荷物を運んでいるのに、どちらの手も自由なのだ。

兜離の浦の女性たちの多くは、この特殊な運搬方法を小さい頃から仕込まれる。だから睦子も十歳とはいえ立派に働いていた。しかし、同地域のすべての女性が習得しているわけではない。この技術を持たない者として、網元の家の女将や娘など特に働く必要のない人と、あとは怠け者がそこに含まれた。

睦子の十も歳の離れた姉の美子《よしこ》が、その後者の典型的な例である。彼女は名前の通り幼い頃から美形で、海辺の土地で生まれ育ったにしては珍しいほど肌の色も白く、何処ぞのご令嬢か……と見《み》紛《まが》うばかりの容姿を持っていた。

そのため漁師の父親も美子だけは特別扱いをして、蝶よ花よ――とばかりに育てた。母親は反対したらしいが、家では昔から父親の意見が最終的に通る。それを幼い頃から美子は敏感に察して、何かと言えば父親の庇護《ひご》を求めて、家の手伝いなど一切したことがなかった。

「私は背が低いから……」

頭上運搬を習わなかった美子の言い訳だが、もちろん本人の背丈は何の関係もない。それが問題になるのなら、まだ小学生の睦子など絶対に無理ではないか。

美子に唯一の――あくまでも見た目の――欠点があるとすれば、この背の低さだった。成人しても小学生の睦子より頭一つ分ほど高いだけのため、そのうち妹に抜かれるのではないか、と本人も心配しているらしい。とはいえ「いつまでもお人形さんのようで可愛い」と、ほとんどの男に思われているのを、ちゃんと彼女は知っていた。

かつての家の仕事を手伝わないための言い訳が、いつしか男に媚《こ》びる言葉に変わっていたのは如何にも美子らしい。

「そんなん不公平やないの」

市場への荷物運びだけでなく、家の炊事と洗濯、薪《まき》割りや風呂焚《た》きまで、睦子が手伝いをしていると聞いたとき、愛は子供らしく率直な意見を口にした。

「けどお姉ちゃん、ほんまに綺麗でなぁ」

だが意外にも当人は別に不平不満を覚えていないようで、むしろ姉を庇《かば》うような発言をして、愛をびっくりさせた。

この二人が十歳だった夏、兜離の浦は一人の男の噂で持ち切りだった。

波鳥町の西端の崖の上には、この町の網元である鯨谷家の西洋館が建っている。そこの当主の甥っ子の昭治が、なぜか今年の春頃から滞在をはじめた。女性関係で問題を起こして、都会の実家には居られなくなり、こっちへ逃げてきたらしい。実《まこと》しやかな噂が流れたものの、本当のところは誰も知らない。

ただ実際は三十代の前半ながら、十歳は若く見える優男振りを眺めていると、それが当たらずと雖《いえど》も遠からずに違いないと、浦の人たちは考えた。その証拠に昭治は鯨谷家に来て約一ヵ月で、兜離の浦の町々の若い複数の女性たちとの間で、なんと浮名を流すようになってしまう。

そうなると男衆も黙っていられない。いずれも腕に自信のある荒っぽい漁師が多いことから、今にも騒動が起こると思われた。ただ一応の歯止めとなったのは、網元の甥という相手の立場である。

「あないな軟弱男の、何処がええんや」

飲み屋に集まった男たちの誰もが、そう口にしてぼやいた。屈強な自分たちとは違う体格の小さな昭治が、それほどまでに若い女たちの気を惹《ひ》くことが、どうしても信じられなかった。

「そう言うたら、あの蘗野郎《もやし》、小平《こだいら》んとこの功治《こうじ》と似とらんか」

小平功治とは小柄なうえ色白で暴力沙汰《ざた》など好まない大人しい性格をした、凡そ漁師町の男衆らしからぬ人物だった。ほとんどの男が漁師を生業《なりわい》とするこの地で、彼は十見所の市場に関わる仕事をしている。働き振りは真面目で、鯨谷昭治のように病弱なところもない。年老いて病気で臥《ふ》せっている母親を労《いたわ》りつつ、二人で慎ましく暮らしながら、コツコツと貯金をしている。彼には自分の店を持つという夢があった。そのため年配者の受けは非常に良かったのだが、逆に若い女にはとんと人気がない。

「あぁ、よう似とるわ」

その男の意見に別の男が頷《うなず》いたのを切っかけに、皆が喋り出した。

「せやのに功治は相手にされんで、昭治だけが女にもてるんは、なしてな」

「貧乏人の小倅《こせがれ》と、網元の親戚《しんせき》いう差ぁやろ」

「功治と昭治、名前も似とんのになぁ」

「そげなこと関係あるか」

「名前と容姿は似とっても、あとは違うやろ。功治は仕事を立派にしとるのに、昭治はなーもしとらん。毎日ぶらぶらほっつき歩いとるだけや」

「そげなこと言うて、前は功治を女々しい奴やと、散々お前は莫迦にしくさっとったやないか」

「そ、そいはそうやけど、昭治の野郎なんかに比べたら、よっぽど功治の方が男らしいわ」

「ちゃんと功治は稼いどるからな」

「昭治は汗水を流さんでも、金ならなんぼでもあるやろ」

「所詮《しょせん》は金か」

「いんや、それだけやない。確かに二人は似とるけど、よーう見てみぃ。功治にはない色気のようなもんが、あの昭治にはあるで」

「お前な、気色の悪いこと言うな」

「どっちの味方なんや」

「俺は事実を言うただけで――」

「いっぺん昭治を締めんといかんで」

この発言によって飲み屋の中が、しーんと静まり返った。

「そいはどうかな」

やがて先程から客観的な意見を述べていた男が、ここでも冷静な発言をした。

「相手は小柄なうえに病弱や。下手に喧嘩《けんか》でも吹っかけたら、そんまま殺してしまい兼ねんのやないか。仮に軽い怪我で済んだとしてもや、女らの同情が奴に集中するんは目に見えとる」

「そないな事態になったら、もうやってられんわな」

男たちの間に、そういう空気が広がった。とはいえ昭治の女漁《あさ》りが続く限り、いずれ何か事が起こると誰もが心配した。

ところが、当の鯨谷昭治が急に大人しくなる。これまでは朝から晩まで兜離の浦の町々をほっつき歩いては、こっちの人妻あっちの生娘と粉をかけていたのが、なぜか家に籠り出した。

「さすがに鯨谷の旦那《だんな》が見かねて、あの野郎に意見したんやろ」

そう言って男衆は安堵したが、そんな事実など本当はなかった。鯨谷家の当主は普段から、完全に自分の甥を放任している。

となると昭治は、どうして急に大人しくなったのか。その真相が分かったとき、よくバレなかったものだと浦の誰もが驚いた。それには色々と条件が重なったからで、彼の運の良さもあったかもしれない。ただ、その運も尽きることになろうとは、きっと本人も夢にも思わなかっただろう。

鯨谷家に籠りつつも、昭治は夕方になると散歩に出た。西の鯨谷家から東の恵比寿様の祠まで海岸線の細い道を歩くのが、彼にとって一種の療養だった。日暮れ時は肌寒い風が吹くこともあるため、夏でも彼は外套を纏った。冬用ではない薄手の作りらしかったが、その黒い色合いと、それを着ている男の顔が青白いためか、子供たちは恐れた。

……亡者が歩きよる。

そんな風に呟く子がいて、子供たちの多くが昭治を気味悪がるようになる。

大人たちは「滅多なこと言うもんやない」と怒ったが、それも口だけだった。若い女性たちを別にすると、昭治に対する兜離の浦の人々の思いは、決して好意的ではなかったからだ。その一方で鯨谷家に対する遠慮があったのも事実で、よって子供を叱る口調も曖昧になったのだろう。

さらに隠された理由が、実は別にあった。兜離の浦の人々は西から東に延びる海岸線の細い道を、かつて「亡者道」と呼んでいた。

海で不慮の死を遂げた者は、亡者となり還《かえ》ってくる。

亡者は亡者道を彷徨《さまよ》い、生きている者に取り憑く。

生者に憑いた亡者は、亡者道から離れられる。

町中の路地に入り込み、次の犠牲者を探す。

そんな風に言い伝えられてきた。特に要注意なのは、死んだばかりの亡者だった。まだ自分の死を本人が分かっておらず、故に生者と見分けがつき難《にく》い。そのため生きている人間と同じように、つい接してしまう懼《おそ》れがあった。つまりは憑かれる危険が高まることになる。

日本の敗戦後、欧米の文化が一気に広まっていく中で、古い土着的な因習の一部は自然に消えていった。とはいえ全部がなくなったわけではない。

日が暮れても遊んどったら、亡者に連れてかれるで。

こう子供に言い聞かせる親や祖父母は、依然としていた。つまり亡者の存在は、躾《しつけ》の方便として認められていたわけだ。そうなると亡者道にしか出没しないよりも、何処であっても出る方が親にとっては都合が良い。亡者だけが残り、肝心の道が忘れ去られた背景には、そんな理由があった。

しかし今、鯨谷昭治の所為で亡者道が甦《よみがえ》ってしまう。忘れられていた因習が思い出されるとき、当然その中身も復活する。兜離の浦の人々にとって、この男は何処までも厄介者だった。

……夕間暮れの亡者道で、なんや得体の知れんもんが歩いとった。

そういう噂がちらほらと流れはじめた。その正体は言うまでもなく昭治と思われたが、そうやなかった……と口にする者もいて、子供たちを震え上がらせた。いや、大人たちでも迷信深い者は、日暮れが近づくと亡者道を避けた。遠回りすることになっても別の道を選んだ。

では亡者道で亡者に行き遭ったら、どうすれば良いのか。

向こうから来るのが亡者だと気づいたら、そのまま素知らぬ振りをして擦れ違うこと。決してやってはならないのは、回れ右をして後ろ姿を見せる行為である。臆病風に吹かれて逃げようとすると、必ず憑かれるという。

そして亡者と擦れ違うときは、決して相手の目を見ぬこと。かといって外方《そっぽ》を向くのもいけない。視線を逸らすのは、背中を向けるのと同じことである。絶えず相手を視界に捉《とら》えつつ、できるだけ自然に擦れ違わなければならない。

滅多に起こらないが、もし亡者に声をかけられても返事をしないこと。とにかく亡者に行き遭ったら口を閉じておき、一言も喋ってはいけない。

以上をきちんと守りさえすれば、亡者はこちらを認めることができずに、そのまま歩き去ってしまう。だが失敗すれば、仮令《たとえ》その場は逃れられたとしても亡者に覚えられて、いつか憑かれる懼れがある。それが漁師の場合は、往々にして海の上で行方不明になることを意味した。

年配者たちが挙《こぞ》って、このような亡者の話をしたため、兜離の浦の雰囲気が一時すっかり暗くなった。もちろん大人たちの大半は信じていなかったが、漁師は昔から何かと縁起を担ぐものである。触らぬ神に祟《たた》りなしとばかりに、誰もが夕方の亡者道を敬遠した。それは昭治を避けることに繋がり、特に波島町の人たちから完全に彼は放っておかれるようになる。

こういった兜離の浦の変化を大いに喜ぶ者が、実は二人だけいた。当の昭治と美子である。なぜなら二人は恵比寿様の祠近くの、今は物置と化した作業小屋で、いつしか逢《あ》い引きをする仲になっていたからだ。

五

ここから瞳星愛の話は、ようやく本題に入る。それを纏めると次のようになる。

問題の日の二十時前、鯨谷家では昭治の姿が見えないことで、ちょっとした騒動が持ち上がった。

「いつも通り坊ちゃんが、散歩に出られたんは、五時半頃でしたけど――」

鯨谷家で長年に亘《わた》り乳母と家政婦を務めている滝田《たきた》金子《かなこ》の証言である。

「お戻りが七時前と、ちょっと遅うございました。ええ、大抵は六時半には帰られてましたのに、今日は五十分頃のお戻りやったんです。それでお疲れになったんか、すぐにお部屋へ行かれて。五分ほどしてから様子を見ようと、お部屋をノックしましたら、微《かす》かに唸るようなお返事があったんで、そのままそっとしときました。一時間ほど経ってから、そろそろお夕食を召し上がらんと……と思いまして、お呼びしたんですけど、一向にお返事がのうて。熟睡しとられるんかとお部屋を覗いたところ、お姿が見えません。ベッドに休まれた跡ものうて。日課の散歩から帰ってきたのに、また外出なさるやなんて、そんなこと今まで一遍もございません。こんな時間から一体、坊ちゃんは何処へ行かれてしもうたんか……」

　三十代前半の男を「坊ちゃん」と呼ぶのはどうかと思うが、昭治は子供の頃よく鯨谷家に遊びに来ていた。その当時のイメージが金子には残っているらしい。また鯨谷家の子供たちは全員が独立して家を出ているため、彼女にとって滞在中の昭治は久し振りに世話の必要な「子供」だったことになる。

　いい歳の大人の姿が見えないからといって、普通なら騒ぎにならなかっただろう。しかも件の人物は何人もの女性と関係を持っていたのだから、一晩くらい帰らなかったとしても、誰も気にしなかったに違いない。

　ただ昭治の場合、それまで外泊は一切なかった。また最近は家に籠りがちで、夕方の散歩だけが唯一の外出と言えた。その散歩も夕食までには必ず戻っていた。日によっては帰宅後に少し休むこともあったが、いつも夕食はちゃんと摂《と》った。それを食べずに再び外へ出るなど、これまで一度もなかった。

　金子の訴えを聞いた当主の鯨谷は、昭治を預かっている手前もあって、この件を駐在所に連絡した。駐在の辻村《つじむら》巡査はすぐに鯨谷家を訪れ、滝田金子から話を聞いた。彼女は加齢のため視力も聴力も弱っていたが、その証言はしっかりして信用がおけた。時間の認識も確かである。

「まず本官がお宅の周囲ばぁ捜してみて、そいで見つからんときは、青年団にも協力を求めて、大々的な捜索を行ないます」

　辻村の意見に鯨谷も頷いたので、まず巡査が鯨谷家の周りを歩き回った。

このとき辻村には、実は一つの当てがあった。鯨谷家は波鳥町の西の外れの崖の上に建っている。海に面した崖の一端は見晴台になっており、そこに佇む昭治の姿がしばしば漁船から目撃されているることを、巡査は知っていた。もちろん目撃されるのは日中で、こんな夜に彼が見晴台まで行くとは思えなかったが、可能性の一つとして考えるべきだろう。そこの柵が低いことも立派な不安材料になる。

この辻村の懸念は見事に当たった。巡査が見晴台に行ってみると、なんと柵の手前に一足の靴が並べて置かれているではないか。

……まさか、自殺したんか。

慌てて鯨谷に報告すると、網元は漁師たちに連絡して船を出させた。ただし夜の海の捜索ほど難儀なものはない。捜す範囲も鯨谷家が建つ崖の下だけでなく、東の崖の恵比寿様の祠の下まで広げる必要がある。なぜなら夏の時期の夕刻から真夜中まで、海岸線に沿って西から東へと潮が流れるからだ。

しかし何の発見もないまま、二時間ほどで捜索はいったん打ち切られ、翌日の早朝から再開された。その結果、東の崖下を少し東へ進んだ地点にある岩礁に引っかかった、この地方で昔から「魔《ま》深《ぶか》」と呼ばれている鱶《ふか》に喰われたと思《おぼ》しき遺体の一部が見つかる。ただし破れた肌着を纏った胴体しかなく、とても身元の判断ができない。さらに右足と左腕も発見されたが損傷が激しく、指紋が採れない状態だった。

それでも兜離の浦で行方の分からなくなった者など他におらず、かつ遺体がまだ新しいことから、ほぼ昭治に間違いないと推定された。そうなると昨日の夕方の彼の行動が、当然ながら問題になってくる。

　この日の午後には県警から多門《たもん》警部と刑事たちもやって来て、波鳥町を中心に聞き込みが行なわれた。このとき非常に重要な証言をしたのが、まず磯貝睦子であり、次いで瞳星愛だった。

　昨日の十八時前に、夕食の支度をしている母親から、睦子は恵比寿様の祠の近くにある作業小屋の薪の残りを確認するように言われた。

　漁の収穫物を扱うのが作業小屋で、漁師の家族たちが仕事をする場所である。そのため浜辺に作られるのが普通だったが、数が足らないことから問題の小屋だけぽつんと離れて、波鳥町の東端の崖の上に建てられた。しかし予想通り不便この上ないため、今では近隣の家々の冬用の薪を作って仕舞う小屋と化していた。あとは仕事に必要な細々とした物を置いておく、文字通りの物置として使われた。

　普通は冬季に使用する薪作りなど、残暑が和らぐ晩秋頃から行なわれるのが常なのだが、睦子の母親は早くも前期の残りが心配になったらしい。

　睦子は言いつけ通りに作業小屋へ行った。そして戸に手をかけて入ろうとして、ふと奇妙な気配を覚えた。

　……誰か中におる？

　そっと物音を立てないように裏へと回り、元から隙間のある窓を覗いたところ、大きな影の塊が見えてぎょっとした。

……う、海坊主。

漁師を引退した祖父は、かつて漁の最中に海坊主を見たという。それは黒くて上部が半球状で、その下は寸胴のようになっていて、ざばあぁぁっと海中から現れて、ひたすら祖父の船を見詰め続けた。目が存在していたわけではないが、そいつに凝っと見られていると、なぜか祖父には分かったらしい。

咄嗟に獲《と》ったばかりの魚の中でも大きなものを何匹も海中に放り込むと、それは何もせず海中に没したという。

そんな海坊主が作業小屋に現れた……。

このとき睦子は真剣にそう思ったのだが、やがて大きな影の塊が、ぱっくりと左右に割れて綺麗に分かれたので、彼女は仰天した。

海坊主が増えてもうた……。

だが、そんな風に慄《おのの》いたのは束の間だった。新たな二つの影が、どうやら人間らしいと察したからだ。でも、そうなると二人は抱き合っていたことになる。

睦子が好奇心から目を凝らすと、予想通り片方は女で片方が男に思えた。さらに凝視したところ、なんと女は姉の美子で、男は噂の昭治だと気づき、心臓が口から飛び出すくらい魂《たまげ》消た。

……逢い引きや。

この言葉を睦子は知っていた。だから抱き合う二人が、間違いなく接吻《せっぷん》をしていたことも想像できた。ただし、そこから二人が如何なる行為に及ぶのか、その知識はまだなかった。それでも覗いたらあかん……と強く感じた。どちらも全裸だったから余計である。

睦子はその場を離れた。けれど小屋の中が気になって、とてもではないが家に帰れない。しばらく彼女は波鳥町の路地から路地を歩き回ったという。

当の美子は多門警部に話を聞かれ、あっさりと昭治との逢い引きを認めた。しかし彼とは事が済んだあとで普通に別れたらしい。

多門が経過時間を尋ねたところ、

「そんなん分かりません」

のほほんと日々を送っている美子に相応《ふさわ》しい答えが、なんとも緊張感のない口調で返ってきた。

刑事たちが磯貝家の近所で聞き込みをした結果、十八時二十分頃に帰宅する彼女が目撃されていた。

多門は滝田金子の証言から、まず鯨谷昭治の日頃の動きを次のように考えた。

彼は毎夕、鯨谷家を十七時半に出て海岸沿いの道――つまり亡者道――を歩き、作業小屋に十七時四十五分頃に着く。そこで美子と三十分ほどの逢瀬《おうせ》を楽しみ、作業小屋を十八時十五分頃に出て、鯨谷家に十八時半頃に戻る。

ところが昨夕は、その戻りが二十分ほど遅かった。美子に訊いても、普段より小屋にいた時間が長かったわけではないらしい。少なくとも彼女は、いつも通りに小屋を出たという。では問題の二十分は一体全体、何処から生まれたのか。

多門警部が興味を覚えた情報の一つに、鯨谷から聞いた昭治の見合い話があった。病弱なうえに身持ちの軽い息子の行く末を案じて、前々から彼の両親は良縁を探し求めていたのだが、それが見つかったという手紙が昨日の朝の郵便で届いた。早ければ今年の秋に、昭治に見合いをさせる心算だったようだ。

ちなみに彼の両親はその夕刻、兜離の浦に着いた。かなり酷《ひど》い状態の遺体と対面して、母親は失神した。父親は気丈にも耐えたようだが、息子として確認することはできなかったという。

多門は昭治の見合いの件から、作業小屋に於いて美子と仲違《なかたが》いが起きたのではないか、謎の二十分間は逢瀬のあとで勃発《ぼっぱつ》した喧嘩の所為ではないか、と仮説を立てた。昭治が会ってすぐさま見合いの話をせずに、事が終わるのを待ってから切り出したため、美子が激怒したのかもしれない。そのため争いが起こり、美子が昭治を突き飛ばして、彼は頭を強打する。あまり丈夫でないこともあって、なんと呆気《あっけ》なく死んでしまう。あるいは死んだとしか思えないような、ぐったりした状態になった。

ここまで推理を進めたところで、多門警部は非常に大胆な発想をした。いや、これは空想と言うべきか。

美子が途方に暮れていると、そこへ小平功治が現れた。彼は前々から彼女に懸想していたが、叶《かな》わぬ恋だと諦めてもいた。それなのに自分と容姿のよく似た昭治と、こんな小屋で逢い引きをしている。美子を好きだったからこそ、彼は二人の逢瀬に気づけた。そのうえ覗きという恥ずべき行為まで続けていた。

功治は後始末を自分に任せて、彼女には家へ帰るように言った。それから昭治の衣服と靴を脱がせると、その遺体を――もしくは意識のない彼を――担いで、恵比寿様の祠がある崖の上から海へ、衣服と共に投げ捨てた。あとは昭治の外套を纏い、その中に彼の靴を隠して鯨谷家まで行った。そして部屋に入ったと見せかけて再び外へ出ると、西端の崖の上に靴を置いた。

多門はこの推理に基づき、小平功治に事情聴取を行なった。しかし相手の反応は、完全に警部の予想外のものだった。

「あげな家の手伝いもしよらん女など、儂《わし》が好きなわけあるか」

最初は多門も惚《とぼ》けているのだと考えたが、どうも彼の美子嫌いは本物のようにしか思えない。念のため刑事たちに町での聞き込みをさせると、功治が美子に好意を持っている話など少しも出てこない。逆に多くの者が「美子のような女子《おなご》は、奴の好みでは到底なかろう」と口にした。

美子本人に尋ねたところ、「あの人は、私を好きかもしれんけど……」と、如何にも彼女らしい傲慢《ごうまん》な返しがあった。ただし実際に、功治に言い寄られた経験はあるか、そんな素振りを感じた覚えはあるか、と訊いてみると渋々ながらも否定した。

なお功治の現場不在証明《アリバイ》は曖昧だった。事件の翌日が月に一度の特別な市が立つ日だったため、彼は夕方まで十見所でその準備をしたあと、鯨谷家も含む各町の網元の家を回っていた。それが十七時半から十八時半の間だった。

ここにきて重要視されたのが、愛の目撃情報である。かと言って彼女が覚えた怪異的なものを、多門警部が認めたわけでは無論ない。ただし警部は少女が感じた異様な何かに対して、なんと合理的な解釈を下した。

「人殺しをした直後の人間は、当たり前だが普通の精神状態ではない。瞳星愛が擦れ違ったのは、鯨谷昭治を海に投げ入れて殺害したばかりの小平功治だった。磯貝美子と争った時点で、昭治は死んでいなかった。それに功治も気づいたが、これ幸いとばかりに恋敵を始末した。そんな犯人と少女は相対したわけだから、子供ながらの勘の鋭さで、相手が纏っている異様な空気を察した。そう考えると瞳星愛の証言には、かなりの信憑《しんぴょう》性が出てくることになる」

小平功治と磯貝美子は単なる事情聴取ではなく、今度は正式に取り調べを受けた。だがいくら二人を調べても、そこに繋がりめいたものが見つからない。周囲の証言も同じだった。誰にも知られていない功治の秘めた想いが動機である——と考えれば一応の辻褄《つじつま》は合う。とはいえ証拠がなければ、さすがに逮捕はできない。

警察の捜査は暗礁に乗り上げかけた。

ところが、翌日の夕刻になって、多門警部に救いの手を差し伸べる情報が届く。それは鱶に喰われたと思しき遺体の検死報告だった。

死亡推定時刻は、一昨日の十七時から十九時の間とする。

睦子が作業小屋で姉の美子と一緒にいる昭治を見たのは十八時過ぎなので、そうなると彼は十九時までの約一時間の間に殺害されたことになる。

瞳星愛が亡者道で昭治と擦れ違ったのは十八時半過ぎ、滝田金子が鯨谷家に帰ってきた「坊ちゃん」を見たのが十八時五十分頃、そこから彼は二階の自室に入って、五分後に金子が様子を見に行ったあと、その後の五分ほどで殺された計算になる。

これで美子犯人説は崩れるため、小平功治の単独犯説が強く浮かび上がってきた。彼は事件当日の夕方、各町の網元の家を回っている。鯨谷家を訪れたのが何時なのか定かではないが、滝田金子によると昭治の帰宅前であることは間違いないらしい。

だとしたら功治は、そのまま鯨谷家の近くに隠れていたのではないか。そして昭治が帰ってくるのを待って外へ呼び出し、見晴台まで誘導して突き落とした。これなら事件関係者の動きの辻褄が合う。

ただし大きな問題が一つあった。どのようにして功治は、鯨谷家の自室にいた昭治を、同家の誰にも気づかれずに外へ呼び出したのか。二人に面識はなかった。仮に功治が小石でも投げて、昭治の自室の窓に合図を送ったのだとしても、相手を不審がらせるだけだろう。しかも外へ呼び出したあと、見晴台まで誘う必要がある。この難問題を功治が五分で済ませることが、果たして可能だったろうか。

さらに動機の問題が、依然として立ち塞《ふさ》がった。美子と昭治の諍《いさか》いに因《よ》る事故死あるいは殺人の線が消えた以上、功治が恋敵である被害者を独りで殺害したと考えざるを得なくなった。

つまり小平功治は磯貝美子を狂おしいほど愛していた――という事実がなければ、この事件は成立しないのだ。

しかし、いくら多門が功治と美子を尋問しても、いくら刑事たちが関係者の聞き込みを行なっても、そんな事実は少しも出てこなかった。むしろ「功治は美子のような女を毛嫌いしている」と分かるばかりである。

小平功治には動機がなく証拠もないと、完全にはっきりした。

その結果、鯨谷昭治の自殺の可能性が再び検討された。自身の病弱な身体、親が無理強いする縁談、美子との強制的な別れ……という自殺の動機は無きにしも非《あら》ずである。彼は恋人との逢瀬のあと、一度は鯨谷家に戻ったものの、鬱々と悩んだ挙げ句に、こっそりと抜け出して見晴台から投身自殺した。それが警察の最終的な――多門は不本意だったかもしれないが――見解だった。

これに納得した兜離の浦の者が、果たして何人いたか。昭治をよく知る女たちの多くが、思わず苦笑しつつ「自殺ばぁするような人かいな」と言ったらしい。かなり重要な証言のはずなのに、もう警察は聞く耳を持たなかったという。

そのため愛が亡者道で擦れ違ったのは、鯨谷昭治だと認められた。彼に異様な感覚を抱いたのは、恐らく死相でも出ていたのではないか。そう警察は考えた。

へぇ、死相は否定せんのや。

それが愛には意外だった。警察なら一切その手のものは受けつけなそうなのに。

結局うちが見たんは……。

西端の崖から飛び降りる決心を既にしていた、これから死のうとしている鯨谷昭治だったのか。けど、あの禍々《まがまが》しさは……。

警察も認めた死相くらいでは説明できないほどの、もっと悍ましい何かだった。そんな風に思えてならない。

つまりうちが擦れ違《ちご》うたんは……。

東端の崖から投身したあとの、死んだばかりの昭治だったのか。亡者と化した彼が身を投げた海から這《は》い上がって、亡者道を歩いていたのか。だからこそ愛は、あれほど恐ろしい感覚に囚われたのか。

どちらにしても昭治は、自ら命を絶ったことになる。

でも……。

あのとき行き遭ったものには、もっともっと邪悪な何かを感じた気がする。あれほどまでの異様な感覚に苛《さいな》まれたのは、きっとその所為に違いない。

やっぱりうちは亡者を視たんやないか。

それも殺されて海に投げ捨てられた昭治の……。

日が経つにつれ、そういう思いが次第に強くなっていった。よく無事で済んだものだと、のちに愛は当時を思い出しては、そのたびに震える羽目になったという。

六

瞳星愛の話が終わっても、天弓馬人は黙ったままだった。最初は普通だった顔の色が、今は心持ち青褪《あおざ》めている。

……怖がってはる?

初対面で彼の叫び声を聞いてから、ひょっとして怖がりなのでは——と疑っていたのだが、それが実証されたような気分である。

愛が事件について話しているとき、天弓は身を乗り出さんばかりにして、誰が何処に何時にいたのか、その詳細を執拗《しつよう》に尋ねる熱心さを見せた癖に、彼女が亡者道での体験を語りはじめると、まるで借りてきた猫のように大人しくなった。あまりの変わり身の早さに、彼女は唖然《あぜん》とした。

最後に亡者の話を蒸し返したんが、ようなかったんかなぁ。

一応は反省しつつも、いつまでも沈黙が続くのが嫌で、

「刀城先生が今まで蒐集された『亡者』の項目に、これで新しいお話が加わることになりますか」

そう尋ねたのだが、意外にも否定的な返しがあった。

「先生が蒐集されているのは、言わば民俗学的に価値のある話で、小学生の女の子が大人から聞かされた怪談に影響を受けて、それで目にしたと思い込んだような体験談は、そこには含まれない」

「うちは確かに、あれを見ました」

「それは鯨谷昭治その人で、彼は家に戻ったあとで抜け出して、近くの崖から投身した。警察もそう結論づけたんだろ」

「でも、昭治さんを知る女の人たちの多くが、彼の自殺なんて有り得ない……って言ったんですよ」

「そもそも君は――」

ここで天弓は疑わしそうな顔になって、

「どうして事件について、そんなに詳しいんだ？」

「刀城先生が遭遇された鳥坏島事件の次に、あの地方では有名な出来事やったので、嫌でも耳に入ってきたんです。あのあとも夏になると、祖母の家へ遊びに行ってましたから」

「とにかく君が見たのは、鯨谷昭治だった」

「自殺は有り得ないって――」

「だったら西端の崖から、犯人に突き落とされたんだ」

「たった五分ほどの間にですか」

「合理的に考えるとそうなる。また死亡推定時刻は、あくまでも推定に過ぎない。あと十分や二十分くらい、後ろにずらせるはずだ」

「犯人は誰です？」

「捜査線上には浮かばなかったが、磯貝美子に懸想していた奴だろう」

「あんな人間関係が濃厚な田舎で隠しておくやなんて、絶対に無理ですよ」

「昭治と美子の仲は、上手《うま》く隠せていただろ」

「それは二人が、あそこでも浮いてたからです。町の男衆とは異なる人種の小平功治さんでさえ、その人となりは皆によう知られてました。美子さんのためになら昭治さんを……と考えるような犯人候補がいたんなら、絶対に分かったはずです」

「だったら昭治は、東端の崖から投身自殺をした。そして君が見たのは、彼の幻覚だった。かなり現実的に映る幻覚もあると聞くからな」

「いいえ、あれは幻なんかやありませんでした。それまでに昭治さんを見たんは、確かに遠目にちらっとだけでしたけど、あの時間にあそこを歩いてたんですから、間違いのう彼です。第一なんでうちが、昭治さんの幻なんか見るんですか。そんな理由、何もありませんよね」

「それは……」

「あれが仮に昭治さんやなかったとしても、うちが何かと擦れ違うたんは、紛れもない事実なんやと誓えます」

「だから……」

「あのー、怖いんですか」

ぴたっと天弓が口を閉ざした。

「うちの話を採用したら、ほんまに亡者を認めることになるんで、それが恐ろしゅうて、天弓さんは否定なさってるんでしょうか」

すると血の気の引いた顔色に、少しずつ赤みが戻りはじめたと思ったら、地の底から響くような声音で、

「だ、誰が臆病者の、怖がりの腰抜けの、勇気のない意気地なしだよ」

「えーっと、そこまで言うてません」

「いや、きっと心の中で、そう思ってる」

まぁ少しは……という返事を愛は呑《の》み込んでから、

「先生のご希望通り、うちはお話をしました。あとの判断は、先生と天弓さんでお願いします」

挨拶して彼女は立ち上がりかけたが、

「おい、待て」

天弓に慌てて止められた。

「こんな状態のままで、よく自分だけ帰ろうとするな」

「うちの役目は――」

「話したからお終《しま》いか。この場の空気は、どうしてくれる？」

そう言われて愛は気づいたが、確かに研究室内の雰囲気が先程よりも、明らかにどんよりとしている。まるで彼女の話に影響されて、室内に置かれた得体の知れぬ品々から悪い気でも出ているかのように……。

「けど――」

彼女は困惑した顔で、

「うちが亡者と行き遭《お》うたと思うてるのに対して、天弓さんは違うというお考えですから、どうしようも……」

「君も納得のいく合理的な推理が、きっとあるはずだ。それに俺が辿り着くまで、君は帰るべきではない」

「そんなぁ」

無茶苦茶なことを天弓が言い出したと、愛は呆れた。それでも一心不乱に推理をはじめたらしい彼を見ていると、少しは付き合っても良いかな、という気になってくるのだから不思議である。

「……そうか」

やがて天弓は呟いたあと、

「完全な盲点になっているけど、とても簡単な真相があるじゃないか」

「何です？」

「君が亡者道で擦れ違ったのは、やっぱり鯨谷昭治だった」

「ほんなら彼は、鯨谷家が建つ西端の崖から投身自殺した、あるいは突き落とされて殺された――のうち、どっちだったんですか」

「どちらでもない」

「えっ……」

「なぜなら殺されたのは、小平功治だったからだ」

訳が分からずに愛が黙ってしまうと、逆に天弓は饒舌《じょうぜつ》になって、

「事件当日の朝、両親から見合いに関する手紙を受け取った昭治は、このままでは自分の望まぬ結婚をさせられると思った。当然だが磯貝美子とは別れさせられる。そこで彼女と手に手を取って逃げようと考えたが、駆け落ちをしたからといって両親が諦めるわけがない。すぐに捜し出されて、強制的に引き裂かれ、連れ戻されるのが落ちだろう。だから自分と容姿の似ている小平功治を、恵比寿様の祠がある東端の崖から落として、己の身代わりとする計画を立てた。どうやって作業小屋に呼び出したのかは謎だが、網元である鯨谷家に滞在していたのだから、何とでも理由はつけられたと思う。そして昭治自身は鯨谷家へと戻り、西端の崖の上に靴を置いて、さも自殺したような現場をでっち上げた。遺体は西から東へ流れたと、きっと見做される。そう読んだうえでの計画だった。功治の母親は病で臥せっているのだから、なんとか誤魔化しが利くだろう。しかも彼は貯金をしていた。つまり駆け落ちの資金まであったことになる」

「へぇぇっ」

　彼女が単純に感心すると、それに天弓は気を良くしたのか、

「ところが、そこには二つの誤算があった。一つは遺体が発見される前に、鱶に喰われてしまったこと。そのため身元確認ができなくなったわけだが、これは昭治にとって、むしろ僥倖《ぎょうこう》だった。なぜなら見つかった遺体が五体満足に近いほど、どう考えても被害者が小平功治だとバレる確率が高まるからだ。特に両手が無事だった場合、指紋から簡単に身元が割れてしまう。また昭治には検死による死亡推定時刻の知識がなかったことから、遺体の主は西端ではなく東端の崖から落ちた可能性が高いと、多門警部に疑われてしまった。そのため亡者道を鯨谷家へ向かう彼の姿が、まるで亡者としか思えないような状況を作り出したわけだ」

「はあぁっ」

「斯様に昭治の計画は詰めが甘過ぎた。だが、それが逆に事件を謎めかせた。君の目撃談も一役買ったことになるな」

「なるほどぉ」

　大きく相槌《あいづち》を打ったあと、そのまま愛は黙り込んだ。最初は天弓も得意そうな表情を見せていたものの、いつまで経っても彼女の様子が変わらないため、次第に彼はそわそわし出した。

「……何か問題でも？」

「筋は通ってると思うんですけど、小平功治さんに化けた鯨谷昭治さんは、そう上手《うま》く他人を騙《だま》せたんでしょうか」

「臥せっている母親は、どうとでもなっただろう。近所の人には、なるべく会わなければいい」

「いえ、うちが気になったのは、警察です」

「二人のどちらとも、警察は言わば初対面だろ」

「せやけど話してるうちに、相手が兜離の浦の者かどうか、きっと方言で分かると思うんです」

「昭治は子供の頃から、鯨谷家には遊びに来ていた。方言が話せたとしても、別に不思議ではないはずだ」

「でも……」

遠慮がちに異を唱える愛に、天弓は苛立《いらだ》たしそうに、

「何だ？」

「事件のあと、小平功治さんと美子さんが一緒に、兜離の浦から出て行ったなんてことは、特になかったんですけど……」

「……一人ずつ別々に、とかも？」

「はい、ありませんでした」

「早く言ってくれ」

ばつが悪そうな顔をしたのも束の間、天弓は再び沈思黙考の状態に入った。だが、しばらくすると立ち上がって、いきなり狭い室内を歩き回りはじめた。しかも書棚から本を抜き出すと、ぱらぱらっと捲《めく》っただけで、ろくに読まずに戻すという行為を繰り返している。どうやら手に取っている本も、無作為に選んでいるらしい。

考え事をするときの癖？

愛も最初はそう思ったのだが、やがて真っ黒な仮面の前で立ち止まると、ひたすら凝っとそれを眺め出したので、ちょっと怖くなった。

……だ、大丈夫やろか。

そんな彼女の懼れを、まるで嘲笑《あざわら》うかのような口調で、いきなり天弓は口を開いた。

「君が亡者道で行き遭ったのは、確かに『死んどるけど生きとる。生きとるけど死んどる』という存在だったんだ」

「ど、どういうことです？」

「つまり君が『死んどる』と感じたのは、切断されて間もない鯨谷昭治の生首に対してだった。そして君が『生きとる』と覚えたのは、彼の生首を外套に隠れて頭上運搬している磯貝睦子の姿に対してだった」

「…………」

愛は絶句して何も言えなかったが、長年の蟠《わだかま》りが突然、すとんと腑《ふ》に落ちたように思えた。天弓の推理が間違いなく核心を突いていると、その瞬間に悟った。

「多門警部の最初の読みが、恐らく正解だったのだと思う」

そう切り出したあと、再び天弓は饒舌になって、

「作業小屋での逢い引きが済んだあとで、昭治は美子に見合いの件を伝え、別れ話を持ち出した。それに彼女は激昂《げきこう》して彼を突き飛ばすなどした結果、相手は死んでしまう。ただし、ここから先が

違う。美子を助けに現れたのは小平功治ではなく、妹の睦子だった。何が起きたのか理解した途端、睦子は姉を救おうと考えた。まず美子を家に帰す。それから小屋にあった斧《おの》で、昭治の首と四肢を切断した。小屋は薪を作って収蔵する場所だった。だとしたら斧があったはずだ。そして睦子は普段から家の薪割りの手伝いをしている。遺体をバラバラにしたのは、二つの理由からだ。一つは小屋から東端の崖まで運んで海に投棄するため。如何に昭治が小柄だったとはいえ、大人の男性の遺体を睦子は担げないからな。もう一つは美子が家に帰ったあとで、生きている昭治の姿を誰かに目撃させること。それに役立ったのが、彼女の頭上運搬の技術だ。睦子が作業小屋を覗いたときに、海坊主だと思って恐れた影は、抱き合っていた昭治と美子だった。それが左右に割れて綺麗に分かれた風に見えたのだから、二人の背丈はほぼ同じと見做せる。また美子の身長は、睦子よりも頭一つ分くらい高い。つまり睦子の頭頂に昭治の生首を載せれば、生前の彼と同じ身長になる」

「け、けど……」

愛は充分に納得しながらも、まだ何処か信じられない気分も味わいつつ、

「うちが亡者道を通るやなんて、睦子も知らんかったはずです」

「このアイデアが閃《ひらめ》いたとき、睦子はバレる心配も当然したと思う。目撃者が多ければ多いほど、その懼れは高まる。しかし夕方の亡者道は、幸いにも人通りが少ない。むしろ皆無と言うべきだろう。だから睦子の頭にあった目撃者とは、加齢のため視力も聴力も弱っていた滝田金子だった。彼女のことや昭治の自室の場所などは、この恐るべき計画を立てたとき、その場で姉から聞き出したのだと思う。仮に美子が鯨谷家に行ったことがなくても、その様子くらい昭治から聞いていただろ

うからな」

「頭上運搬に必要なはずの、頭頂部に載せる藁製の輪や円形の竹笊は、どないしたんでしょう？」

「作業小屋には、仕事に必要な細々とした物も置かれていた。それを代用したのだろう。死後の切断は血もあまり流れない。とはいえ首の切断面は何かで包む必要もあったため、それも小屋の中から探した。被害者の衣服の可能性もある」

「睦子が考えたんは、昭治さんの偽装自殺やったんですか」

「無理はあったかもしれないが、他に妙案がない以上は仕方ない。それに警察も結局は、そういう見解を取らざるを得ないことになったわけだ」

「昭治さんの靴は？」

「頭上運搬の利点の一つは、両手が自由に使えることだろ。一足の靴を持つくらい、彼女には余裕だった。鯨谷家で滝田金子に目撃させ、昭治の自室に入ったあと、少し待ってから――実際に金子が様子を見に来たのだから、ここは綱渡りだったことになるな――こっそりと睦子は同家から抜け出した。そして西端の崖の上に靴を揃えて置き、生首と外套を海へ投げ捨てた。もしも西端から東端の崖の間で、この二つのどちらかでも発見されていれば、ひょっとすると多門警部も、この事件の真相に辿り着けていたかもしれない」

「うちには内緒で睦子が、そこまでやってたなんて……」

「擦れ違ったあとで聞こえた唸り声は、君にバレなかったという安堵の、きっと溜息だったんだよ」

じんわりと遅れてきた衝撃に、愛が打ちのめされているのとは対照的に、なんとも晴れやかな様子で天弓は、いきなり明るく宣言した。

「よし。これで亡者は、言い伝えの中だけの存在になったわけだ」

「…………」

繁々と彼を見詰めてから、愛は遠慮がちに質問した。

「ちょっとお訊きしたいんですけど、天弓さんは、こういう怪談めいたお話が、あまりお好きやないんですよね」

彼女としては充分に言葉を選んで尋ねた心算だったのだが、それでも天弓は不本意そうに、

「別に怪談が怖いわけでも、恐ろしがっているわけでも、びびって厭がっているわけでもなくてだな――」

いえいえ、どう見てもそうでしょう……という返しを、もちろん愛は口に出さずに黙っている。

「刀城先生の怪異譚蒐集のお手伝いとして、こうして話を聞いているだけだ」

「はい、それは理解してますが、どちらかと言えば、敢えて言うならば、苦手な方なんですよね」

またしても慎重に訊いたところ、渋々といった感じで彼が微かに頷いたので、

「それなのに、これほど曰くのありそうな物が溢れた研究室に籠って、よく小説をお書きになれますね」

「……それを、言うな」

天弓は不機嫌な顔になると、

「できるだけ忘れて、気にしないようにしているんだから……」

「あっ、やっぱり。けど、どうしてなんです？」

「ここほど静かで、かつ独りになれて、執筆に専念できる場所などないからだよ」

「図書室は？」

「時と場合によって、ひそひそ話がはじまるからな」

そう言って愛に目をやった彼の眼差しは、君たちのような女子学生が——と物語っているようである。

「つまり天弓さんにとって創作活動は、何よりも優先されるわけですか」

「当然だ」

と答えた彼の態度には、話が済んだのだから速やかに帰ってくれ、今から俺は執筆をするのだから——という言外の匂わせが、ぷんぷんしている。露骨に分かるだけに、愛もかちんときた。

「小平功治さんは——」

「うん？」

「その後、内陸の町からお嫁さんを迎えました。そして貯めてた資金で、念願の商売をはじめたそうです」

「ふーん」

まったく気のない天弓の相槌にもめげずに、彼女は続けた。

「うちと睦子は事件のあと、ちょっと疎遠になりました。美子さんの様子が可怪しゅうなって、彼女が姉の面倒を見る羽目になったから、いう理由もあったんですけど、やっぱり睦子も事件の影響を受けてしもうたんでしょうね」

「それは、そうだろう」

一応は彼も応えてくれるものの、先程までの熱心さは微塵《みじん》もない。

「美子さんなんですが、夕方になると亡者道を歩くようになって……」

「えっ？」

「その様子が普通やのうて……。止めさせようとしても聞かんので、睦子がお目付役を担うようになったんです」

「おい――」

ここに来て不穏な予感を覚えたのか、天弓が言葉を挟もうとしたが、愛は少しも構わずに、

「その年の晩秋の頃、ある日の夕刻、いつも通り亡者道を歩く美子さんを、ちょっと離れた所から睦子は見てました。でも、ほんの短い間、ちらっと視線を外した隙に、美子さんの姿が見えなくなって……。周囲に隠れられる場所など、何処にもありません。完全に見渡せます。かというて海に入ったわけでもない。睦子が目を逸らしてた時間から考えても、それは無理やった。念のため彼女は、すぐさま海の中を見ましたけど、人が飛び込んだような気配はなかった。睦子の知らせを受けて、漁師たちが船を出してくれましたが、美子さんは見つかりませんでした」

「…………」

「やがて亡者道で、かなり妙なもんが目撃されるようになります」

「……何だ？」

「最初に見たんは子供でしたが、彼は学校の図書館にある図鑑で目にした、トーテムポールに似てた……って言いました」

「…………」

「二人目、三人目の目撃者が出て、その話を合わせた結果、その異様なもんの姿が、ようやく見えてきたんですけど……」

「何だよ。早く言ってくれ」

「頭が二つあったそうです。それも縦に……」

「…………」

何か言いかけたものの、そのまま固まっている天弓馬人を置いて、さっさと瞳星愛は研究室をあとにした。

彼女が廊下を歩いていると、後方から「こらー、戻って来ーい」という叫び声が聞こえたような気がした。

しかしながら愛は立ち止まらずに、にんまりと笑いつつ歩き去った。

第二話　近寄る首無女

一

杏莉《あんり》和平《かずひら》が武蔵野《むさしの》の颫呂《ふろ》ヶ丘《がおか》に建つ頭類家《かみなし》を訪れて、あれほど悍《おぞ》ましいものを目にする羽目になったのは、彼が愛読するミステリ作家ジョン・ディクスン・カーの所為《せい》とも言えた。

高校受験を来年に控えた中学三年生の秋、和平はカーの作風に魅了されてしまう。それまでに読んだ海外の探偵小説には突出した怪奇性などなく、仮に奇々怪々に思える謎が提示されても、あくまでも知的好奇心を刺激する装飾に過ぎず、そこに恐怖を覚えることはない。

ところが、ディクスン・カー――またの名をカーター・ディクスン――は違った。呪いや祟《たた》りや幽霊といったオカルトの要素が豊富で、それらが事件に濃く深い影を落としている。作中で怪談が語られる場合もある。そういう作品ばかりらしいと知った和平は、いつしかカーを読まず嫌いになっていた。

なぜなら彼は怖がりだったからだ。幼い頃は誰もが同じだとしても、中学生ともなると合理的な精神も発達して、それなりに否定し出す。だが彼は未《いま》だに、その手の話が大の苦手だった。探偵小説なのだから最終的には謎解きが行なわれる。そう分かっているにも拘《かか》わらずカーの作品に苦手意識を持った。一度こう思い込んでしまうと、なかなか読めなくなる。

ただし厄介なことに、彼は何より不可能犯罪が好きだった。犯人の出入りが絶対に無理な密室内で殺人が起きる。犯行現場は雪に覆われた野外なのに被害者の足跡しかない。逃げる犯人を探偵が追いかけたところ行き止まりの廊下で消えた。そんな作品が彼は大好物である。しかし他の作家の場合、こういう不可解な事件を扱った作例はあまり多くない。それに比べるとカーは、ほとんどが不可能犯罪物だという。

怖い話は厭《いや》だけれど、人知を超えたような事件をもっと読みたい。

そんなジレンマに和平は囚《とら》われた。これまでの彼なら、それでもカーを読むことはなかっただろう。でも三年生になってから根を詰めて真面目に取り組んでいる受験勉強の疲れで、ふっと魔が差した。この疲労感を癒やすためには、従来の作家たちでは物足りず、もっと刺激が必要だと感じた。カーこそ打ってつけだと思った。とはいえ粗筋に目を通して、まったく怪奇性のなさそうなカーター・ディクスン名義の『ユダの窓』を選んだのは――著者の作品の中で最も値段が高かったのに――なんとも彼らしい。

完全な密室内で銀行家が殺される。凶器は室内にあった弓矢で、現場には両手が血染めの青年しかいない。彼は銀行家の娘の許嫁《いいなずけ》だった。探偵は彼の無実を信じて事件に取り組む――という内容に、もう和平は夢中になった。

当然ながら続けてカーを読みたくなる。同じ早川書房のハヤカワ・ミステリ・シリーズに入っているカー作品の中から、やはり怪奇性のなさそうな『皇帝の嗅煙草入』を選んだ。生憎《あいにく》これには密室が出てこないが、彼は結末の意外性に打ちのめされた。こうなるとカーだから避けるのではなく、カーだからこそ読みたいという気持ちが抑えられなくなる。

そこで和平は勇気を振り絞り、敢《あ》えて恐ろしそうな『夜歩く』を読んだ。カーのデビュー作にして、人狼伝説に絡めた密室殺人が扱われている。怖い話に耐性のない彼には、本作の怪奇性は刺激が強かった。だが、それ以上に不可能犯罪の魅力に抗《あらが》えなかった。

和平は見る見るディクスン・カーにのめり込んでいった。もっともすぐに困る羽目になった。鯛焼きが七円、鉛筆が十円、ラムネが十円、餡《あん》パンが十二円、珈琲《コーヒー》が五十円、カレーライスと映画館の入場料が百円という中で、『ユダの窓』は二百二十円、『皇帝の嗅煙草入』は百四十円、『夜歩く』は百六十円した。今回は無駄遣いをせずに貯めておいた年玉が役に立ったものの、すでに購入資金は底をついている。月々の小遣いだけでは、仮に新刊を諦めて古本屋で探すにしても心許《こころもと》ない。そもそも彼が住んでいる町の古本屋で、ハヤカワ・ミステリ・シリーズが目につくことは希有《けう》であり、況《ま》してカーなど見た覚えがない。同じことが学校と町の図書館にも言えた。

怪奇趣味に彩られた不可能犯罪物がもっと読みたい。

この頃になると受験勉強の気分転換に必要なのは、カーの作品以外には有り得ないと思うまでに嗜好《しこう》が変わっていた。でも残念ながら新刊には手が出せず、根気よく古本屋を巡るしかなかった。

そんなとき和平は学校で、カーの『三つの棺』を読んでいる男子生徒を見かけ度肝を抜かれた。しかも相手が勉強にも運動にも優れた頭類貴琉《たける》だったため、余計に目を見張った。彼は文武両道だけでなく、容姿にも大いに恵まれている。成績が優秀ながら眼鏡をかけたガリ勉タイプではなく、運動神経が抜群とはいえ筋肉質の身体でもない、色白の細身な見た目には気品さえ覚える。それなのに何処か陰も感じられて、決して品行方正という印象でもない。

そのため女子生徒たちから、常に熱い眼差《まなざ》しを受けていた。よって彼の周りは、いつも賑《にぎ》やかだった。誰もいない校舎裏の日陰で独り、探偵小説を読む姿など、まず想像もできない生徒だった。普段の和平であれば、もちろん声などかけない。そもそも頭類貴琉とは、一度も同じクラスになったことがない。こちらは相手を知っているが、向こうが杏莉和平を認めているとは思えない。そんな状況で引っ込み思案の彼が、この有名な生徒に話しかけるなど無理である。

だから実際は、つい言葉が口から出てしまったに過ぎない。

「えっ、その本って……」

それも呟《つぶや》き程度で、読書に熱中している相手の耳に届いたのかどうか。ふと向こうが本から顔を上げたのは、単に人の気配を察した所為だろう。

「まさか、カーを知ってるのか」

意外にも頭類貴琉が、驚きの声を発した。凝《じ》っと本を見詰めている和平の様子から、咄嗟《とっさ》に悟ったらしい。

「まだ三冊しか読んでないけど……」

気がつくと和平は、自らのカー遍歴を語っていた。すると貴琉が男子生徒でもドキッとしそうな微笑みを浮かべつつ、

「俺と逆だな。君は怖い話が厭だから――つまり怪談を信じているから――カーを敬遠していた。一方の俺は唯物論者だから、怪奇的で不可解な現象が結末で合理的に解かれることを楽しみに、カーを読んでいる」

このときから二人は、カーを通して友達になった。翌日の昼休み、貴琉は早速『蠟人形館の殺

人』を貸してくれた。

もっとも相手は人気者である。そうそう学校で探偵小説談義もできない。第一そういう話をしたあとは必ず、和平は女生徒たちに取り囲まれ、「頭類君と何の話をしてたの」とか、「どうして杏莉君は、頭類君と親しくなったの」などと詰問される羽目になる。正直にカーの件を伝えると、本を貸して欲しいという希望者が殺到して、和平を辟易《へきえき》させた。

ただしカーの作品を読んだ女子生徒が、それをネタに頭類貴琉に話しかけても、当然ながら探偵小説談義などできるわけもなく、むしろ彼に悪い印象を与えてしまい、「どうにかしてよ」と和平に泣きつく者も出てきて、さらに彼を困らせた。

だが、これが結果的に良かった。学校では何かと煩《うるさ》いからと、貴琉が頻繁に頭類家へ招いてくれるようになった。もちろん同級生たちには内緒にした。特に女子たちにはバレないように、細心の注意を払った。

颷呂ヶ丘の外周をぐるっと回りながら通っている坂道を辿《たど》った先に、頭類家の洋館は建っていた。その立派な赤煉瓦《れんが》造りとは裏腹に、ぽつんと一軒だけ丘の上に存在する家屋には、何処か淋しげで陰鬱《いんうつ》な雰囲気が漂っている。

西向きの門を入ると、右手に東西に延びる恰好《かっこう》で長方形の屋敷がある。その南北は雑木林だが、東側には深そうな森が見えた。この三方を樹木に囲まれている立地が、頭類家の全体に暗い影を落としている。そんな風に見受けられる眺めだった。

実は他に大きな理由があることを、やがて和平は知る羽目になるのだが……。

これだけの屋敷が空襲で焼失しなかったのは奇跡と言えたが、同じことが図書室の蔵書にも当て嵌《は》まると、彼は強く思った。貴琉の祖父が遺《のこ》した書籍に、少なからぬ数の探偵小説が含まれていたからだ。

「これは昭和十一年に訳された『三つの棺』だけど、かなりの粗訳だから読まない方がいい」

もっとも貴琉の評価は厳しく、書棚から『魔棺殺人事件』を取り出しながら、そんな忠告を真剣にした。

「まずは俺が持っている本を貸すから。それでも足りなければ祖父の蔵書もある」

ただし和平が大喜びする提案も、彼はしてくれた。

「けど受験勉強もあるからな。俺の蔵書だけで充分かもしれない」

そう貴琉が続けて言ったのも、二階の西翼にある彼の部屋に入るとよく理解できた。

壁の一面に広がる書棚に、ずらっと並べられた本の多くが海外の探偵小説で、ディクスン・カーも『ユダの窓』『死人を起す』『三つの棺』『夜歩く』『蠟人形館の殺人』『皇帝の嗅煙草入』と刊行順に揃っている。他にもハーバート・ブリーン『ワイルダー一家の失踪』、アガサ・クリスティー『忘られぬ死』、E・D・ビガース『カーテンの彼方』、マルコ・ペイジ『古書殺人事件』、ニコラス・ブレイク『野獣死すべし』、マージェリー・アリンガム『幽霊の死』といった本格物が目についたのは、如何《いか》にも貴琉らしい。

頭類家の重厚さと図書室の蔵書の多さ、それに貴琉の書棚の中身に夢中になるあまり、和平は当初、同家の家族構成に無頓着だった。だが何度も訪問するうちに、首を傾げるようになっていく。

そう言えば貴琉の母親に会ったことがない。父親の職業も知らない。いつも家にいるのは、彼の祖母にして頭類家を仕切っているらしい壽子《としこ》、彼の伯母《おば》である尉子《やすこ》、その娘で車椅子を使う和代《かずよ》、彼の叔父《おじ》の勝也《かつや》、最近になって雇ったという通いの家政婦の田荘須江《たどころすえ》の五人ではないか。日曜に訪れた際も、彼の両親の姿は見えなかった。

けど……。

如何に友達になったとはいえ、家のことを根掘り葉掘り訊《き》くのは失礼だろう。そういう意識が和平にはあった。また頭類家には常に重苦しい空気が漂っており、同家について話をするのが躊躇《ためら》われる雰囲気に満ちていた。そんな中で探偵小説談義が繰り広げられる貴琉の部屋は、完全に別世界だったかもしれない。

僕は彼の読書友達なんだから――。

本人から相談でもされない限り、頭類家に関して何も知らなくても構わないと、すぐに和平は考えるようになる。

ところが、ある出来事を切っ掛けに、彼は嫌というほど同家の様々な事情について知る羽目になってしまう。下手をすると尉子や勝也よりも、この家のことに詳しくなったとも言える。

その日の放課後、貴琉は野球部の助っ人《すけと》に駆り出された。運動神経が抜群な癖に、どの運動部にも属していない。そのため部員の欠席で人数不足の問題が起きると、決まって彼に声がかかった。

「先に家へ行って、俺の部屋で好きな本を読んでいてくれ」

そう貴琉に言われて、和平は慌てた。かなり慣れたとはいえ、頭類家で友達の帰りを独りで待つのかと思うと、さすがに不安にかられた。

「大丈夫だよ。祖母は君を気に入ったみたいだから、仮に俺のいないときに遊びにきたとしても、きっと歓迎してもらえるさ」

なおも渋る和平の尻《しり》を叩《たた》くように、貴琉は彼を頭類家へ向かわせた。

それでも同家で独りになる時間を少しでも減らそうと、わざと彼はのろのろ歩いた。こうしている間に貴琉が追い着いてくれないかと、何度も後ろを振り返る。しかし当然ながら、そう都合良くはいかない。

遂《つい》に到着してしまった頭類家で、田荘須江に遠慮がちな口調で来意を告げる。てっきり貴琉の部屋に通されると思ったのだが、そのまま玄関の間で待たされた。

「お首が大事なら、うちに関わらないことね」

そのとき不意に声をかけられ、ぎくっと背筋が強張《こわば》った。

恐る恐る目をやると、西翼の廊下の角から車椅子に乗った和代が顔を出していた。二十数歳と聞いているが、まだ十代と言っても通用する幼さが容姿や喋《しゃべ》り方に感じられる。両脚はゆったりと広がったスカートに覆われて少しも見えない。

「……えっ？　く、首ですか」

思わず自分の首筋を指差しながら、和平は問い返した。

最初の訪問時に彼女には廊下で出会って、そのとき貴琉から紹介は受けている。だが以降は挨拶《あいさつ》をする程度に過ぎず、真面《まとも》に会話したことがない。それなのに今、いきなり訳の分からない言葉をかけられ、彼は大いに戸惑った。

「ええ、お首、手首、足首……すべての首よ」

和代は当たり前のように、そう口にすると廊下を引き返していった。きっと自分の部屋に戻ったのだろう。

……ど、どういう意味だ？

夕間暮れの薄暗い玄関の間に独り残された途端、和平は急に怖くなった。

「お待たせしました」

いつの間にか須江が横に立っていて、彼はぞっとした。小柄で小太りで蟹股《がにまた》という見た目からは想像できないほど、彼女の動きは密《ひそ》やかで猫のようである。ただし猫と違って、そこに愛らしさはない。むしろ薄気味悪さしか覚えない。

「こちらへ」

そんな須江が誘《いざな》ったのは、なぜか二階の東翼にある壽子の部屋だった。

「こ、こんにちは。お邪魔しています」

和平は驚きながらも挨拶をして、取り敢えず事情を説明しようとした。

「あっ、あのー貴琉君は野球部の助っ人で、帰るのが遅くなるので、先に行っているようにと言われて――」

「そんなこと、いいのよ。それよりあの子は学校で、どんな様子かしら」

壽子はまったく気にした風もなく、いそいそとした様子で質問してきたので、たちまち合点がいった。

同家に出入りして日の浅い和平から見ても、貴琉が祖母に示す親愛の情は本当に深かった。娘の尉子や息子の勝也が、どちらかと言えば壽子に対して冷淡に思えるだけに、余計にそう感じられたのだろう。

とはいえ思春期真っ盛りの中学三年生である。学校生活のあれこれを、祖母が満足するように話しているはずがない。だから壽子としては、まだ孫が帰らないこの機会に、その友達から聞き出そうとしたのだろう。

取り敢えず和平は、あとから貴琉に文句を言われない程度に、当人の学校でのエピソードをいくつか話した。とにかく文武両道の人気者のため、その話題には困らない。第一どんな内容でも、壽子は目を輝かせて聞いてくれる。

最初に紹介されたとき、何処か神経質そうに見えたんだけど……。

今は見違えるような生き生きとした顔で、和平の話に耳を傾けている。孫の学校生活に触れられて、もう嬉《うれ》しくて堪《たま》らないのだろう。

これが切っ掛けとなり、しばしば和平は壽子の部屋に呼ばれるようになる。貴琉が家にいるときでも関係なかった。

「祖母が喜んでくれるなら、俺は別にいいよ。君さえ嫌でないなら、相手をしてやって欲しい」

あっさりと本人も認めた。ただし授業をサボって映画を観に行った件、他校の生徒と盛り場で派手な喧嘩《けんか》をした事件、こっそり家を抜け出して夜遊びを偶《たま》にすることなど、絶対に言うなと釘《くぎ》を刺された話も多い。

もちろん和平は約束を守った。しかし、壽子の聞き上手が曲者《くせもの》で、本人も気づかぬうちに喋らされていることがある。そんなとき彼は「しまった」という顔をするのだが、彼女は反対に「ありがとうね」という表情を浮かべる。

当初は和平も難儀したが、そのうち彼との会話を、壽子は決して貴琉に漏らしていないと分かってからは少し気が楽になった。とはいえこの習慣を憂えるときが、割とすぐにやって来た。

「うちの親戚《しんせき》の一つに、古里《こり》家という旧家があって――」

あるとき突然、そう壽子は切り出すと、頭類家の出自の話をはじめた。

古里家には三枝《みつえ》という刀自《とじ》がいて、その兄は奥多摩《おくたま》の媛神《ひめかみ》郷にある媛首《ひめかみ》村を代々に亘《わた》って治めている秘守《ひがみ》一族の長の富堂《ふどう》で、彼の三男の兵堂《ひょうどう》は同一族の一守《いちがみ》家の当主になるらしい。一守家の下には二守《ふたがみ》家と三守《みかみ》家が控えており、この二家の下に古里家が位置するという。

「幸いにも頭類家は、秘守一族からは外れた家系になるけれど、だからと言ってあの厄介な障りから、完全に逃れられるわけではなさそうで……」

壽子の話は、俄《にわか》には信じられないものだった。にも拘らず訥々《とつとつ》と語る彼女の語りに耳を傾けているうちに、いつしか和平は寒気を覚えていた。いくら何でも今の世に有り得ない……と強く思うのに、それの怪異を端《はな》から否定できない自分がいて、彼は戸惑った。いや、純粋に恐怖したと言うべきか。

そもそもの話は天正《てんしょう》十八年（一五九〇）にまで遡《さかのぼ》る。同年の七月、媛神郷に築かれた媛神城が豊《とよ》臣《とみ》氏に攻め込まれ、当主の氏秀《うじひで》は自刃、子息の氏定《うじさだ》は媛鞍《ひめくら》山を通り抜けて隣国に落ち延びる。このとき夫の氏定のあとを追って逃げた淡媛《あおひめ》は、山中で豊臣勢の追っ手に矢を射かけられ、それが首に刺さって転倒したところを襲われ、首を斬られて殺される。

この淡媛は以前より悪い噂が絶えず——気分次第で侍女を嬲《なぶ》り殺す、鳥獣の肉を生で食らう、若い男を次々と寝所に引き摺《ず》り込む——村人たちも氏定の無事は大いに喜んだものの、彼女の惨死についで悼《いた》む者は誰一人いなかった。

媛神城の陥落後、しばしば周辺で怪異が起きるようになる。ある炭焼人は燃えさかる竈《かまど》の中に、にやにや嗤《わら》う女の生首を見て病み、遂には死んでしまう。ある村人は媛鞍山を通ったとき、行く手を宙に浮く女の生首に、後方を首の無い女に阻まれて、命辛々逃げ帰ったのだが、その後ふっつり行方が分からなくなる。また別の村人は同山の麓《ふもと》で山菜を採っていて、こっちに沢山あるから……という声に誘われて下草を分けて行くと、地面に生えている女の生首に出会《でくわ》し、しばらく寝込んだあと頭が可怪《おか》しくなったという。

村人たちは淡媛が祟っていると恐れ、遅蒔《おそま》きながら彼女の遺体を捜した。すると身体は獣に食われて腐敗していたのに、その首だけは無傷で綺麗《きれい》だったらしい。しかも本来なら陥没しているはずの両目が、しっかりと見開かれていたという。

恐れ慄《おのの》いた村人たちは、淡媛の亡骸《なきがら》を丁重に葬って石碑を建立すると、それを媛神様として祀《まつ》った。やがて媛鞍山は媛首山と呼ばれ、媛神様は媛首様と記されるようになっていく。

この怪異伝承から百六十年近く下った宝暦《ほうれき》年間（一七五一〜六四）の頃、秘守家の当主である徳《とく》之《の》真《しん》が所用で家を空けている間に、後妻に入って半年のお淡《えん》が使用人の男と駆け落ちをする。このとき彼女が選んだ道筋が、淡媛の逃亡と完全に同じだったのは、何とも気味の悪い偶然と言える。

妻の裏切りを知った徳之真は烈火の如く怒り、金に糸目をつけず二人を捜させた。その結果、数ヵ月後に居場所が分かるのだが、徳之真にも心境の変化があったのか、とにかく帰ってきなさいと連絡した。

不義を不問にふすような言伝《ことづて》を受け取ったため、二人は充分に話し合ったうえで、お淡だけが帰ることになった。主人の顔に泥を塗っておきながら、のこのことは戻れないと男の方は考えたのだろう。

数週間後、お淡を乗せた駕籠《かご》が秘守家に着いて、彼女が駕籠から降りようとしたとき、出迎えていた徳之真が突然、日本刀を振り被《かぶ》った。だが彼女の髪飾りに刃が当たり、首を打ち落とすことができない。刃は中途半端な状態で首に食い込み、彼女は絶叫しながらのたうち回る羽目になる。

「きっと……きっと孫子の代まで……、七代末まで……祟ってやる……」

お淡は絶命するまでの間、ずっとそう言い続けたという。

彼女の亡骸は何の供養もされずに、徳之真によって村の無縁墓地に捨てるように葬られた。立ち会ったのは寺の僧侶《そうりよ》と小坊主だけだった。

この痛ましい埋葬からしばらく経った頃、徳之真と先妻の子である長男が、栃餅《とちもち》を喉に詰まらせて窒息死する。それから次男が、首筋を雀蜂《すずめばち》に刺されて急死する。跡取りを完全に失った徳之真は再び後妻をもらうが、彼女は脳味噌《のうみそ》のない子供を二人も続けて出産したあと、精神を病んで自害してしまう。

お淡の祟りだと恐れた徳之真は、彼女の遺体を掘り返すと秘守家の墓所に埋葬し直した。だが、それでも同家では不幸な出来事が続いた。いくら供養をしても一向に怪異の止む気配がない。

そこで徳之真は、媛首様を祀った媛神堂の中に、お淡の供養碑を建てた。淡媛とは「淡」の字が同じで、かつ共に首を斬られて死んでいる。そんな二人の共通点に着目したらしい。

やがて村人たちは、二人を合わせて「淡首様《あおくびさま》」と呼ぶようになる。なぜなら如何に供養しても、どれほど祀っても、彼女たちの障りは依然として続いたからだ。もちろん最も影響を被ったのは秘守家の一族だったが、淡首様は媛首村の人々にも暗い影を落としたという。

この淡首様だけでも厄介なのに、媛神郷には「首無《くびなし》」と呼ばれて恐れられる謎の怪異も存在していた。ただし壽子は首無について、あまり詳しい説明ができなかった。それは無知というよりも、そもそも正体不明の何か……だったからかもしれない。村の年寄りたちの中には、淡首様と首無を同一視する者もいたという。明確な理由があるわけではない。どちらも首が無いため、同じ存在ではないかと見做《みな》しているに過ぎないらしい。

秘守家では跡取りの男子が育たない。

淡首様の祟りの最たるものが、この言い伝えだった。そのため同家では媛首山に於《お》いて、十三夜参りという儀式を代々に亘り執り行なっている。

今から奇《く》しくも十三年前の十三夜参りで、首無殺人事件が起きる。そして敗戦を経て十年後、首斬り連続殺人事件が発生する。これらの事件と関連するのが、同年に起きた終下市《ついかいち》の連続喉裂き魔事件である。

「先程も言ったように、淡首様と首無の障りを最も受けるのは秘守一族で、それも一守家が一番なのは間違いないわ。けれど、かと言って縁戚に当たる家が無関係で済むとは限らないの。いいえ実際に、当家もね――」

ここまでの話だけで、もう和平は充分に脅かされていた。

自分には何の関係もないと思いつつも、そんな恐ろしい存在に深く関わっている家系の、遠縁の家を正に今こうして訪れているのだと考えると、どうにも落ち着かない気分を覚える。今日は本も借りずに、このまま帰りたい気さえする。

それなのに壽子はこれから、頭類家に於ける何か忌まわしい出来事を、さらに話そうとしていた。

二

そろそろ帰らないと……。

杏莉和平が言い訳を口にして逃げ出そうとするのを、まるで察したかのように壽子が尋ねた。

「貴琉から両親のことは、何か聞いてるかしら」

彼が力なく首を振ったところ、彼女は沈痛な面持ちで、

「私の長男の佐知彦《さちひこ》と天子《てんこ》さんが結婚して、あの子が生まれた。でも貴琉が十歳のとき、天子さんは脳の病気で亡くなってしまう。その一年後に、佐知彦はあの女、恵美《めぐみ》と再婚した。清楚で上品だ

った天子さんと違い、やたらと胸を強調する派手な服ばかりを着たがる女とね。それから二年後、あの女は颱呂ヶ丘の下を通る踏切でね、何とも可怪《おか》しな死に方をしたの」

佐知彦の先妻は「天子さん」なのに、後妻を「あの女」呼ばわりしている事実からも、息子の二人の妻に対する壽子の思いの差が、かなり露骨に出ていることに和平は驚いた。それまでの壽子の物言いや振る舞いには、かなり気品めいたものを覚えていたこともあり、余計にびっくりしたのかもしれない。

だが、この驚きが慄きへと取って代わることを、もちろん彼は予想できなかった。

「あの女がどうやって死んだのか、あなた、分かる？」

「……い、いえ」

和平が首を振ったのは、聞きたくないという意思表示でもあったのだが、それが壽子に伝わるはずもなく、

「電車に撥《は》ねられて、首と両腕が飛んだの」

後妻の生々しい死に方を聞かされる羽目になった。

「しかも……」

わざとのように一拍、彼女は置いてから、

「両腕は現場から発見されたのに、首だけは見つからなかったのよ」

「……じ、事故ですか」

何か言わなければと焦って、咄嗟に和平は訊いた。

「遮断機が下りているのに、無理に踏切を渡ろうとしたためだと、警察には言われたけど、あの女らしくないと思う」

「…………」

彼の沈黙の意味を、壽子は素早く悟ったようで、

「いいえ、自殺ではないの。あの女が自ら命を絶つなんて、もっと有り得ないから」

まさか……。

遠縁の秘守家を祟っている淡首様と首無の所為だとでも言う心算《つもり》なのか――と和平が大いに驚いていると、

「その事故からしばらく経った頃、赤い水玉模様の白いワンピースを着て、真っ赤なハイヒールを履いた女が、踏切の近くで目撃されるようになるの。ワンピースとハイヒールの赤は、本当は血らしいって……。そして女には首がなくて、自分の頭部を捜し回っているって……」

その驚きが再び慄きへと変わりそうな怪談を聞かされた。しかも壽子の忌まわしいお喋りは、さらに続いた。

「尉子の娘の和代はね、生まれたときから両の足首から下がないの。勝也の長男になるはずだった子は、出産時に臍《へそ》の緒《お》が首に巻きついて死産だった」

「…………」

「子供が理由で、二人とも離婚した。そして頭類家に転がり込んできた」

「…………」

「二人とも私の子ではないの。亡き夫の佐智男《さちお》が、他所《よそ》の女と作った子でね。しかも尉子と勝也では、母親が違うのよ」

和平は居《い》た堪《たま》れなくなった。孫の友達の中学生を相手に、一体この人は何を言っているのか。一刻も早く帰りたい。そう願うばかりだった。

しかし壽子は、尉子と勝也それぞれの母親について喋っている。どちらの行方も分からないらしいが、そもそも和平も真剣には聞いていない。頭類家の事情と人間関係など、彼には何の関係もないのだから当然である。

そのときノックの音がして、ようやく貴琉が現れた。

「えらく話が弾んでたみたいだな」

「そうなのよ。杏莉君は本当に聞き上手でねぇ」

すっかりご満悦の壽子とは対照的に、恐らく和平の顔は酷《ひど》く強張《こわば》っていたに違いない。なおも話をしたがる彼女をやんわりと退けて、貴琉は彼を祖母の部屋から救い出してくれた。

「……助かった」

貴琉の部屋に入った途端、和平の口から溜息《ためいき》が漏れた。

「ひょっとして我が家について、あれこれ聞かされたのか」

「それが――」

当事者を相手に何処まで話すべきなのか、和平は迷いに迷ったが、むしろ全部を打ち明けるべきだと考え直して、壽子から聞かされた内容を隠さずに伝えた。

「すまん。迷惑をかけたな」

真面目な顔で貴琉が頭を下げたので、和平は慌てた。

「い、いや、僕は話を聞いていただけで、別に何もしてないから……」

「とはいえ聞かされて、楽しい内容でもなかったろ」

「お祖母《ばあ》さんの話は、すべて本当の……」

躊躇いがちに尋ねると、貴琉は苦笑を浮かべつつ、

「祖父の女癖の悪さや、伯母と叔父に関することなど、少しも嘘はないよ」

あっけらかんと答えたので、

「淡首様と首無の祟りも？」

続けて和平が訊くと、彼の苦笑は忽《たちま》ち皮肉な笑いに変わった。

「そんな前近代的なもの、実際にあるわけないだろ。カーの作品は怪奇性に溢《あふ》れているが、結末には必ず合理的な解決がある。論理的な本格探偵小説を愛読する君が、そういう為体《ていたらく》では困るな」

「……う、うん。祟りなんて、あるわけないか」

和平も一応は納得してみせたが、壽子の迫力のある語りによって齎《もたら》された恐怖は、そう簡単には消えない。

「でも――」

そこで飽くまでも彼女を出汁《だし》にして、この呪い話に再び言及した。

「お祖母さんは、それを信じているんじゃないか」

「まぁな」

すると貴琉の顔つきが途端に渋くなって、

「実は東側の森の中に、その淡首様と首無を祀った祠《ほこら》がある。祖母の指示で、媛首村の媛神堂から分祀《ぶんし》したらしい」

「それって……」

和平が言い淀《よど》んでいると、眼差しだけで貴琉に促されたので、

「何か逆効果のような気もするけど……」

「わざわざ祟り神を迎え入れてどうする——ってことか」

「いや、もちろん迷信で……」

莫迦《ばか》にされる前に、と和平は断りを入れたのだが、

「だからと言って、何の影響もないわけではないからな」

貴琉は意味深長な物言いをした。

「祟りや呪いに効果が少しもないかと言えば、それは違う。明らかに威力を発揮する場合もある」

「そうなのか」

びっくりして和平が確認すると、彼は意外でも何でもないという顔で、

「祟りたい相手に、あなたは呪われていると示唆することで、心理的な影響を与えられる可能性がある——って意味だよ」

「なるほど」

「人間の心なんて、かなり曖昧《あいまい》なものだ。仮に合理主義者であっても、自分が呪われていると知らされたあとで、ちょっとした自身の怪我や事故、または仕事上の失敗なんかに見舞われると、ひょっとして……と考えてしまうものだと思う。ほんの少しでも疑いが頭を擡《もた》げれば、もう呪った方の勝ちとも言える。あとは相手の自滅を待つだけだよ。とはいえ上手《うま》くいかない場合の方が、やっぱり多いだろうから、そんなものに普通は頼らないわけだ」

「お祖母さんは……」

「あの祠から悪い影響を、間違いなく受けている。わざわざ祀っておきながら、結局は君のように考えたのか、今では祠を注連縄《しめなわ》でぐるぐる巻きにしているからな」

「えっ、それはそれで……」

さらに逆効果ではないのか……と和平が恐れていると、

「伯母と叔父は卑劣にも、そこにつけ込む心算だ」

いきなり貴琉が怒りを露《あら》わにした。

「ど、どういうこと？」

「伯母は祖母を他所にやって、この家を我が物にしたいと思っている。今は祖母の顔色を窺《うかが》いながら、小遣いをもらっている有様だからな。叔父は知り合いと経営している怪しげな会社が、どうやら危ないみたいなんだ。彼は西部劇の一匹狼のガンマンが好きで孤高を気取ってるけど、実際は共同経営者に仕事を丸投げにしているようで、本人には何の才覚もない。つまり相手は叔父ではなく、祖母の資産を当てにして、彼と付き合ってるんじゃないかな。叔父が傾いた会社に資金を注ぎ込むために、この家を狙っているのは間違いない」

「よく分かるな」

「それほど二人が単純で、読み易い人間だってことさ」

「つまり伯母さんも叔父さんも、この家からお祖母さんを追い出したいのか」

「そこだけ二人の利害は一致してるけど、そのあとが完全に違う。伯母は自分がこの家の主人になることだけを考え、叔父は屋敷を売り飛ばして金を得ることを企《たくら》んでいる。どっちも立派な人でなしってわけだ」

「二人の件と祠とが、どう関係するのか……」

よく理解できずに和平が戸惑っていたところ、途端に貴琉は難しい顔になって、

「祖母は西伊豆《いず》の別荘に行った方が良いと、実は主治医から勧められている」

「病気なのか」

「本人に自覚はないようだけど、長年の積み重ねによって、かなり精神的に脆《もろ》くなっているらしい。それが主治医の診断だ」

「積み重ねって、淡首様と首無のことか」

「そういう迷信だけでなく、祖父の女癖の悪さも当然そこに含まれる。その結果、当家に伯母と和代、さらに叔父が転がり込んできたわけだから……」

「かなり複雑な家族構成だな」

和平としては、そんな風に表現する以外なかったのだが、貴琉は悟り切ったような顔つきで、

「だからこそ祖母も、この家を明け渡す気など毛頭ないんだろ。けど伯母と叔父は、主治医の先生が仰《おっしゃ》ってるんだから——と、あくまでも祖母の身体の心配をしているんだと言わんばかりの物言いをする。親切ごかしとは、よく言ったものだ」

「それをお祖母さんは……」

「もちろん見抜いてるさ」

「伯母さんと叔父さんのことは分かったけど、和代さんはどうなんだ？」

この問い掛けに、貴琉は困った表情を見せつつ、

「伯母と叔父は俗物だけに、まぁ分かり易い。でも彼女は、どうにも摑《つか》み所がなくてな。ただ言えるのは祖母と同じく、淡首様と首無の祟りを信じているらしい……ということだ」

お首が大事なら……。

和代にかけられた警告めいた台詞《せりふ》を、和平が脳内で反芻《はんすう》していると、

「梅雨時に丘の下の踏切で、遮断機が下りているのに無理に渡ろうとして、他校の女子中学生が怪我した事件があっただろ」

いきなり関係のない話を貴琉が切り出した。ただ、その踏切で彼の継母が死亡している事実を和平は思い出して、取り敢えず頷《うなず》きつつ応《こた》えた。

「遅刻しそうだから、という理由だったな。幸い電車との接触はなくて、転んだ際の片足首の捻挫《ねんざ》だけで済んだやつだろ」

「彼女は岡辺《おかべ》朝子《あさこ》というんだけど、父親は駅前で不動産屋をやっていて、前から我が家にも出入り

している。西伊豆の別荘も、彼の紹介で購入したらしい」

「まさか岡辺朝子の片足首の捻挫も、淡首様と首無の所為だって言うのか。父親が頭類家と関わりを持ったが故に……」

「そこまで勘ぐったのは、祖母くらいかもしれない。ただし踏切で起きた事故ということで、俺の義母である恵美の不審死が思い出されたのか、首無女の怪談が甦《よみがえ》ってしまったようで……」

「えっ、そうなのか」

「もっとも見たと言っているのは、この辺りの小学生なんだが……」

「だったら、あまり気にする必要も――」

「ないと俺も思ったけど、その目撃談が踏切から離れるに連れて、そう無視もできないかと考え直した」

「踏切ではなく、何処に出たんだ？」

「颶呂ヶ丘の坂道だよ。しかも首無女は、あの坂を上っているみたいでな。つまり我が家に近づいているのではないか……という疑いが出てきたわけだ」

「今でも？」

信じられない思いで和平が尋ねると、貴琉は苦笑を浮かべながら答えた。

「そろそろ我が家に着く頃かもしれんぞ」

「お祖母さんは、その話を……」

「あぁ、残念ながら知っている。新しい家政婦の田荘須江が、べらべらと教えてしまった。この人は噂話が何よりも好きで、正直できれば辞めてもらいたいんだけど、祖母とは話が合うようで気に入られてしまって、そういうわけにもいかなくてな」

「伯母さんと叔父さんは、ちょっと嫌ってないか」

差し出がましいと思ったものの、つい感じていることを和平が口にすると、

「よく気づいたなぁ」

貴琉は可笑《おか》しそうな表情になって、

「この家を祖母が出てしまったら、田荘は仕事を失う。そのため祖母を追い出したがっている伯母と叔父を、彼女の方も嫌っている。立場的には頭類家の使用人だけど、彼女の主人は祖母だけとも言えるので、別に伯母と叔父の顔色を窺う必要はない。それが二人には、また癪《しゃく》に障るんだろうな。彼女の夫が博打《ばくち》好きで、たびたび警察の世話になっていることも、伯母と叔父は気に入らない。つまり当家に相応《ふさわ》しい人物では到底ないと、二人は言いたいわけだ」

どうやら貴琉は、この三人の仲の悪さを完全に楽しんでいるらしい。

「ただ、田荘にも困った点があって――」

「噂話好きの他に?」

「淡媛が媛神城から持ち出した宝物が我が家に隠されているに違いないと、なぜか頑《かたく》なに信じ込んでいて、その在処《ありか》を祖母から聞き出そうとするのさ」

「実際に存在するのか」

好奇心から和平が尋ねると、貴琉は莫迦にした様子で、

「あるわけないよ。仮に残っているにしても、それが見つかるのは媛首村だろ。遠戚の頭類家が所有しているなんて、どう考えても変だろ」

「そうだよな」

「年寄りと年配の小母《おば》さんが、毒にも薬にもならない世間話をしているだけなら良いけど、田荘との会話は祖母にとって、実は毒かもしれんから始末に悪い」

「ちょっと疑問なんだが――」

和平は遠慮がちな口調で、貴琉に質問した。

「お祖母さんは一連の出来事に対して、かなりの恐怖を覚えているように感じられたんだけど、この家を出て西伊豆の別荘に移ろうと、どうしてしないんだ？」

「祖父には確かに泣かされた。でも一方で良い思い出も沢山ある。それが詰まっているのが、どうやらこの家らしい。だから祖母としても、いざとなると出て行く決心がつかないみたいでな」

貴琉は天を仰ぎつつ、

「俺から見たら祖父なんて、随分と手前勝手な男にしか思えないけど、祖母にしてみたら好ましい面も一杯あったんだろう。まぁ夫婦のことなんて、他人には分からないのが当たり前か」

「この件に、お父さんは……」

再び遠慮がちに和平が訊くと、ふんっと貴琉は鼻で笑ってから、

「恵美が踏切で死んですぐに、この家で暮らすと碌《ろく》な目に遭わないと捨て台詞を残して、さっさと出て行ったよ。今は他所で家庭を持ってるらしいけど、詳しいことは知らないなぁ」

完全に他人事《ひとごと》のような態度を見せた。

この日のあと、和平は頭類家への訪問をやや躊躇うようになる。しかし相変わらず親しく接してくれる貴琉に、「できれば祖母の相手も、偶にはしてやって欲しい」と頼まれると、そう無下にも断れない。和平が話す孫の学校生活の詳細を、壽子が楽しみにしていると分かるだけに余計である。カーの作品も借りたい。

幸いだったのは壽子が、その後あまり恐ろしい話をしなかったことである。仮に彼女が口にしそうになっても、和平が急いで貴琉の逸話を披露すると、そちらに興味が逸《そ》れるため、彼も何とか助かっていた。

そうやって迎えた晩秋のある日の夕方、和平は『死人を起す』を借りて貴琉の部屋を出た。その頃になると頭類家への出入りは自由だった。よって貴琉もわざわざ玄関まで見送らず、室内から「また明日な」と声をかけて済ませた。

一階の玄関の間まで下りると、まるで彼を待っていたかのように、西翼の廊下から車椅子に乗った和代が顔を覗《のぞ》かせて、以前と似たような台詞を口にした。

「お首は、大丈夫なの？」

「は、はい。何ともありません」

普通なら真面目に答えるのが莫迦莫迦しくなるところだが、この家の中では当然のように思えてしまうから不思議である。

「うちに関わらないに、越したことはないのよ」

再び前と同じ台詞を彼女は口にしたあと、

「でも中には、少しも影響を受けない人もいるみたい」

「……そうなんですか」

「あなたも、ひょっとしたら……」

「……ありがとうございます」

自分でも訳が分からなかったが、和平は礼を口にした。

「今度は私の部屋にも、よろしければ遊びにきてね」

「えっ……」

誘いを受けたのだ――と遅蒔きながら理解した頃には、とっくに和代の姿は消えていた。いつも暗い印象しか覚えない彼女が、心持ち両の頬を染めていたように見えたのは気の所為だろうか。

……女性から誘われた。

ぽわんとした精神状態のまま、屋敷の北面の中央にある玄関から表へ出る。すると毒々しいまでの朱色に濃く染まった夕陽が、ちょうど西門の外側から射し込んでいる眺めが目に入り、和平は思わず左手で庇《ひさし》を作った。

日没間近の残照の所為か、朱色から赤茶へ、赤茶から黒い翳《かげ》りのある赤色へと、刻一刻と夕間暮れの光が変化していく。

早く帰らないと、あっという間に日が暮れる。

そう思った和平が歩き出そうとしたとき、門のすぐ外に人影らしきものが浮かび上がった。

……お客さんが来た？

頭類家に来客とは珍しいと彼は考えたが、すぐに何か変だと感じた。その人影らしきものは門の外に佇《たたず》むばかりで、一向に入ってくる気配がない。

いや、それだけではなかった。

そもそも人影ではなく、なぜ人影らしきものと認めたのか。強烈な西日越しに、それを眺めているうちに、その理由がはっきりしてきた。

……首がない。

門の外にいる人影擬《もど》きには、頭部がなかった。

強い残照の所為ではっきりとは見えないが、それは赤い水玉模様の白いワンピースを着て、真っ赤な靴を履いていた。服の両袖《そで》は短いのに、そこから出ているはずの両腕も、首と同様にない。ただし異様に大きな胸をしている。露出しているのは両脚だけのようなのだが、それも何処か可怪しい。

鶏のような……。

そんな譬《たと》えが、ふっと頭に浮かぶ。どうしてそう感じたのか。繁々《しげしげ》と見詰めていれば、そのうち答えが分かるような気がした。

首と両腕のない胸の大きな鶏の脚を持つ女。

しかし、その人影擬きを頭の中で具体的に描写した途端、一気に怖くなった。相手が人外のものだと悟った瞬間、堪らなく恐ろしくなった。

にも拘らず身体が少しも動かない。声も出せない。これでは逃げられず、助けを呼ぶこともできない。

和平が絶望のあまり泣きそうになっていると、
かつ、かつ、かつ。

首無女が急に歩き出した。それも門を潜《くぐ》って、彼の方へ向かってくる。

あぁぁっっ！

彼は心の中で絶叫すると同時に、回れ右をして駆け出した。あれの突然の動きを目にして、咄嗟に身体が反応したらしい。

かっ、かっ、かっ。

いきなり走り出した悍ましい足音に追われながら、和平が屋敷の東翼の前を走り切ると、その向こうに広がる深い森が迫ってきた。

あそこに逃げ込むか。

と考えかけて、森の中は不案内であることに気づく。しかも淡首様と首無の祠があるではないか。どう考えても彼に不利で、首無女には有利な場所としか思えない。

森は駄目だ！

すぐさま東翼の端で右手に曲ると、洋館の短い東の辺を突っ走り、そのまま裏へと回る。

ここで彼はようやく、なぜ玄関に逃げ込まなかったのか、と後悔の念を覚えた。しかし、もう遅い。あとは西翼の端に位置する貴琉の部屋の真下を目指して、一目散に駆けるしかなかった。

「……おーい」

窓の下に着いたところで呼びかけるが、息が荒くて満足に声が出ない。それでも気配を察したのか、ひょいと窓から貴琉の顔が覗いた。

「……そんな所で、何してる?」

「も、門の外に……」

と説明しかけて、あっと和平は屋敷の裏全体を見渡した。だが、いくら捜しても首無女の姿は見えない。そもそも彼のあとを何処まで追いかけてきたのか。無我夢中で逃げていたので分からない。

まさか……。

あれは彼を追ったのではなく、森の中の祠を目指したとは考えられないか。それを早合点して、自分は逃げたのかもしれない。

和平がその場に佇んで、すっかり黙り込んだのを見て、

「とにかく上がってこい」

貴琉が手招いたので、友達の部屋に取って返すことになった。

「何があったんだ?」

そして貴琉に促されるままに、門の外の目撃から逃亡までを彼は語ったのだが、

「いやいや、有り得ないだろ」

あっさり否定された。

「あんな話を祖母から聞いた所為で、そんな幻覚を見たんだよ」

「いや、お祖母さんの話は、もっと前だった。あれ以降は注意して、できるだけ話題にならないようにしていたから……」

「けど君のことだから、ずっと気にはしていた。違うか」

「まぁ、そうだけど……」

そう言われれば和平としても、あまり強く否定できない。結局、彼の幻覚として片づけられてしまった。ただし壽子には、この件は黙っておいて欲しいと貴琉に頼まれた。彼女にとっては幻覚で済まないからだ。

もちろん和平は約束を守ろうとしたが、次に壽子と会ったとき、彼の微妙な態度に気づいた彼女に、あっさりと喋らされてしまう。

和平が正直に打ち明けて詫《わ》びると、

「君よりも祖母の方が、そりゃ一枚も二枚も上手《うわて》だろうからな」

貴琉は怒ることなく苦笑した。

それでもこれで終われば、まだ良かったのかもしれない。だが数日後、今度は家政婦の田荘須江が、首無女の怪異に遭ってしまう。

三

その日の夕方、田荘須江は一日の勤めを終えて、頭類家を辞そうとしていた。壽子から聞いた首無女の話——杏莉和平の体験談——には震え上がったが、一方で彼女の考えを証明しているようにも思えて、何とも言えぬ複雑な気持ちになっていた。

この家には淡媛様の宝がきっと隠されている。

その宝を求めて首無女は現れるに違いない。

だからそれは頭類家に近づいているのだ。

という解釈を須江はしていたが、貴琉には相手にされず、居候の分際である癖に尉子と勝也には莫迦にされている。和代は興味を示したが、須江としては仲間に入れる心算はない。

問題は壽子だった。「もしも見つけたら、須江さんに差し上げますからね」と言われたことから、恐らく信じていないのだろう。

当家の奥様が下さると仰っているのだから……。

何の遠慮もいらないと思うものの、壽子には良くしてもらっている。発見した宝を黙って我が物にするのは、流石《さすが》に気が咎《とが》めそうである。

やっぱり一度はご報告して……。

そんな取らぬ狸の皮算用をしつつ、須江が玄関から外へ出たとき。

門の方向から、かつ、かつ、かつ、かつ……と歩いてくるそれが目に入り、その場で彼女は固まった。

和平と同じように、まったく身動きができない。

首無女である。

禍々《まがまが》しいばかりの赤銅色に染まった西日を背に受けて、こちらへ首無女が向かってくる。壽子から聞いた話を信じていたとはいえ、こうして目の前に現れると、まさか……という思いが先に立つ。しかし今、赤い水玉模様のワンピース姿で、真っ赤な靴を履いた、首と両腕のない胸の大きい女が確かに歩いている。それは門から玄関までの半分を、ちょうど過ぎようとしていた。もしかすると須江の前を、そのまま素通りしたかもしれない。でも彼女は思わず声を上げてしまった。

「ひいぃっ」

途端に首無女の歩みが止まった。頭部と両腕のない豊満な胴体が、ぐいっと須江の方に向けられる。恰《あたか》も彼女を、ようやく認めたかのように。

かっ、かっ、かっ……。

それが須江を目掛けて小走りをはじめた。そんな風に彼女には見えた。

「……い、厭ぁぁぁっっ」

悲鳴と共に彼女は、出てきたばかりの玄関に駆け込んだ。扉を閉めると同時に鍵をかけ、さらに後ろ手で取っ手を押さえる。ぴったりと背中を扉に押しつけた状態で。

……かつ……かつ。

扉越しに首無女が、玄関前の敷石に足を踏み入れたのが分かった。

……かつ。

そして突然、足音が止まった。

扉の前に佇んで、凝っと屋内の様子を窺っている。扉一枚を隔てて、須江の気配を探っている。

そんな気が彼女はした。だから息を殺して、ひたすら静かにした。

じわぁっっ……と背筋が冷たくなっていく。扉越しとはいえ、首無女に見詰められているのかと思うと生きた心地がしない。そのうち扉を通り抜けて、びろびろっと彼女の見えない両手が伸びてきて……という妄想に囚われる。

そもそも両腕がないのだから有り得ないと、いくら考えても駄目である。存在しないからこそ扉など問題にならないのだ、と余計に妄想が酷くなる。終《しま》いには背中を扉につけている状態が、堪らなく怖くなってきた。一刻も早くここから逃げ出して、壽子の部屋に匿《かくま》ってもらいたい。そう心から願うのに、またしても身動きできない。

……ちりーん。

いきなり頭上で鳴り物がして、須江は悲鳴を上げた。

「ど、どうしたんですか」

すると扉越しに、驚いているような声が聞こえた。

「大丈夫ですか」

それが杏莉和平だと分かった途端、彼女は急いで扉を開けた。

「……あ、あれは？」

「えっ、何のことですか」

戸惑いを露わにする和平に、須江が首無女のことを伝えたところ、さっと彼の顔色が変わった。

「おーい、どうした？」

そこへ階段の上から、ひょいと貴琉が顔を出した。今夕は本を貸すだけの約束を和平としていたため、そろそろ来る頃かと思ったという。

須江だけでなく和平も首無女の件を声高に訴えていると、そこへ珍しく勝也が帰宅した。いつもは夜遅くか、逆に午後早くだった。まるで普通の勤め人のように、こんな夕刻に帰ることなどあまりない。

「こんな玄関先で、お前たちは何を騒いでる」

家のことを心配して、または好奇心から訊いたというよりも、自分の帰宅に水を差されたようで、どうやら気分を害しているらしい。

須江は尉子も勝也も嫌っていたので、何も言わない。和平も親しいわけではないため黙っている。そこで仕方なく貴琉が説明したのだが、

「阿呆《あほ》らしい」

勝也は一言、吐き捨てるように口にして、東棟の一階の廊下に消えた。

そんな彼と入れ替わるように、西棟の廊下から和代が姿を見せた。騒ぎには早くから気づいていながら、今まで隠れていたのかもしれない。きっと母親の尉子は部屋にいるのだろうが、少しも出てくる気配はない。

須江は玄関の間で、和平が約束通りに本を借りるのを待ってから、一緒に頭類家を出た。颬呂ヶ丘を下りて例の踏切を越えるまで、決して彼の側を離れなかった。

——という体験談を須江は、翌日になって壽子に話した。それを貴琉は壽子から聞いて、そっく

り和平に伝えた。もっとも後半は彼らも関わったので、もっぱら二人が興味を示したのは首無女の件《くだり》である。

貴琉の部屋で彼らが「事件」について話し合ったのは、須江の体験から四日後になる。もっと早く検討したかったのだが、和平と違って貴琉は何かと忙しいため、この日の夕方になった。

「僕だけでなく家政婦さんも首無女を見たんだから、これで幻覚ではないと証明されただろ」

まず和平がそう主張したところ、

「ディクスン・カーを読むのを躊躇うほど怖がりな中学生と、祟りや呪いを信じている小母さんの体験だからなぁ」

あからさまに貴琉が難色を示したので、

「それはそうだけど、二人も目撃者が出たのは――」

と反論しかけたところで、壽子の反応が気になった。いや、むしろ真っ先に彼女の心配をすべきだった、と彼は反省して尋ねた。

「あの、お祖母さんは……」

「君だけでなく田荘も目撃したわけだから、かなり真剣に捉《とら》えてはいる。だけど自分の目で見たわけではないからな。そういうところは祖母も、なかなか頑固というか慎重なんだよ」

「なるほど」

「とはいえ前よりも、戸締まりの確認が煩くなった。これまでも家の鍵を持つのは祖母だけで、叔父みたいに夜遅くに帰宅する場合、いちいち誰かに入れてもらう面倒があって――それは和代の役目なんだけど——あまりにも不便なので、伯母や叔父は合鍵を欲しがったんだが、頑として祖母が認めない。それが今回の件で、より戸締まりが厳しくなった」

「……首無女が侵入するかもしれないから？」

「田荘が玄関の扉越しに、それの悍ましい気配を覚えたことを、ねっとりと祖母に説明したみたいでな」

「……分かる」

思わず頷いた和平の態度に、何かを感じたらしく貴琉は不審そうに、

「何が？」

「あの首無女の、異様さというか、不自然さというか、歪《いびつ》さのようなもの……だよ」

「そりゃ首と両腕がないんだからなぁ」

途端に貴琉が茶化したが、和平の表情を見て、

「いや、すまん」

「あれが発していた得体の知れなさは、実際に見ないと実感できないと思うから、別にいいよ」

「そんなに気味悪いものだったのか」

「上手《うま》く説明できないけど、何とも言えぬ衝撃を二人の人間に与えるほど、あれには存在感があった……ということになる」

「それはそれで逆に、ある可能性が大きくなるな」

意味深長な貴琉の物言いに、和平は戸惑いつつ訊いた。

「何のことだ？」

「もちろん人為的な現象である——という可能性さ」

「あれが人の仕業だというのか」

「おいおい、まず普通はそれを考えるだろ」

驚く和平だったが、当たり前のように返されて、それもそうだと思ったのは、明らかな動機を持つ者たちがいた所為である。

「この家からお祖母さんを追い出すため——か」

「君の慧眼《けいがん》通り、立派な動機が存在しているからな」

「でも——」

和平は大いに首を捻《ひね》りながら、

「伯母さんには一度しか会っていないけど、細くて背の高い人だった。とても首無女には化けられないぞ。一方の叔父さんも中肉中背だろ。どう考えても首無女になれるわけがない」

「伯母には和代がいる」

とんでもない貴琉の言葉に、ぽかんとした顔を和平はしてから、

「……か、彼女には無理だろ」

「首無女の両脚を、君は鶏のようだと感じた」

「そうだけど……」

「ずっと車椅子を使っている和代なら、恐らく両脚とも痩《や》せ細っているはずだ。まるで鶏のように

——な」

「いやいやいや、その前に立って歩けないじゃないか」

思わず和平は強く否定したが、

「首無女が出没するのは、どうして夕方なのか」

貴琉は取り合わずに、逆に質問してきた。

「昼日中《ひるひなか》に出る化物なんて、普通はいないからだろ」

「でも君の言う普通の化物って、それこそ普通は夜に出るのではないか」

当然の指摘をされて和平が何も言えずにいると、

「日中は明るくて、夜は街灯が点《とも》るため、どちらも背後で支える人物が見えてしまう恐れがある。しかし夕方ならば、西日という強い逆光が目眩《めくら》ましとなる」

「首無女に化けた和代さんを、伯母さんが後ろから支えていた……」

「和代は年齢の割に幼くて、あまり身体も大きくない。大人用の——それも豊満な女性用の——ワンピースを被っても頭を出さなければ、自然と両腕も服の中に入る状態になる。両脚の障害もあって、首無女に化け易い」

和平は納得しそうになったあと、慌てて首を振って、

「背の高い伯母さんが、和代さんの背後に隠れるのは、いくら逆光があっても無理じゃないか」

「もちろん蹲《しゃが》んでいたのさ」

「だとしても……」

あのときの体験を和平は思い出して、ぞわっと二の腕に鳥肌を立てながら、

「靴音をさせながら歩くのは、かなり難しいはずだ。況して走るなんて、絶対に不可能だよ」

「そうか」

意外にも貴琉はあっさり反論を認めると、

「だったら黒幕は叔父かな」

「和代さんと組んだっていうのか」

「この家から祖母を追い出したい——という動機の点で、伯母と叔父は利害が一致している。そのため手を組んだとも見做せるけど、やっぱり有り得ないだろう。仮に叔父が歩み寄ったとしても、それに伯母が乗るとは思えない。第一その企みが成功したとして、そこから揉《も》めに揉めるのは、二人とも十二分に分かっている。互いに相手を信用していないのも、間違いなく同じだからな」

「つまり伯母さん以上に、叔父さん首無女説は無理だということに……」

「——なるかどうかは、叔父に他の協力者が得られない場合だけだ」

「他に？」

まったく想像もできないため、和平が首を傾げていると、

「駅前の岡辺不動産だよ」

「えっ……」

「商売柄あそこが頭類家に目をつけていても、別に不思議ではない。しかも叔父は、この家を売りたがっている。伯母と違って、この二人は完全に利害が一致しているわけだ」

「でも首無女は……」

「岡辺不動産には、朝子という中学生の子供がいる」

「まさか、我が子を巻き込んで……」

「もし不動産屋の経営が傾いていて、父親から協力を求められたら、彼女としても了承せざるを得ないと思う」

「……そうか。けど踏切の事故で、足首を捻挫したんじゃなかったか」

「いつの話だよ。とっくに治ってるだろ」

そう言いながらも貴琉は、

「ただし背が低くなくてはいけないから、それを確認する必要がある」

「岡辺不動産を張り込むか」

「父親の店に来るとは限らない。学校から帰るところを盗み見るのが、手っ取り早いだろうな」

「彼女の顔は分かるのか」

「知るわけないだろ。朝子と小学校が同じだった奴を探して、卒業アルバムでも借りるさ」

貴琉の行動は早かった。目当ての卒業アルバムを手に入れると、岡辺朝子の写真を和平にも見せて、その日の放課後には相手の中学校を訪れる早業である。普通に放課後を待っていると彼女の下校に間に合わない可能性も出てくるので、最後の授業が終わったところで、急いで二人は学校を抜け出した。

朝子が通う学校の校門が見える所に、幸いにも空き地があった。そこで二人は待機することにしたのだが、すぐさま問題が発生した。

そこにいるだけで頭類貴琉が目立ったからだ。

まず買い物の行き帰りらしい主婦たちの注意を引いた。次いで女子小学生たちが黄色い声で騒ぎ出した。貴琉は隠れ蓑《みの》になると考えて、そんな彼女たちと遊びはじめたが、むしろ下校する女子中学生たちの注目を浴びてしまう。

とにかく和平は恥ずかしくて仕方がない。しかし結果的に、これで良かったのだと分かった。

すっかり小学生たちとの遊びに夢中になっていた貴琉が突然、

「おい、あの子だ」

和平の注意を促したので目を向けると、校門から少し離れた場所で、こちらを友達と一緒に見ている岡辺朝子がいた。

「どうだ?」

貴琉に訊かれたので、和平が軽く頷いた次の瞬間、

「はい、今日はお終い」

あっさりと遊びを止めたので、女子小学生たちから再び黄色い声が上がった。「明日《あした》は?」「また来る?」「何処に住んでるの?」「この中学じゃないよね」「制服が違うもの」「でも似合ってる」と煩いこと甚しい。

それを貴琉はするっと躱《かわ》して、和平を促してその場から立ち去った。その撤退の早いこと。

「彼女じゃないのか」

「背恰好は似ていると思う。ぽっちゃりもしている。あの子が大人のワンピースを頭から被って、首と両腕を出さなかったら、ちょうど首無女くらいの背丈かもしれない」

二人は歩きながら話した。

「何が違う？」

「何よりも両脚だな」

和平の返答に、貴琉は黙り込んだ。

「肝心の首無女の脚も、ちらっとしか見ていない。けど明らかに何かが、何処かが可怪しかった」

「鶏のような……ってあれか」

「うん。その変梃《へんてこ》さが、彼女の両脚にはない」

「なかなかの名推理だと、実は自信があったんだけどなぁ」

あからさまに貴琉が気落ちした様子を見せたので、和平も少し気の毒になったが、こればかりは印象の問題なのでどうにもできない。

「もう容疑者もいないか」

そう言いながらも一心に考える貴琉の横で、和平も何とか友達の役に立ちたいと思ったが、不甲《ふが》斐《い》なくも頭の中は真っ白の有様である。

「……あっ、盲点だったかも」

やがて貴琉が、ぼそっと呟いた。

「首無女の正体が分かったのか」

「……田荘須江」

「ええっ……」

思わず和平は立ち止まった。

「彼女も首無女を、ちゃんと見てるじゃないか」

「だから皆、見事に騙《だま》された。首無女に化ける行為は、意図的に目撃者を変えるにしても、繰り返す毎に見破られる危険が増えていく。けど最初だけ化けて、二回目は犯人自身が目撃者になれば、その懼《おそ》れも回避できるわけだ」

「両脚の問題は？」

「彼女の蟹股で解決しないか」

「けど、両足が太いから……」

田荘須江が首無女に化けた様子を、和平は想像しかけたところで、

「いや、やっぱり容疑者にはならないよ」

「どうして？」

「彼女には動機がない。お祖母さんを脅して、あの家から追い出してしまったら、本人は家政婦の職を失うことになるぞ」

「そこは俺も考えた」

「だったら――」

にやっと貴琉は笑いつつ、

「その大切な職と引き換えにしてでも、彼女に欲しい物があったとしたら？　職をなくしても充分にお釣りがくるほど、かなりの価値ある代物を手に入れるためだったとしたら？」

「……淡媛様のお宝か」

そう言った側から和平は莫迦らしくなって、

「いくら何でも、そんな――」

「本人が信じていたら、どんなことでも現実になる」

「お祖母さんを脅す行為で、どうしてお宝が入手できるんだ？」

肝心な問題を尋ねると、貴琉は何でもないことだと言わんばかりに、

「首無女が淡媛の宝を狙っていると、田荘は信じ込んでいるのかもしれない。だとしたら化物に盗まれる前に、祖母が宝を隠し場所から取り出すのではないか。頭類家を出て行くときには、きっと宝も持っていくのではないか。そう彼女は考えた」

「……家政婦さんの狂信を前提にすれば、一応の筋は通るか」

和平が譲歩すると、

「今から急いで家に帰れば、帰宅する前の彼女を捕まえられるかもしれない」

二人は走った。この日の夕方だけで、どれほどの距離を移動したことか。

彼らが荒い息を吐きつつ颬呂ヶ丘の下に着いたとき、ちょうど坂道を下ってくる田荘須江の姿が見えた。貴琉が彼女を呼び止める前に、和平は電柱の陰に隠れた。そうして須江の蟹股の両脚を繁々と盗み見る羽目になった。

これで相手が同級生や少し年上の女の子だったら、きっと彼も胸をドキドキさせたことだろう。だが対象者は年配の女性である。真面目に観察しているうちに、自己嫌悪にも似た感情を覚えはじめた。

貴琉が彼女と別れて、完全に相手の姿が見えなくなるのを待って、和平は電柱の陰から出た。

「彼女だったか」

待ち兼ねたように訊かれたが、

「……正直よく分からん」

素直な感想を述べて、貴琉を落胆させた。

「背丈は首無女と同じくらいなんだけど、問題の両脚の異様さが、果たして蟹股の所為だったのかどうか……」

「はっきりしないのか」

「……もっとずっと細かったと思う」

こうなったら三度目の出没を待って、あれを取り押さえるしかない――という意見で二人は纏《まと》まった。

だが事件はここから、まったく思いも寄らぬ展開を見せることになる。

翌日は土曜だったので、学校も午前中だけだった。そのため和平は家で昼食を摂《と》ってから、頭類家へ遊びにいった。週末で時間のあるときは、壽子を相手にした話も長くなってしまう。貴琉は同席したり、しなかったりと自由である。

この日の帰り際、和平は遂にディクスン・カーの『三つの棺』を借りた。なぜ「遂に」かと言えば、本書には有名な「密室講義」の章があって、その中で密室犯罪を扱った探偵小説のトリックのいくつかが、あっさりとバラされていたからだ。つまり本書に手を出すのなら、事前に該当する作品は読んでおく必要がある。よって彼の最近の読書は、『三つの棺』に取り掛かるための準備に費やされた。それが終わったので、ようやく本命を迎えたのである。

和平は頭類家の門を出たところで、もう一頁目を開いていた。もちろん熟読するわけではなく、ほんの少し目を通す心算だった。しかし彼の歩みは次第に遅くなって、颱呂ヶ丘の下りの途中で、ほぼ停滞してしまった。

あああぁぁぁぁぁっっっっっ。

そこへ突然、無気味な叫び声が上から降ってきた。思わず脳裏に浮かんだのは、真っ赤な西日を全身に受けた首無女が、絶叫しながら駆け下りてくる姿である。

慌てて振り返った彼の両の眼に、本当に首無女らしき影が映り、ぎょっとした。それが物凄《ものすご》い勢いで、こちらに向かって来る。

咄嗟に逃げようとして、それが何か口走っていることに気づき、どうにか我慢した。何を喋っているのか、つい好奇心を起こしたからだが、

「……く、首……絞められ……怖い……出た……けど、いないの……宙に……引っ張られ……首を……あれに……ざらざらっ……こ、殺される……ちくっと……痛い……苦しい……でも姿が……ないの……怖い……絞められて……やっぱり……あったのよ……だから首を……恐ろしい……祟り

「……首……こ、怖い……」

和平の目の前で、正気を失ったように口走っているのは、なんと田荘須江だった。彼女は一瞬、彼を認めて縋《すが》りつきそうになってから、結局そのまま走り去った。

「……く、く、首がぁっ」

最後に聞こえたのは、そんな叫び声である。

和平は急いで頭類家まで戻ると、見たままの田荘須江の様子を貴琉に説明した。すると「ちょっと付き合ってくれ」と言われて、彼は洋館の東側に広がる森へ連れて行かれた。

「ここに入るのか」

もう完全に日も暮れようというとき、深い森の中に足を踏み入れるのは、いくら友達が一緒でもぞっとしない。

「田荘が首無女を見たとき――」

しかし貴琉はお構いなしに、どんどん奥へと入っていく。

「もし彼女が声を上げなければ、首無女は何処へ行ったと思う？　いや、正確な言い方じゃないな。自分の存在に気づかなかった場合、首無女は何処へ行ったと、田荘は考えたか」

「この森の中ってことか」

そう応じたあと和平は、問題の答えが分かった。

「淡首様と首無を祀った祠だ」

「うん、きっとそうだろうと思う。そして彼女は、その祠の中に淡媛の宝があると踏んだのではないかな」

そのとき二人の目の前に、ぬっと巨木が現れた。樹の裏に貴琉が回ると、何本もの太い枝をまるで屋根のようにして、その下に小さな祠があった。祠の前にはかなりの長さを持つ注連縄が、まるで蛇が蜷局《とぐろ》を巻いたかのような恰好で、無残にも打ち捨てられている。

「田荘さんが祠から外したのか」

「祠の中を検《あらた》めるためにな」

貴琉が観音開きの格子戸を開けたので、和平は慌てた。

「おい、大丈夫か」

しかし貴琉は、もう祠の中に顔を突っ込んでいる。その行為が罰当たりに思えて、和平は気が気でない。

「……何もないな」

「須江さんは『やっぱり……あったのよ……』と口にした」

「だから首を絞められた――と彼女は思ったわけだ」

「でも『けど、いないの……』とも『姿が……ないの……』とも言っていた」

「相手は化物だからな」

貴琉の口から聞く言葉とは思えなかったが、何処まで本気かは分からない。

「結局お宝は……」

「仮にあったのだとしても、田荘が持って逃げたというより、首無女が奪い返したとみる方が自然だろう」

この日のあと、田荘須江は頭類家の家政婦を辞めてしまう。正確には出勤拒否と言うべきか。わざわざ壽子が田荘家まで足を運んだが、彼女は戻ってこなかった。

「伯母と叔父が、自分たちの息のかかった家政婦を雇う前に、誰か良い人を探す必要がある」

珍しく焦る貴琉を見て、和平も家政婦探しを手伝おうと決めたが、この問題は呆気《あっけ》なく解決する。壽子が西伊豆の別荘に行くと言い出したからだ。

どうやら田荘家で、須江に色々と言われたらしい。もちろん首無女に殺されかけた話だろう。それで壽子も、ようやく決心がついたらしい。

「あの洋館は、どうなるんだ？」

祖母と一緒に貴琉も西伊豆に移り住むと聞いて、和平は何とも言えぬ淋しさを覚えた。だが口を衝《つ》いて出たのは、そんな質問だった。

「さぁな」

だが貴琉は、あまり興味がなさそうである。それよりも西伊豆での新生活が、やはり気にかかるのだろう。

「……君のような友達は、もう二度とできないよ」

ようやく和平が本心を伝えられたのは、貴琉と別れる寸前だった。

「今までありがとう」

貴琉と壽子の引っ越しが終わって数日後、杏莉家に段ボール箱が届いた。その中にはディクスン・カーの蔵書が全冊、綺麗に梱包された状態で入っており、和平は胸が一杯になった。

四

瞳星愛《とうしょうあい》が無明《むみょう》大学の図書館棟の地下にある「怪異民俗学研究室」の扉の前に立ったのは、梅雨も明けて一気に日差しが強まり出した季節の、ある日の夕刻だった。

野外の蒸し暑さに比べると、図書館棟の一階はひんやりとしている。その心地好い地下に下りることで、妙な肌寒さに変わり出す。さらに「怪民研」の前まで来たところ、悪寒に近いのを感じた。

ほんまに、なんでうちが……。

梅雨時に自らの子供の頃の体験を「怪民研」で語って以来、ここには足を踏み入れていない。天《てん》弓馬人《きゅうまひと》にも会っていない。祖母に頼まれた用件はちゃんと果たしたので、もう自分はお役御免だと思っていた。

ところが、刀城言耶《とうじょうげんや》から届いた礼状には感謝の言葉と共に、同じ京都にある法性《ほっしょう》大学の二回生の杏莉和平を訪ねて、彼の中学生時代の体験を天弓に語ってくれるように、ぜひ話をつけて欲しい――というお願いが記されていた。

そんなん天弓さんの役目やないの。

即座に手紙を彼に見せて、あとは任せようと考えたが、あの天弓馬人が他所の大学に出掛けていって、そういう交渉ができるとはとても思えない。

……仕方ないなぁ。

結局、すべての話を愛がつけた。刀城言耶に頼られて悪い気はしなかった、という正直な気持ちも実際あった。この大学での言耶の助手は天弓なのに、先生はうちにお願いをされた――という優越感を覚えたことも大きかった。

しかし今、こうして「怪民研」の前に立つと、自分が出しゃばりのような気がしてきた。あくまでも刀城言耶の依頼に応えただけなのに、まるで天弓を差し置いてしゃしゃり出たかのようである。

「……失礼します」

室内に人の気配があったので、一声かけて入室する。

今日の日時は、前以《まえもつ》て葉書で知らせておいた。ここに来ても天弓がいつ在室しているか分からないから……と自分に言い訳したのだが、本音は彼に会うのを躊躇った所為かもしれない。別に天弓馬人が嫌いだからでも、苦手だからでもないと思う。ただ何となく恥ずかしいような……そんな気持ちを覚えたからだ。

約束の時間よりも早く来たので、まだ杏莉和平の姿はない。それは当然としても、天弓が不在なのはどういうわけか。

奥の机まで覗いて天弓馬人がいないと分かり、愛は怒りかけたのだが、次の瞬間はっと固まった。

……変やない？

研究室に入る前に、室内で人の気配を覚えた。だから挨拶をした。そう言えば同じ体験を、前に来た際もした気がする。あのときも人の気配を感じたのに、部屋に入ると誰もいなかった。

……あそこ、出るらしいよ。

学内の噂が脳裏を過《よぎ》り、ぶるっと愛が身体を震わせたときである。背後から声をかけられて飛び上がった。

「ごめん、驚かせたかな」

慌てて振り向くと、杏莉和平が立っていた。

「あっ、先日は失礼しました。本日はご足労いただいて、すみません。本当にありがとうございます。えーっと――」

そこで愛は業腹にも、天弓馬人の不在のお詫びと言い訳をする羽目になった。和平から見れば彼女は、どう考えてもこちら側の人間になるからだ。

作業机の椅子を相手に勧めて、愛も座る。お茶でも出したいところだが、生憎ここの勝手が分からない。仕方なく当たり障りのない世間話をしたが、あまり続かない。和平も彼女と二人切りの状態に、何処となく戸惑っているようである。

もう天弓さん、何してるんよ。

ふつふつと愛の怒りが高まり出したところで、

「うわあっっ」

室内に叫び声が谺《こだま》して、本棚の陰から覗く天弓馬人の顔が見えた。両手に開いた書籍を持っている恰好からも、またしても本を読みつつ入室して、直前まで二人に気づかなかったらしい。

何処に行ってたんです？　まさか今日の約束、忘れてたわけやないでしょうね。

口まで出かかった文句を呑《の》み込むと、愛は二人を互いに紹介した。

天弓は刀城言耶と杏莉和平の関わりを簡単に尋ねたあと、愛の横に腰を下ろすと相手に話を促した。よく考えると彼女が立ち会う必要など少しもないのだが、自然に同席する恰好になる。

杏莉和平が訥々と語った、武蔵野の飈呂ヶ丘の頭類家に於ける首無女事件には、何とも言えぬ気味の悪さが多分にあった。その独特の雰囲気に興奮して頰を火照らせた愛とは対照的に、天弓の顔色は明らかに青褪《あおざ》めている。

まさか怖いからいうて、杏莉さんの体験そのものを否定する気やないよね。

前回の件もあるため、そんな風に彼女が心配していると、一応は遠回しであるものの、やはり天弓が難癖をつけ出した。

「媛首村の秘守一族を巡る首無連続殺人事件については、江川蘭子《えがわらんこ》『血婚舎の花嫁』や媛之森妙元《ひめのもりみようげん》『媛首山の惨劇』などで描かれていて、もちろん刀城言耶先生も事件の詳細をご存じだけど、それに頭類家の首無女の件が関係あるかというと、果たしてどうだろうか」

「……やっぱり無関係ですか」

純粋に厚意で話した体験談を半ば否定されたようなものなのに、和平は怒ることなく逆に恐縮している。

「関係ないとは言えないと思います」

そんな彼に同情して、つい愛は口を挟んだ。

「頭類家は秘守家の遠戚であり、かつ淡首様と首無を祠に祀ってたんですから。それに杏莉さんの体験が、仮に刀城先生が蒐集《しゅうしゅう》されている民俗学的な怪異譚《たん》から外れる内容だったとしても、先生は怪談そのものにもご興味を持たれてますよね。よって杏莉さんのお話は蒐集の対象に、立派になるはずです」

天弓の反論まで事前に察して封じるかのような、そういう台詞を吐けたことに、愛は自分を褒めたい気持ちだった。

「うん、そうだけど……」

そこまで言われると天弓も、やはり認めざるを得ないらしい。

「ちょっと妙な暗合があるのも、まぁ事実だしな」

しかも引っかかる物言いをしたので、すかさず愛は突っ込んだ。

「何のことです?」

「頭類家の『頭』は、言わば『首』だ。『かみ』という読みは『首』にも当て嵌まるから、余計にそう見做せる。そして『類』は『有る無し』の『無し』と同音になる。つまり『頭類』は『首無』とも読み替えられるわけだ」

「無関係どころや、ないやないですか」

びっくりした愛の反応に気を良くしたらしく、天弓は続けて和平に尋ねた。

「あなたの友達の祖母、または彼女の先祖で、四国の出身者がいたかどうか、そういう話は聞いていないかな」

「あっ、彼のお祖母さんから伺ったことがあります。確か彼女の祖父か誰かが、高知の出身だったとか……」

「これまた、なかなかの暗合だな」

独りで悦に入る天弓に、愛が詰め寄った。

「どういうことですか」

「高知では『首』のことを『ふろ』と言った。そのため『ふろ吊《つ》り』や『ふろを刎《は》ねる』という表現が残っている」

「そしたら武蔵野の飈呂ヶ丘って、首ヶ丘になるんですか」

「高知にあるわけではないから、無論そうはならない。ただ、そういう名称の丘の上に頭類家があったのは、薄気味の悪い偶然とも言える」

「そんな因縁が色々とあったために、あの首無女は出たのでしょうか。あれは正真正銘の化物だったのですか」

名字と地名の分析をしている間は、生き生きした表情だった天弓が、和平から問いかけられた途端、どんよりと沈んだ顔になった。

まさか前と同じように、とにかく恐怖を取り払うために、怪異を合理的に解こうとする心算やないよね。

と愛は危惧《きぐ》したのだが、いきなり天弓は立ち上がると、ぐるぐると室内を歩き回り出した。しかも時折ふっと立ち止まっては、本棚から書物を抜き取って、パラパラと捲《めく》っている。かといって読んでいる風には見えない。まるで何かの儀式のように、そういう行為を繰り返すのである。

……やっぱりはじまった。

予想通りの展開に、彼女が妙に胸を躍らせていると、そのうち彼は本棚に飾られた角兵衛獅子《かくべえじし》の小さな人形の前で、なぜか足を止めた。そうして人形をしばらく見詰めたあと、何事もなかったかのように席へ戻った。

「よく考えると一連の出来事の中で、一人だけ腑《ふ》に落ちない行動を取っている人物がいることに、あなたは気づかなかっただろうか」

「えっ……いいえ、分かりません」

唐突に尋ねられた和平は、かなり戸惑いながら首を振っている。

「誰ですか」

愛が代わりに問うと、天弓は当然のような口調で、

「頭類貴琉君だよ」

この返答に何も言い返せない愛と和平に、淡々とした調子で天弓は、

「確かに彼は合理主義者で、首無女の存在が祖母に悪い影響を与えるに違いないと危惧して、それが人為的な現象であることを暴こうと推理を重ねた――風に見える。だけど問題の祖母は、淡首様と首無の呪いや祟りを心から信じ切っており、それらを祠に祀るほど迷信深い人であることも、彼は嫌と言うほど知っていたはずではないか」

「そうですけど、誰かの仕業やと証明できたら――」

「首無女の障りは、それでなくなるかもしれない。けど祖母の迷信深さまで同時に、完全に払拭《ふっしょく》できただろうか。頭の良かった彼であれば、そこまでの効果は見込めないと、普通は考えないかな」

「でも、そのまま放っておくわけにもいきません」

もっともな愛の意見に、天弓はちゃんと頷きながらも、

「伯母と叔父たちは、祖母を家から追い出したがっていた。そこには岡辺不動産も入るかもしれない。だから彼らには動機があった。また淡媛の宝物という別の動機が、家政婦の田荘須江には存在した。よって全員が容疑者だったと言える。こういう場合の容疑者とその動機は、被害者にとってはマイナスとなる例が、当たり前だが多い。けれど中には、プラスに働く場合もあるのではないだろうか」

「つまり貴琉さんは……」

「主治医にも注意されたように、このまま頭類家で祖母が暮らし続けても精神的に大丈夫なのか、と彼は大いに心配した。でも祖父の思い出が詰まった家から、祖母は出て行きたがらない。その一方で淡首様と首無を彼女は恐れており、丘の下の踏切で事故死した恵美についても、それらの祟りではないかと思っている。だから彼は、まず首無女の噂を流した。そして化物が、坂の下から頭類家へ向かっている……という風に噂を発展させた」

「それって小学生たちの目撃談でしたよね」

愛は和平に確認してから、天弓に対して疑問を投げかけた。

「貴琉さんは首無女に化けて、まず小学生を脅したってことですか」

「いや、それなりの舞台設定を整えない限り、いくら何でも首無女を出現させることは無理だろう。目撃させたい小学生の他に、予想外の第三者が通りかかる危険もあるからな」

「だったら……」

「頭類貴琉が同級生の女子だけでなく、主婦や小学生の女の子たちにも人気だったのは、岡辺朝子の確認の際に、立派に証明されている。そういう怪談を彼女たちに話すだけで、あっという間に噂として広まったはずだ。あとは田荘須江から祖母に伝わるのを待てば良い」

「なるほど。けど、効果がなかった……」

「そこで実際に首無女を出して、それを祖母が信用している人物に目撃させるしかない――と彼は考えた」

「貴琉さんのお友達だった、杏莉さん……」

当人は相当なショックを受けているようだったが、黙ったまま天弓の推理に耳を傾けている。

「あなたはディクスン・カーの逸話からも分かるように、怖い話が苦手だった」

天弓さんと同じじゃないですか……という言葉を、愛は口にせずに呑み込むのに苦労した。

「首無女の出現を、あなたに信じさせることさえできれば、その恐怖は遅かれ早かれ祖母に伝わり、頭類家での生活を考え直して西伊豆の別荘に移り住むかもしれない。それが彼の動機だった」

「ほとんど訪問客のない頭類家の門の辺りで、しかも西日の強い残照を背にできる夕刻に首無女が現れたのは、それが天弓さんの仰る舞台設定だったから……ですね」

「しかし、まだ効果がない。仕方なく次の目撃者として、田荘須江が選ばれた」

「あの……」

ようやく和平が遠慮がちな声を出した。

「でも首無女が現れたとき、どちらも貴琉は二階の自分の部屋にいました」

「あっ、そうですよ」

すかさず愛も追随したが、天弓は動じることなく、

「頭類家の戸締まりは、前々から厳重だった。にも拘らず貴琉は夜遊びをしていた。つまり彼は余裕で家を抜け出していたことになる。運動神経の良かった彼なら、雨樋《あまどい》などを伝って二階の部屋から出入りするのは、それほど難しくないだろう」

天弓は和平を見やりながら、

「あなたが首無女から逃げて洋館の裏へ回ったとき、彼は逆側から自室に戻れたはずだ。このとき彼の部屋の下で、あなたは声を上げたけど、あまりにも小さかった。それなのに彼は、すぐに顔を出した。なぜなら何が起きているのか、彼自身が知っていたからだよ」

「せやけど……」

最も肝心な問題について、愛が躊躇いつつも口にした。躊躇《ちゅうちょ》したのは、何だか訊くのが怖かったからである。

「貴琉さんが首無女に化けるやなんて、どう考えても無理やないですか」

「普通の状態ではな」

「どういう意味です？」

「彼はワンピースの上下を入れ替えた状況で逆向きに着て、逆立ちをした恰好で両手に靴を履いた。両脚の膝は折り曲げて、ワンピースの両肩の位置にくるようにする。膝《ひざ》から爪先までが隠れるため、まるで首がないように見えた。このとき折り曲げた両の爪先が服の中で突っ張り、まるで二つの乳房のように映った。ただ逆立ちをした場合、両腕の関節が曲る方向は、両脚の膝とは逆になる。しかも脚より腕の方が細い。だから鶏のような……という印象が残ってしまった。でも貴琉は、それが首無女の無気味さを引き立てることになると、きっと睨《にら》んだはずだ」

「ワンピースや靴は、何処から調達したんでしょう」

「恵美のものが残っていたのか、または古着屋からでも買ったのか、どうとでもなっただろう」

「田荘須江さんが襲われたんも……」

「貴琉の仕業だ。首無女の目撃だけでは効果がないと悟った彼は、より祖母に衝撃を与える強い事件を起こす必要があると考えた。とはいえ友達を酷い目に遭わせたくはない。そこで田荘須江を犠牲者に選んだ。もしかすると首無女は祠に向かっているのではないか。なぜなら祠に淡媛の宝物が隠されているからではなかろうか。という餌になる話を彼は、それとなく彼女に吹き込んだのだと思う。そうして彼女を祠まで誘導した。あとの彼女の行動は、ほぼ予測できる。祠の観音開きの格子戸を開けて、その中を覗くに違いない。もし奥の方に何か見えれば、次は首を突っ込んで確かめる、または片手を伸ばして取ろうとするだろう」

「そこを貴琉さんが襲った……。背後から首を絞めたんで、須江さんには顔を見られんかったんでしょうか。でも彼女の証言は、とても人の仕業とは思えんような、そんな異様さが感じられたんですけど……」

「もちろん貴琉も、直《じか》に襲うことはしなかった。祠をぐるぐる巻きにしていた長い注連縄を用いて、首吊りの要領で先に輪を作り、その円を四角に変形させたうえで、格子戸の内側に何本かの針で留める。格子戸を閉めたあと、戸の上部から外へ出した縄の先を、祠の上に伸びた太い枝にかけたうえで、それを巨木の裏まで伸ばす。先端には手頃な石でも結びつけて、重石《おもし》の代わりにしておく。あとは餌になる話を田荘須江に囁《ささや》き、帰宅する彼女の様子を窺い、門ではなく森へ向かったら尾《つ》けて、祠に首を突っ込むまで待ち、一気に縄を引っ張る。ただし殺しては大変なので、少し引っ張り上げただけで、すぐに下ろしたはずだ。このとき針の一本が縄に残っていて、彼女の首を刺したのだと思う」

「田荘さんの証言と、ほとんど合ってますね」

「地に足がついたところで、注連縄の輪を首から外して、きっと彼女は無我夢中で逃げたはずだ。だから警察が介入して、彼女が落ち着くのを待って話を聞けば、首吊りの状態にされた事実が分かり、その凶器が注連縄で、祠の上の太い枝が支点に使われたことも、あっさり判明しただろう。しかし彼女の夫は、警察の世話に何度もなっている。よって彼女は通報しないに違いないと、貴琉は読んだわけだ」

そう口にしたあと天弓は、これで話は終わったとばかりに満足げな顔をしたのだが、愛は違った。友達が自分を騙していた……と知った和平の心配を、まず彼女はした。

ところが、当人の反応が妙だった。天弓の推理に一時はショックを受けて暗い表情をしていたのに、それが今は微《かす》かな笑みさえ浮かべている。

「お陰で長年の閊《つか》えが、すうっと消えたようです」

礼を述べる和平に、天弓が素っ気なく応じた。

「それは良かった。怪談めいた体験談だけど、実は合理的な推理ができる例として、こちらでも記録させてもらいます」

「貴琉とお祖母さんが引っ越したあと――」

「いや、そういう話はもういいから……」

引き続き和平が喋りはじめたのを、迷惑そうに天弓は遮ろうとしたが、

「伯母さんと和代さん、叔父さんの三人が頭類家で暮らすことになりましたが、ちょうど一年後くらいに、伯母さんが祠の側の樹木で首を吊りました」

という話を聞いて天弓が固まり、愛も絶句した。

「さらに一年後、同じ場所で今度は叔父さんが首を吊りました」

「…………」

「そして和代さんは――」

「いやいやいや、ちょっと待て。一体あなたは何を……」

慌てて止める天弓に対して、和平は絶対的な信頼を覚えているような顔で、

「その後も頭類家に起きた、信じられないような怪異な出来事について、ぜひ天弓さんに推理をして――」

「今日はありがとう。もう引き取ってもらって結構です」

天弓が大急ぎでそう言ったのは、今から聞かされる話が本物の怪異であり、まったく推理の入り込む余地などないかもしれない……と、恐らく敏感に察したからではないか——と愛は睨んだ。

だからこそ彼女は和平を引き留めて、彼の話をじっくり聞きたいと思った。だが必死に拒んでいる天弓の様子を見ているうちに、何だか可哀想になってきた。

そこで愛は仕方なく、渋る和平を促して研究室を出た。

一つ貸しですからね。

そういう視線を天弓馬人に向けながら、瞳星愛は怪異民俗学研究室をあとにした。

第三話　腹を裂く狐鬼と縮む蟇家

一

儂《わし》が駐在巡査だったときに体験した、その地方特有の不思議な、または奇妙な出来事を聞きたい……というのか。

かつて芽刺《めざし》と呼ばれた地方の村にいた頃、そういう事件が一つだけあったな。ちょうど明治が終わり掛けている時代で、そんな世の中の変わり目には、ああいった恐ろしいほど凄惨《せいさん》で、かつ無気味なほど謎めいた事件が、得てして起こるものなのかもしれない。

うん、あれは迷宮入りしたな。けど正確には違うか。一応は獣の仕業という見解を示したので、記録の上では解決しているか。

その村の北側に、標高二千メートル級の山々が連なっていてな。最も近くに聳《そび》えるのが秋波山《しゅうはさん》だったが、あそこは熊が出るため猟師くらいしか入る者はいなかった。村人たちにとっては、近くにあるけど縁遠い山と言えた。

ところが、その年の初冬を迎えた頃、しばしば里まで下りて来る熊が目撃されるようになる。猟師たちによると、普段は人間と熊の棲《す》み分けが完全にできているが、ひょいと何かの拍子に崩れることがある。山で餌が獲《と》れなくなったとか、人間の食べ物の味を覚えたとか、要は日頃と異なる出来事が起きたとき、この境界を熊が侵してしまうわけだ。

このときの理由が何だったのか、生憎《あいにく》ちょっと覚えていないが、とにかく手を打つ必要があった。

猟師たちは相談した結果、秋波山の麓《ふもと》に罠《わな》を仕掛けた。

雀を捕まえる方法はご存じだろう。桶《おけ》や笊《ざる》に突っ支《か》い棒をして、その下に米粒を撒《ま》いておく。雀が桶や笊の下に入ったら、予《あらかじ》め棒に結びつけた紐《ひも》を引っ張る。子供にも作れる簡単な罠だな。

猟師たちが用意したのは、あれの応用だった。桶や笊の代わりに鉄製の檻《おり》を作り、米粒の代用には生きた兎を使う。突っ支い棒など鉄の檻には無理だから、熊が獲物に飛びついたとたん、兎に結びつけた紐が引かれ、または切れて、上げておいた檻の扉が自動で閉まる仕掛けだった。しかも下りた衝撃で二つの鉤《かぎ》が扉の鉄棒を噛《か》み、鍵まで掛かる優れ物でな。これを開けるためには、鉄梃《かなてこ》で二つの鉤を外す必要がある。もちろん檻の外側からだ。仮に熊が扉を押し上げる事態になっても、絶対に開く心配はない。

こういう罠が秋波山の麓に仕掛けられたと、もちろん村の全員が知っていた。だからと言って興味本位で見に行く者など、さすがに一人もいなかった。熊の出る懼《おそ》れがあるから当然だけど、それでも儂は気をつけるべきだった。

……子供だよ。

そんな凄《すご》い罠があると聞いて、凝《じ》っとしていられるわけがない。特に男の子なら余計だろう。儂たち大人は予想しておくべきだった。

その日の夕間暮れ、是能《これよし》家の使用人の吉善《きちよし》が、駐在所に駆け込んで来た。同家の三男で尋常小学校の二年生である三都治《みつはる》が、昼食後に家を出たまま帰って来ないという。日曜のため小学校は休みで、朝から遊びに出た彼はお昼を食べに戻って、再び外へ行った。そのとき家の者に「瓜子《うりこ》川で釣りをする」と言ったらしい。

この村では代々、瓜子家が絶大な勢力を誇っていた。川に家名がついていることからも、歴史のある家系だと分かるだろう。ただ、あまりにも血筋に拘《こだわ》ったのが仇《あだ》となってな。次第に同家は衰退していった。昔から医者の家系だった事実を考えると、何とも皮肉に思えて仕方ない。

その頃の瓜子家はもう、すっかり没落していた。それに取って代わったのが、是能家だった。資産だけ見れば、昔から村でも瓜子家に匹敵していた。だが向こうは絶対的な権力者で、どうしても頭が上がらない。村人たちも瓜子家を大いに恐れていた。いいや、当の村だけではない。近隣の有力者たちとの繋《つな》がりも強かったことから、その影響力は広範囲に及んだ。そういう存在だった瓜子家が、ほとんど滅びようとしているところだった。

儂は当時の瓜子家を平家に、是能家を源氏に、実は密《ひそ》かに喩《たと》えていたのだが、そんなことは別にいいか。

いずれにせよ今では村一番の勢力となった是能家の、その三男が行方不明になったのだから、これは大事《おおごと》だった。儂は青年団に声を掛けると、すぐさま瓜子川に向かった。そして川上から川下の川原をはじめ、もちろん川の中まで、それこそ隅々まで彼らと一緒に捜し回った。

しかし、どれほど捜索しても見つからない。そこそこ川幅はあったが、深さは知れている。その時季の流れも急ではない。もし川に落ちて流されたのだとしても、とっくに発見されていないと可怪《おか》しい。

もしかすると……。

嫌な予感を覚えた儂は、捜索に加わっていた吉善に尋ねた。

「三都治の友達の家を知っているか」

彼の案内で数軒を訪《おとな》いながら、三都治の友達に「彼が何処《どこ》へ行ったのか、心当たりはないかな」と訊《き》き続けた。

しかしながら誰もが首を横に振る。ただし儂には、彼らのうち何人かは、三都治の行先を知っている気がしてならなかった。もし時間を掛けることが許されていれば、それを聞き出す自信はある。でも事は一刻を争う。

こうなれば子供たちを脅すしかないか。そう儂が考えていると、

「駐在さん、兄弟にお訊きになっては……」

吉善に言われて、はたと膝《ひざ》を打った。

すぐさま是能家に向かい、まず長男と次男に尋ねたが、まったく見当もつかないらしい。次いで長女――と言っても三都治の二歳下になる――に訊いたところ、もじもじして答えない。

これは何か知っているな。

儂は確信した。彼女が口を閉ざしているのは、それを喋《しゃべ》ると兄に酷《ひど》く怒られるからではないか。もしも普段から三都治の乱暴な言動に接していた場合、報復を恐れてなかなか喋らないだろう。

とにかく長女の不安を取り除くように、儂は話し掛け続けた。その苦労が実って、重い口を開かせることができたのだが、

「川に行くって言ったけど、ほんとは反対の方なの」

彼女の台詞《せりふ》を耳にして、儂は肝が冷える気分を味わった。嫌な予感が的中したのではないかと、目の前が真っ暗になった。

側にいた吉善も同じ想像をしたようで、すっかり顔が蒼褪《あおざ》めている。

「まずは本官たちだけで、確かめに行こう」

無言で頷《うなず》く彼と共に、瓜子川とは反対の方向にある秋波山の麓に、儂は急ぎ足で向かった。猟師たちが熊用の罠を仕掛けたとき、その現場に儂も立ち会っている。だから場所は分かっていた。駐在所の巡査という職務は、その村での出来事の大半に通じていないと、やっていけないところがあるからな。

すっかり日は暮れていたが、幸い星明かりがあったため、夜道でも楽に歩けた。ただし罠に近づくにつれ、猟銃を持った猟師を同行させるべきだった……と儂は少し後悔した。もちろん熊が怖かったからだ。吉善も同様らしく、しきりに周囲を気にしている。とはいえ二人とも、そんな素振りは檻に着くまでだった。

鉄製の檻の中に、何かがいた。

最初は熊かと思ったが、それにしては小さい。やっぱり三都治が過って罠に掛かったのか――と考えて近寄ったところで、儂は絶句した。

檻の中で倒れていたのは、確かに三都治だった。しかし彼は腹を裂かれて死んでおり、その遺体は血塗《ちまみ》れだった。

とっさに儂は腰の拳銃に右手を添えると、周囲を警戒した。三都治を襲った熊が、まだ近くにいるかもしれないと思ったからだ。

ただな、よく考えると変だった。子供は明らかに檻の中で襲撃されている。鉄柵の扉は閉じられて、きっちり鉤も掛かっていた。にも拘《かかわ》らず肝心の熊の姿が、その中に見当たらない。不幸にも熊と三都治が同時に罠に掛かった結果、子供が襲われて殺された……という解釈が、これでは成り立たなくなる。


いったい何が起きたのか。

呆然《ぼうぜん》と佇《たたず》む儂の横で、吉善が嘔吐《えず》いていた。

「本官はここに残って見張るので、お前は駐在所から警察署に連絡してくれ」

とても駐在巡査の手には負えないと、即座に儂は判断した。そこで吉善に詳細な指示を与えて、すぐさま駐在所へ走らせた。

もっとも警察署の刑事たちが到着したのは、夜の遅い時間になってからだった。その前に是能家の者が押し掛けたため、現場を保存するのに儂は苦労した。被害者の家族にしてみれば、三都治の遺体を放置しておくのが、あまりにも耐え難かったのだろう。あんな状態なのだから、なおさら無理もない。それを宥《なだ》めて納得させるのが、かなり大変だった。

その夜、猟師たちによって檻の扉が開けられ、一通り内部が調べられたあと、いったん遺体は近くの町の病院に運ばれた。そして翌日、本格的な現場検証と遺体の検死が行なわれた。

この二つの検《あらた》めで判明したのは、次の事実だった。

一つ　檻の側に釣り竿《ざお》が落ちていたことから、三都治は興味本位で罠に近づいた結果、その中に過って閉じ込められたと考えられる。
二つ　檻の中には三都治の遺体しか見当たらなかったが、他に何者かがいたらしい痕跡《こんせき》が残っていた。
三つ　その何者かが、いつ檻の中に入ったのかは分からない。また何者かが、決して熊でないことは確かである。
四つ　三都治は切れ味の悪い刃物で腹を裂かれて、内臓が掻《か》き回されていた。死因は多量の出血のためと思われる。
五つ　三都治殺しの犯人は、被害者と共に檻の中にいた、その正体不明の何者かと考えてほぼ間違いない。
六つ　檻の鉄柵の一部に被害者の血痕が付着していたが、そこから犯人が外に出たと見做《みな》すことは到底できない。なぜなら鉄柵は八歳の三都治がギリギリ通れない幅しかなく、故に彼は逃げ出せなかったと考えられるためである。
七つ　犯行時に檻の外に犯人がいて、その中に入らずに三都治殺しを行なった可能性は、以下の二点から皆無と判断される。被害者の遺体は檻のほぼ中央にあり、外からでは両手が届き難《にく》く犯行が極めて困難なこと。仮に檻の外から行なったのだとしたら、もっと多量の血痕が鉄柵に付着したであろうこと。

一介の駐在巡査だった儂に、こんな情報は普通なら教えてもらえない。ただ現場があまりにも不可解だったことから、警察署の刑事も頭を抱えたらしい。それで土地勘もある儂に意見を求めようとして、現場検証と検死の結果を伝えたのだろう。

しかし残念ながら儂は、その期待に応《こた》えられなかった。いや、むしろ逆だったかもしれない。あれは狐鬼《こき》の仕業ではないか。

いつの間にか村の一部で、そんな噂が流れていた。この「狐の鬼」と書く化物が、秋波山には棲むという。

ほうっ、やっぱりそうか。実は当時の儂も「狐」と「鬼」の組み合わせに、ちょっと違和感を抱いてな。どちらか片方だけなら、いくらでも昔話や伝承に出てくる。でも二つを併せた呼び名など、まったく聞いたことがなかった。

この「狐鬼」という奴は、そもそも狐が鬼に化けた存在なのか。もしそうなら、その正体は「狐」だろう。にも拘らず一部の村人たちの怯《おび》える様子を窺《うかが》う限り、どうやら「狐」よりも「鬼」の方に重点を置いている。そんな気がしてならなかった。つまり彼らが恐れているのは、狐鬼の「鬼」の部分ではなかったのか。

それ以上に不思議なのは、これまで狐鬼の話など一度も、儂は聞いた覚えがないことだった。先程も言ったように駐在所の巡査ともなると、村内の出来事に精通していなくてはならない。そういう立場の儂が知らなかった。となると村の暗部に関わる伝承のようにも思えてきてな。

駐在巡査には、その村の出身者がなる場合もある。実は多いのかもしれない。しかし儂は違った。

似たような村の出だったので、あまり戸惑うこともなく、村にも上手《うま》く溶け込めていた心算《つもり》だったんだけど……。

いつまで経っても他所者《よそもの》と見做されて、絶対に交ぜて貰《もら》えない。そういう出来事が偶《たま》にある。村の黒い歴史に触れてしまうときだな。

この狐鬼の件も、その手の話ではないのか。そう儂は直感したので、できれば知らぬ振りをしたかった。とはいえ子供が殺されており、警察署から刑事も来ている。しかも被害者は村の権力者の子だ。

変な遠慮をするべきではないと考え、儂は狐鬼の噂を刑事に伝えた。でも返ってきたのは、莫迦《ばか》にした嗤《わら》いだった。無理もない。もし逆の立場だったら、儂も同じ反応をしただろう。

結局、三都治は獣にやられた——というのが警察の見解だった。その獣は身体が小さく、だから檻の鉄柵も自由に出入りできた。切れ味の悪い刃物は、獣の爪であると見做された。

では、獣の正体は何か。

もっとも肝心な謎が、まったく不明のまま残った。それこそ犯人は狐鬼だと噂するのと何ら変わらない、そんな結論を警察は出した。

儂は大いに不満だったが、一方で納得している部分もあった。つまり獣の仕業でないのなら、なぜ犯人は子供の腹を裂く必要があったのか。その動機がさっぱり分からないからだ。獣なら頷ける殺し方かもしれないが、それが人間になったとたん意味不明になる。気持ちの悪い謎となって残ってしまう。

是能家は納得しなかった。いや、そう儂には見えたのだが、だからと言って抗議するわけでもなく、そのまま受け入れたような様子があって……。

警察が筋の通らない見解を示したのは、もちろん威信があったからだ。嘘でも解決したように見せ掛ける必要がある。しかし是能家が、それに付き合う理由など少しもないのに……。あれには何か訳があったのか。

事件は一応の決着がついた恰好《かっこう》になった。だが恐ろしいことに、それで終わりではなかった。なぜなら続けて被害者が出たからだ。

最初の事件の二日後、今度は是能家の分家筋の三男である三郎太《さぶろうた》が、登校の途中で行方不明になる。その日の朝、彼は寝坊した。だから家を出るのが、いつもの時間より遅れた。友達は先に行ってしまい、彼は独りで尋常小学校に向かった。そのはずなのに、とうとう学校に姿を現さなかったらしい。

教師は休みかと思ったが、事件から日の浅かったこともあり、念のため家に遣いを出した。すると遅刻は逃れられないが、間違いなく登校したと分かった。

すぐさま駐在所に連絡がきて、儂は真っ先に例の檻へと走った。特に理由はない。また厭《いや》な予感が働いただけだ。

三郎太は檻の中で見つかった。三都治と同じく腹を裂かれた状態で……。しかも、わざわざ運び込まれたと思《おぼ》しき痕跡があった。

再び警察署から刑事が来たものの、やっぱり獣の仕業とされた。三都治と同様の腹の裂き方が、何よりの証拠だという。

儂は山狩りを提案したが、相手が野生の獣なら警察の仕事ではないと言われた。そこで是能家をはじめとする村の有力者たちに話したが、どうにも反応が鈍い。村人たちも同様だった。まるで狐鬼の実在を信じており、その障りを恐れているかのように……。

一方で猟師たちは山に入っていた様子があったので、もしかすると儂には内緒で狐鬼を追っていたのかもしれない。

にも拘らず二番目の事件の翌朝、三人目が襲われた。是能家の小作人の子供で、確か由吉《ゆきち》という名前だったと思う。彼は遅刻の常習犯なのだが、三郎太のような寝坊が原因ではなく、毎朝ちゃんと家の手伝いをしているせいだった。ただし村の多くの子供にとって、登校前の一仕事は当たり前のこと。そう考えると由吉の遅刻も、本人の問題になるか。

同じ年代の子供が二人も殺されているのに、なぜ由吉の家族も本人も、独りでの登校に不安を覚えなかったのか。

あなたの疑問はもっともだけど、それには理由があった。三都治も三郎太も、村では裕福な家の子供になる。だから狙われたのだと、村人たちは考えた。そこには何の論理性もないが、極めて自然な受け取り方だと儂には思える。だから我々には関係ないと、ほとんどの村人が見做していたのではないかな。

しかし残念ながら、それが仇になってしまった。

犯行現場は、やはり檻の中だった。なぜ見張りを置かなかったのか、と呆《あき》れられたと思うが、当時の儂にはどうにもできなかった。警察は獣の仕業だと断じており、村では猟師たちに狐鬼狩りを頼んでいるらしい。そういう状態では、たった一人の駐在に打つ手などない。

猟師たちの動きが活発になったように見えた。ただ儂や村の青年団に協力を求めることなく、あくまでも自分たちでケリをつけようとしている。そんな風に見受けられた。現場が檻だったため、きっと責任を感じたのだろう。特に三都治の場合、彼が罠に掛からなければ、あんな目に遭っていなかったかもしれない、とも考えられるため余計だったのではないか。

さらに翌朝、四人目が襲われた。今度は是能家の小作人から仕事を請け負う、その下の小作人とも言える家の子供だった。名前は……四郎《しろう》といったか。

彼は遅刻したわけではなく、いつも独りで登校していた。小学校に行く途中に、日中でも薄暗い雑木林がある。その側を通っていたとき、いきなり背後から彼は首を絞められたらしい。

つまり犯人は、その雑木林に隠れていた。そこで次の犠牲者が通り掛かるのを、恐らく凝っと待っていたのだろう。

ところが妙なことに、犯人は何もしなかった。半ば気を失っている四郎を、その場に残して去ってしまった。前の二人と同じように、なぜ檻まで連れて行かなかったのか。わざわざ三郎太と由吉を運んだことからも、犯人が檻に拘っているのは間違いない。四郎だけ手に掛けなかったのは、どうしてなのか。彼が助かった訳は、いったい何だったのか。

その日のうちに、猟師たちが狐鬼を仕留めた……という噂が村中に流れた。

儂は確認を取ろうとしたが、彼らは否定も肯定もしなかった。しかし五人目の事件が起きなかったため、きっと噂は正しかったのだろうと、いつしか儂は考えるようになった。

いったい狐鬼とは何だったのか。なぜ子供たちの腹を裂いたのか。今でも儂はたまに、ふっと当時を思い出すことがある。

二

祖父《じい》さんから聞いた若い頃の体験談で、訳の分からん気味の悪い話がある。

最近は同年代の若い奴らの間で登山ブームらしいけど、俺が山に行く気がせんのは、この話のせいかもしれん。

日本の近代登山のはじまりは、明治三十年代の後半とも大正時代の半ばとも言われとるって、前に山好きの高根《たかね》いう友達に教えられた。仮に明治の方が正しかったとしても、うちの祖父さんの方が、それよりも早《はよ》うから登っとったことになる。

もっとも本格的な登山やったんかどうか、そこはよう分からん。テントなんか持っとらんで、軍用毛布で野宿してたらしいからな。せやから夏でないと、とても山へは行けんかったようや。高根によると、真夏でも日が暮れたら寒うなるそうやから、結構な無茶をしとったんやろ。

親父に言わせたら祖父さんは、昔から出鱈目《でたらめ》な言動が多かったそうや。本人は「誰に迷惑かけるわけやなし、儂の好きにするわ」と、いつも嘯《うそぶ》いとったらしい。祖父さん独りで山に行ってくるんやから、そら確かに他人にはまったく無関係やったわけやけど、家族にしたら堪《たま》らんわな。

ふいっと出掛けた切り、いつ戻ってくるんか分からんのやから、どうしようもない。

そんな祖父さんが昔は留目《とどめ》と呼ばれとった地方の山を、三日間で縦走しようとしたときに、えろう卦体《けったい》な家を見たいうんや。

二日目の午後までは、一応は計画通りやった。祖父さんが事前に山登りの予定を立ててたなんて、ちょっと信じられんのやけど、本人によるとそうらしい。高根に言わせたら、いくら無謀な人やいうても、少しでも山を知っとったら無計画は有り得んいうことやった。けど、あの祖父さんやからなぁ。

とはいえ二泊する場所くらいは、さすがに前以《まえもっ》て決めてあったようで、一日目は予定通りに到達できた。でも二日目は午後の遅い時間になっても、まだ目的地に着けんかった。というより祖父さん、迷ってしもうたんやな。

予定にあった媚眼《びがん》岳を越えたんは、どうやら間違いなさそうやった。ただ、その先の山路を間違えたらしい。こういうときは無闇矢鱈《むやみやたら》に歩き回らんと、元の路まで戻るんがええそうやけど、とにかく祖父さんは突っ走る性格やから、どんどん進んだわけや。お陰で完全に迷うてもうた。

山の日暮れは早いそうで、まだ大丈夫やろうと思うとっても、ふと気づいたら薄暗《ぐろ》うなっとる。こんときの祖父さんもそうやった。

軍用毛布で野宿するんやから、何処で寝ても一緒のはずやのに、最初の予定にない所では厭やいう気が、どうもするらしい。可笑《おか》しいやろ。日頃から傍若無人な言動を見せとる癖に、変なところで神経質なんやから、ほんまに面倒臭《くそ》うてややこしい人物やったわけや。

いつの間にか山路は下りになっとった。計画なら登っとるはずやったから、要は一日早う、しかも別の場所に、祖父さんは下山する羽目になったんやな。

そうと分かったら、こらもう仕方ない。それでも登ろうとするほど、祖父さんも阿呆《あほ》ではなかった。逆にさっさと下り切って、近くの村で泊めてもらおう。この辺りは美味《うま》い地酒があったはずやから、御馳走《ごちそう》してくれるかもしれん。そんな勝手な想像をしとったらしいわ。

ところが、いくら下っても麓に着かん。そのうえ完全な日没まで間がある思うとったのに、いつしか周囲の薄暗さが深《ふこ》う濃くなっとる。ここで愚図愚図しとったら見知らぬ山の中で、あっという間に夜を迎えてしまう。迷った状態のままで、一夜を過ごさんとならん。けど周りを見回しても、野宿に適した場所など何処にもない。どっちにしろ、まだ歩き続けるしかない。そういう状況に祖父さんは陥っとった。

こないなったら、ひたすら下るしかないか。

そう祖父さんが決めたときや。ぱっと電灯が消えたかのように、一気に辺りが暗うなった。

……えっ？

祖父さんは魂消《たまげ》た。いくら何でも、そんなこと有り得んやろ。徐々に薄暗さが増していって、はっと気づいたときには真っ暗闇に包まれとる。それが山中での日没なんやと、祖父さんも体験から知っとった。

せやのに今、ほんまに電気が切れたみたいに、いきなり真っ暗になった。まるで狐狸に化かされたようで、なんや気味が悪うて敵《かな》わん。

そう感じた祖父さんは、慌てず騒がず山路のその場に座り込むと、ゆっくりと煙草を取り出して喫《の》んだ。もしも化かされとった場合、これが効くらしい。祖父さんは自分の祖父さんに教わったそうや。

けど、しばらく煙草を吹かしとっても、一向に暗いままやった。どうやら本物の日暮れやと分かった。突然の暗闇は解せんかったけど、のんびりと煙草を喫んどる場合やない。

山での夕飯は、まだ明るいうちに準備して食べてしまう。そんときに焚《た》き火をするんで、燐寸《マッチ》だけはある。けど祖父さん、明かりなんか持ってない。山では日が暮れたら、もう絶対に動かんそうやから、そもそも必要ないんやろう。しかしな、こういう事態に陥ることもあるわけや。そこんところを祖父さんは、まったく考えもしとらんかった。良う言うたら豪胆で、悪う言うたらただの阿呆やろな。

さすがの祖父さんも途方に暮れた。空を見上げたら曇っとるとはいえ、一応の星明かりはある。せやけど高い樹木が生い茂っとる直中《ただなか》におるわけやから、足元なんか真っ暗で何も見えん。とても歩けたもんやない。かというて傾斜のある山路の途中で、まさか野宿もできん。もう少し平らな場所を探す必要がある。けど暗うて歩くんは無理や。そんな堂々巡りをするばかりや。

祖父さんが心細さのあまり、柄にものう神仏に縋《すが》るような気持ちで辺りを見回してたとき。

ちらっと明かりが目に入った。

慌てて見直したけど、そんな光なんか何処にもない。でも確かに見た。ほんの瞬き程度ながら、それは暗闇に点《とも》る明かりやった。

その場で祖父さんは足踏みをする恰好で、少しずつ動いてみた。そうして前方に目を凝らした。恐らく木々の隙間に垣間《かいま》見えた光が、ちょっと身体がずれたことで隠れてもうたに違いない。そう考えたわけや。

けどな、真っ暗闇いうんは、ほんまに人間の方向感覚を狂わせるらしい。こっちの方向に明かりがあった……と祖父さんは確信しとるのに、いくら立ち位置をずらしても一向に何も見えん。くいくいっと首を左右に動かしてもみるんやが、目の前には黒々とした暗がりが広がるばかりでな。

とうとう祖父さん、その場で回りはじめよった。けど一周しても、二周しても、やっぱり明かりなんか目に入らん。いや、そもそも一周が何処で終わるんか、まったく目印がないんやから分かるわけない。三周目やと思うても、実際は二周目かもしれん。四周目の可能性もある。

ぐるぐる回りながら、これこそ狐狸に化かされとるんやないか……って、さすがの祖父さんも怖《こお》うなったそうや。

その直後、ちらっと明かりが目に入った。

祖父さんは急いで両足を踏ん張ると、命綱の光を見失わんようにした。絶対に前方の明かりから、目を離さんように気をつけた。

ただ、そこからが問題やった。あっちまで、どうやって行くんか。足先で探った感じからして、明かりが点っとる方向は、山路の上でも下でもない。下りの斜め右いうところやった。つまり路なんかないわけや。もし日中やったら、しかと目的地を見定めて山路を下りながら、そっちへ進める手段を探したらええけど、夜の暗闇では無謀やろ。たちまち光を見失《みうしの》うて、二度と見つけられんかもしれん。

このまんま明かりを目指して突き進むしかない。

祖父さんは覚悟を決めた。その行為も無謀やったわけやが、己が置かれた状況を考えた結果、それしかないと判断した。

そこからが大変やった。藪漕《やぶこ》ぎいうもんをしたらしいけど、とにかく暗うて怖い。何度も足を滑らせそうになって、そのたんびに冷や汗を掻《か》く。こんなとこで転《こ》けたら下まで落ちるかもしれん。とてもただでは済まん。きっと怪我をして動けんようになる。そしたら、もうお終《しま》いや。せやからいうて足元にばかり気をつけとったら、びしばしと顔に枝葉が当たって痛い。目を守るために瞼《まぶた》を閉じたい。どうせ真っ暗なんやからな。けど、明かりが見えんようになるのは厭や。藪を脱して両目を開いたとき、もし何も見えんかったら……と想像したら、そら恐ろしゅうて敵わん。

散々な目に遭いながら、それでも祖父さんは進んだ。希望の光に向かって、どんどん近づいて行った。

やがて深い森から、ぽっと出られた。いきなり平らな草地に、祖父さんは立っとったそうや。またしても狐狸に化かされたように……。

そして目の前に、なんとも不思議な家があった。木造の組み立て式の山小屋みたいなんやけど、よう見たら洋風の家屋で、向かって左側には二階まである。そんとき祖父さんが目にしたんは、その家の側面に当たっとった。

ただ、そういう家の外見とは違うところで、どうにも妙な感じがした。ぱっと家屋全体が目に入った瞬間、この家は異様やって分かったらしい。でも、どうしても言葉にできん。そんなもどかしさがある。
なんで違和感を覚えるんか、ちゃんと理解できとるはずやのに、それを脳が受けつけんような、
そんな気味の悪さがあったんや。
明かりは右手の一階の窓に見えたけど、電気やのうて明らかに洋灯《ランプ》のものやった。ぼおっとした
光が、カーテンを通して窓硝子《ガラス》の内側で点っとる。
祖父さんが家の右手へ進んで回り込むと、そっちが表で玄関があった。かというて西洋の家屋に
あるような呼び鈴もノッカーもない。縦に長い長方形の扉と、すぐ横に半円形の窓が見えとるだけ
や。この玄関部分の左右は窓も何もない壁で、ただ右手の屋根の上に煙突が出とったから、そこに
暖炉があるのは間違いなさそうやった。
玄関扉を遠慮がちに叩《たた》くと、予想以上にノックが反響して、祖父さんはぎくっとした。せやけど
屋内は、しーんと静まり返っとる。
再び叩こうとしたところで、きぃ……と微《かす》かな物音が聞こえた。何かが軋《きし》むような音で、どうも
家の中でしたらしい。住人やろうと思って待ってみたけど、誰かの出てくる気配が一向にない。
祖父さんはもう一度ノックして、凝っと耳を澄ました。けど先程のような軋みが聞こえることは、
いくら待ってもない。
さっきの明かりの点った窓を確かめようと、家の左端まで行ってひょいと覗《のぞ》いたら、なぜか真っ
暗になっとる。今のノックに反応して、とっさに洋灯を消した。そうとしか思えん状況やった。

こりゃ歓迎されてないか。

如何に傍若無人な祖父さんでも、そう考えざるを得んかった。とはいえ今は、この家に助けを求めるしかない。

玄関前まで戻って、躊躇《ためら》いながらも扉のノブに手を掛けたところ、がちゃ……と内部で物音がして、少し引っ掛かっとる手応えのあと、すうっと動いた。半分ほど開けてから顔を入れ、屋内に向かって「こんばんは」と声を掛けて、ぎょっとした。ようやく何が可怪しいのか、それが祖父さんにも分かったからや。

……家が小さい。

当時の祖父さんの身長は知らんけど、明らかに玄関の扉に高さがないんや。いいや扉だけやのうて、そもそも家全体が縮んどる。そうとしか思えん大きさしか、その家はなかったらしい。

祖父さんの感覚では、普通の民家の三分の二くらいやったそうや。

そんな変梃《へんてこ》な家が、こんな山の中に建っとる。いったい誰が、何のために……。わざわざ洋風にしたんは……。ここに住んどるんは、どんな人間なんか……。

様々な疑問が一気に、わぁっと祖父さんの頭の中に溢《あふ》れ返ったとたん、ぞわっと項《うなじ》が粟立《あわだ》った。

こりゃ魔物の住処《すみか》やないか……。

祖父さんは幽霊も妖怪も信じとらんかったけど、本気でそう思うた。もっとも一方で狐狸が化かすのは当然と考えとったから、山の魔物の存在は普通に受け入れられたんかもしれんな。

こんな家に入ったら、きっと恐ろしい目に遭う。

何かが出て来んうちに、さっさと逃げるべきや。

祖父さんは己に言い聞かせて、そっと玄関の扉を閉めてから回れ右をしたんやが、たちまち立ち尽くした。

目の前には、真っ暗な闇しかない。それに肌寒い。おまけに頬には、ぱらぱらと雨粒が当たり出した。出掛ける前の予報は晴れ続きやったけど、山は天候が崩れ易いいうからな。このまま雨になるのかもしれん。

後ろには変ながらも家がある。少なくとも寒さと雨から守ってくれる。そんな場を易々と捨ててええのか。そもそも行く当てがない。野宿できる安全な場所を、今から探さんとならん。雨が降り出したらしい、この最悪の状況で……。

祖父さんは大いに迷うた。

後ろの家に入ったら、確かに雨風は防げる。暖炉もあるようやから、恐らく火も熾《おこ》せるやろ。けど……安全やろか。こんな訳の分からん家の中で一晩を過ごして、ほんまに無事で済むんやろうか。

そのとき突然、ざぁーっと雨足が激しゅうなった。

とっさに祖父さんは再び回れ右して、その気味の悪い家の玄関から中へと、えいやっと思い切って入ったそうや。

扉の内側は、自分の手も見えん暗闇やった。手探りで燐寸を取り出して火を点《つ》けたら、玄関ホールと呼べるような空間があったんやけど、やっぱり狭い。もちろん天井も低うて、そのせいで物凄《ものすご》い圧迫感を覚える。このまま家がもっと縮んで、自分が押し潰されるような懼れを、ふっと祖父さんは感じた。

燐寸を何本も点すうちに、玄関ホールの左右と奥の壁に、それぞれの扉があると分かった。左手の扉を開けると物置で、右手の扉の向こうは居間やった。居間のテーブルの上には、有り難いことに石油洋灯が置かれとる。

祖父さんが洋灯を点すと、居間の奥に暖炉が見えた。奥いうても入った扉からの方向やから、実際は家の表側になる。やっぱり標準より小さいテーブルとソファを迂回《うかい》して暖炉まで行ったら、まだ暖かさが残っとった。

あの部屋の明かりと同じように、ここの火も消したんか。

それも祖父さんが玄関の扉を叩いたからやろう。つまりこの家の住人は、突然の訪問者を恐れとるらしい。きっと玄関の扉も、内側から掛け金を下ろしたんやろう。けど慌てとって、ちゃんと掛かってなかったんやないか。せやから祖父さんは入ることができた。

こんな場所に建つ奇妙な家を、そもそも訪う者など皆無やろうから、相手の気持ちはよう分かる。かというて、それで安心できたわけや決してない。向こうが怖がっとる以上は、こちらに危険はなさそうやけど、相変わらず得体の知れん存在であることは、ちっとも変わってへんのやからな。

祖父さんは暖炉に火を熾して、この居間で寝ようと思うた。ほんまは玄関ホールで休んで、夜明けと共に家を出るのが一番やと考えたけど、すぐ横の部屋に暖炉があると知ってもうたら、やっぱり使いとうなるわな。それに居間やとギリギリ家の表側のような気がしたんで、その分ちっとは罪悪感も薄うなる。

ただ困ったことに、いくら見回しても薪《まき》がない。これでは暖炉が使えん。祖父さんは迷ったんやが、結局は探すことにした。居間に暖炉があるんやから、近くに薪も備蓄されとると考えたわけや。

洋灯を提げて狭いホールに戻って、玄関扉の向かいにある扉を開けたら、その先は短い廊下やった。というても天井が低うて幅も狭いんで、なんや閉じ込められたような気分になる。まるで墓の中に入ってるみたいな心地が、とっさに祖父さんはしたそうや。

左右の壁に一つずつ扉があったんで、ひょっとして右側は……と思いながら開けたら、やっぱり先程の居間やった。洋灯の明かりだけでは、暖炉の反対側にあった二つ目の扉の存在に気づけんかったらしい。

廊下の左側の扉を開けたとたん、ぷーんと何かの匂いがした。そこは台所やった。けど誰もおらんし、肝心の料理もない。せやけど残っとる匂いは、明らかに食べ物のものでな。さっきまで誰かが、ここで調理してた証拠やろう。位置的にも外から明かりを目にしたんは、この部屋やと見当がついた。

……やっぱり住人がおる。

それは間違いなさそうやった。しかも相手は、なぜか祖父さんに見つからんようにしとる。この読みも当たっとるのやないか。

他人様《ひとさま》の家に無断で入っとんのは、こっちやのに……。

そう思った祖父さんは、ちょっと申し訳ない気になった。ただし、そんな心苦しさを少ししか覚えんかったんは、どう考えてもこの家が可怪し過ぎたからや。ここで変に同情して油断した結果、とんでもない目に遭うかもしれん。そういう恐怖をどうしても拭《ぬぐ》えんかった。

この匂いも、なんか変やろ。

祖父さんは空腹やった。せやのに美味《おい》しそうには、ちっとも感じられん。決して酷い臭いやったわけやない。ちゃんと食べ物の匂いやと分かる。けど馳走になりたいかいうたら、首を振って断るやろう。つまり生理的嫌悪感に似たものが、台所に漂う空気には感じられたわけや。

廊下に戻って扉を閉めたところで、祖父さんは居間へ戻りとうなった。でも薪が欲しいいう気持ちも依然としてある。暖炉に火を熾せたら、夜気で冷えた身体を暖められるだけやのうて、きっと精神的にも助かるやろう。それが実感できるだけに、どうしても薪を諦め切れんかった。

廊下の先には、まだ開けてない扉がある。外から家の側面を目にした感じから、この向こうが家屋の奥半分やと分かる。

祖父さんは扉に手を掛けると、ゆっくりと躊躇いがちに開いた。

すると肌寒い夜気に、ぶるっと身体が震えてびっくりした。家の後半部分があるはずやのに、なんでか外へ出てしもうたらしい。

洋灯で下を照らすと、石畳の通路が延びとる。驚きつつ辺りを探って、さらにびっくりした。左手には目当ての薪が積み上がっとる眺めがあって、まず祖父さんを安堵《あんど》させたんやが、なんと右手には中庭が広がっとって、おまけに四阿《あずまや》まで見えたもんやから、あまりの場違いさに訳の分からん気味悪さを覚えた。

この家が建っとるのは、山の中やろ。周囲は自然だらけで、何処を見回しても緑が目に入るだけや。要は屋外すべてが、この家の庭みたいなもんやないか。そういう環境におるのに、わざわざ屋内に中庭を作るやなんて、いくら何でも変やろ。

もちろん手入れした庭いうんは、ただ自然に生えとる草木とは違《ちご》うて、ちゃんと恰好が整うとって見栄えもええ。けど中庭の様子は、決してそうやなかった。ぼうぼうに雑草が茂っとるほど酷うはないけど、かというて観賞用に整備されとるわけでも決してない。えろう中途半端な眺めやった。それに広がっとる言うたけど、よう見たら樹木の向こう側には、すぐ垣根が張られとる。やっぱり中庭も、家と同じように小さかった。四阿も同様や。

くるっと中庭と四阿に背を向けて、祖父さんは薪の山を調べはじめた。山の下半分は観音開きの戸に隠れとって、そこを開けたら薪がどっと手前に崩れ落ちてきそうなほど、ほんまに何百本と積まれとる。上には迫《せ》り出した天井も見えたんで、一応は雨も防げてるのやろう。その証拠に目の前には乾いた薪が、どっさりとある。もっとも普通の薪よりも、やっぱり小そう割られとる。

祖父さんは薪に手を伸ばし掛けて、ふと石畳の通路の先にある扉が気になった。外から家の側面を目にしたとき、二階があると認めた部分が、その扉の向こうに当たるわけや。

さっさと薪を持って居間へ戻らんか。

そう自分を叱咤《しった》するんやけど、どうしても扉の向こうが気になる。もう家の半分以上に入り込んどるわけやから、このまま残りを見てもええんやないか。そんな手前勝手な考えに、どうも祖父さんは取り憑《つ》かれたらしい。

とはいえ怖いいう気持ちも、やっぱりある。ここまで誰にも会《お》うてへんから、この家の住人はあの扉の先にいるんやろう。そいつと顔を合わせたいかいうたら、そんなことはない。むしろ避けたい気持ちが強い。

ほんなら進むべきやないやろ。

と思いながらも祖父さんは、引き寄せられるように石畳を辿《たど》って、奥の扉に手を掛けてたいうから、ほんまに取り憑かれとったんかもしれん。

扉の向こうはホールやった。右と奥に一つずつ、左に二つの扉がある。左の手前を開けるとトイレと風呂場で、その先は食料庫と分かった。食料庫の先、奥の扉の左手には急な階段があって、二階部分に通じとるらしい。内側から掛け金の下りた奥の扉を開けたら、すぐさま外に出た。普通の民家の勝手口いうか、要は裏口やな。

外は漆黒の闇いうやつで、完全に真っ暗でなーも見えん状態や。ざぁざぁ雨も降り続いとる。すぐ戻ろうとして、ふと地面に何かの跡のようなもんを見つけた。洋灯を近づけてみると、辛うじて人が通っとるような筋が草地についとった。

この家の住人が、ここから出入りしとるんか。

そう祖父さんは考え掛けたけど、普通は玄関を使うやろと思い直した。次に裏口いうことで、極自然に出入りの商人が浮かんだんやが、こんな山ん中まで配達する奴がおるわけない。

だったら、この筋は何なのか。

いったい何者が、この家に出入りしとるんか。

色々と想像しとったら怖うなって、祖父さんは慌てて家の中に戻った。そうして残った扉を開けたんやけど、その向こうに現れたんが、これまた卦体な部屋やった。いいや何のために作られたんか、まったく理解できんいう意味では、この家と同じくらいか、それ以上の恐ろしさを覚えたほど、その部屋は変やった。

洋灯の明かりで無気味に床が光っとるんで、何やろと目を凝らしたら、意外にもタイル敷きやった。そこの中央に長方形の机が一つ、ぽつんと置かれとる。椅子は一脚も見当たらんで、ただ机だけがある。

これだけでも妙なんやが、最大の問題は部屋全体の作りやった。扉を背にした正面と左側に、なんと幅の広い階段があったんや。そこは完全に室内やのに……。階段を上がった先には壁しかないのに……。

その壁の上も、ずーっと高い壁やった。この家に入ってはじめて、高い天井を見たそうやから、きっと二階部分まで吹き抜けになっとったんやろ。

この二つの謎の階段によって、部屋の三分の二くらいが塞《ふさ》がれとる。何のために設けられたんか、いくら見回してもさっぱり分からん。それ以前に部屋の存在そのものが、あまりにも不可解やった。

しかも、ぷーんと変な臭いが漂っとる。台所で嗅《か》いだんは、まったく食欲がそそられんとはいえ、一応は食べ物の匂いやった。けど、この閉じられた空間に籠《こも》っとるんは、完全に食欲を減退させるような臭いやった。

閉じられたいうんは、その部屋に窓が一つもなかったからや。ここまで覗いてきて窓が見当たらんかった場所は、物置と食料庫だけになる。あとは全部ちゃんとあった。この部屋だけないんは、なぜなんか。

ぞわっと二の腕に鳥肌が立って、祖父さんは部屋を逃げ出した。そのまま裏口から外へ飛び出して、この家からも離れたいけど、それはできん。山ん中で遭難して下手したら生きて帰れんと、さすがに分かるからな。

途中で薪を取りながら、居間まで戻るしかない。

そう祖父さんは思いつつも、二階に通じとる階段が気になった。たった今あまりにも変な部屋を目にして、ぞっとしたばかりやのに、まだ見ぬ領域がこの家の中にあることが、どうにも我慢できんかった。そこを検《あらた》めんことには、恐ろしゅうて仕方ない。

洋灯で足元を照らしつつ、祖父さんは階段を上がり出した。天井が低うて、踏み段の幅も奥行も狭《せも》うて、えろう窮屈な思いをしながら、慎重に一段ずつ上《のぼ》った。すると階段が左手に曲っとる。その曲り角の向こうの暗がりに、ひょいと何かが潜んでそうで、まず洋灯を差し出した。なーもおらんと確かめてから、また上り出す。次に曲った数段先には、もう二階の床が見えとった。

狭い床に立つと、目の前に扉が一つある。それだけで他に何もない。思わずノックし掛けて、祖父さんは笑いそうになった。ここまで無断で侵入しといて、今更ノックするんかと考えたら、えろう可笑しなったんやな。

扉を開けると、左右に短い廊下が延びとる。すぐ左手に見える扉を検めたら、そこは物置やった。右に進むと、書斎らしい部屋が現れた。机と椅子と書棚があって、どれも標準より小さかったんやけど、えっ……と驚いたんは、棚に並べられた本そのもんも縮んどったことや。

ここは別の世界やないのか……。

こんとき祖父さんの脳裏に、はじめてSF的な発想が生まれた。もちろん祖父さんは、SFなんか読んだことない。空想科学小説いう言葉さえ、当時はまだなかったんやないか。けど昔話の中には、別次元や別世界に入り込む主人公も出てくるから、そう珍しゅうもない。

山ん中で迷っとるうちに、自分も同じ目に遭《お》うたんやないか……と、これまで以上に祖父さんは怖うなった。

どんだけ可怪しな家でも、それが現実の建物やったら、なんぼでも逃げ出せる。せやけど最初から実在せん家やったら、どうやろう。そこに入るんは簡単でも、出るんは難儀するとしたら……。

祖父さんは慄《おのの》きつつも急いで、書棚から適当に本を取り出した。もしも頁を開いて中を見て、そこに意味不明の文字が記されとったら、ここが現実の家やない証拠になる。そう考えたからなんやけど……。

意外にも本の中身は童話のようやった。それも各国の民話や昔話の本ばかりがある。もっとも読んでるんは、その中でも『ペロー童話』と『グリム童話』のようで、かなり傷んどった。

いったい何者なんや。

この家の住人に対する興味と恐怖が綯《な》い交ぜになって、何とも言えぬ感情に囚《とら》われたとき、祖父さんは肝心な問題に気づいた。

その住人は何処におる?

玄関ホールに入ってから二階の書斎まで、すべての部屋を覗いてきたのに、何処にも誰もおらんかった。ここに何者かが住んどるんやったら、とっくに出会ってないと可怪しい。隠れられる場所など、一つもなかったんやから……。

裏口から逃げたんか。

あとはそうとしか考えられんけど、真っ暗闇に包まれた雨の降る山ん中を、いったい何処へ行くいうんか。それに相手は、なんで逃げる必要があるんや。祖父さんは別に押し入ったわけやない。ちゃんとノックして、それから声も掛けとる。

けど、やっぱり警戒するか。

祖父さんは考えを改め掛けた。こんな山中で隠れるように住んどる者やったら、突然の訪問者を歓迎するはずがない。と思い直しそうになって、はっと重要な事実に気づいた。

裏口の鍵は下りとった……。

あそこから住人は外へ出てない。その証拠が目の前にあったんや。

だったら何処に消えた……。

外から目にした台所の明かり、玄関で耳にした屋内の軋み、居間の消えた暖炉で感じた暖かみ……いう状況証拠からも、絶対に住人はいたはずや。いや、祖父さんは状況証拠なんて捉《とら》え方はせんかった思うけど、まったく同じ疑念を抱いた。

そしたら物凄う恐ろしゅうなって、慌てて二階の書斎から逃げ出した。

短い廊下を駆け、扉を開けて二階の床を進み、狭くて急な階段を半ば転がり落ちるように下り、ホールを小走りで抜けて中庭に出る。ここで外気に触れ、ようやく少しだけ落ち着いた。

それで我に返って、本来の目的である薪を抱えて居間へと戻った。あとは持参した新聞紙を使《つこ》うて、暖炉に火を熾すことに専念した。

薪が燃えて現れる炎いうんは、ええもんやろ。凝っと眺めとっても、まったく飽きんからな。いつまでも見てられる。どんだけ神経が参っとろうが、そのうち落ち着いてくる。そういう作用が間違いのうある。

ところが、このときの祖父さんは違うとった。顔が火照るくらい暖炉の側に寄ってんのに、とにかく不安で堪らん。そのうち背後が怖うなり出して、くるっと暖炉に背中を向ける。けど今度は、暖炉の明るい炎と洋灯の光の届かん居間の薄暗がりが、やたらと意識されて厭になる。見とうないのに目を向けてしまう。

とうとう祖父さん、暖炉の中に背中から入りたい――いうとんでもない衝動に駆られたらしい。かなり危ない精神状態やったわけや。

それが自分でも分かったんで、とにかく夕飯にした。この家の食料庫から拝借することも、ちらっと脳裏を過《よぎ》ったけど、すぐに首を振って止《や》めた。リュックサックに詰めてきた食べ物だけで、簡単に済ませた。

それでも祖父さん、ちゃんと回復したらしい。人間は空腹と寒さを覚えると、ろくなことにならん。いうのが祖父さんの持論やったんやが、このときの体験が元になっとるのかもしれんなぁ。

暖炉に薪を充分に足したあと、その前で祖父さんは居間の扉側に足を向けて軍用毛布に包《くる》まった。

山で夕飯が済んでもうたら、あとは寝るだけやからな。それは変梃な家の中でも同じやった。むしろ訳の分からん家におるからこそ、さっさと休むに限ると祖父さんは思うたようや。

肉体的にはえろう疲労しとるけど、まだ精神的な緊張が残っとるんか、横になっても一向に眠れん。そのうち暑うなってきた。あまりにも暖炉の側に寄り過ぎとったんやな。そこで少しだけ離れた。ただし洋灯は火の用心のために消しとるから、明かりは燃えとる薪の炎だけやった。せやから暖炉からは、できれば離れとうない。しかし暑過ぎるのも難儀や。そうなると暖炉側の左半身は火に照らされて、右半身は闇に包まれてるような、まるで身体が真ん中から真っ二つに裂かれた気分になってな。余計に寝られんようになったらしい。

野宿しとったら、ざわざわひゅうひゅうがさがさ……と夜行性の小動物や風の音が耳につくけど、かというて寝られんことはない。すぐに慣れて、ほとんど気にならんようになる。

それに比べるとここは、しーんとして何も聞こえん。この家に使われとる木材が、しっかりしてるからやろう。せやけど怖いほどの無音いうんは、逆に神経に障るんかもしれん。時折ぱちっと薪の爆《は》ぜる物音にびくっとしつつも、むしろ安堵感を覚えるくらい、この家の静けさに祖父さんは怯えたらしい。

それでも時間が経つうちに、うとうととしてきた。やっぱり疲れとったんやろう。すうっと睡魔に襲われた。

……きぃ。

そんとき何処かで、軋むような音が微《かす》かにした。

何の音や……。

祖父さんは身動《みじろ》ぎ一つせんまま、凝っと耳を澄ました。

……きぃぃ。

すると居間の奥の方から、それが聞こえとると分かった。

玄関ホールの先にあった短い廊下には、この部屋に通じとるもう一つの扉があった。ひょっとするとあれが開き掛けとるんやないか。

……ぎっ。

やや大きめの物音が響いたあと、しーんと再び静まり返った。

相変わらず祖父さんは凝っとしたまま、ひたすら耳を澄まし続けた。両目は開けとっても、なーも見えんからな。暖炉の近く以外は、真っ暗やった。

もし奥の扉が開いたんなら、そこから何かがぬっと入って来るんやないか。そして暖炉の方へ、そっと近づいて来るんやなかろうか。そんな想像が普通にできたんで、もう祖父さんは生きた心地がせんかった。

ちょっとでも何かの気配がしたら、ぱっと飛び起きて玄関ホールへ出て、あとは表に逃げ出そう。そう決めたんやけど、実は遅かったらしい。

いつの間にか祖父さんの枕元に、何かがおった。

それは覗き込むようにして、祖父さんを見下ろしとる。もちろん見えたわけやないけど、気配だけで充分に察することができた。

……助けて下さい。

祖父さんは柄にものう神仏に祈った。ほんまは山の神様に縋りたかったが、今ぬっと自分を覗いとるものが、もしかしたら山神様と関わりがあるかもしれん。そんな風に少しでも想像したら、もう頼る気になれん。

どれほど祈っとったんか。

枕元の恐ろしい気配が、すでに消えてるように思えた。恐る恐る薄目を開けてみたけど、よう分からん。そこで寝返りを打つ振りして、右側に顔を向けたところ、えろう後悔した。まだおったからや。

居間の真ん中辺りに、天井まで届きそうな細長い柱が、ぬぼっと突っ立っとる。

一瞬、この部屋を支えとる大黒柱かと思い掛けて、あんなもんなかった……と気づいて、ぞっと全身に鳥肌が立った。暖炉の側におるのに、ぞわぞわ感に襲われる。身体が小刻みに震えて止まらんかった。

その柱のようなもんに目鼻や手足があるんか、あまりにも暗うて分からん。それでも目を凝らしとるうちに、ゆらゆらと揺れとるのを見取ったから、きっと生き物なんやろう。いいや化物か。すうっと気が遠なるような感じがあって、それから急に目覚めた気分を味わったいうから、ひょっとしたら祖父さん、一時的に意識をなくしてたんかもしれんな。

再び薄目で居間の奥を見やったけど、どうにも暗過ぎて何も見えん。しばらく聴き耳を立てて、なーもおらんと判断したところで、洋灯に火を点した。

奥まで行ってみると、ちゃんと扉は閉まっとる。せやからいうて開かんかったいう証拠には全然ならん。扉に耳を当ててみたけど、なーも聞こえん。扉を少しずつ開けてみたら、きぃ、ぎぃ……いう物音がする。やっぱり先程の何かは、この扉から入って来たんやないか。

いや、待てよ……と祖父さんは首を傾げた。

あんな背の高いもんが、この扉から入れるやろか。それを言うたら、こんな小さな家に住むには、あれは背が高過ぎるんやないか。ちょうどええ案配なんは、あの室内に妙な階段のある部屋だけやないか。あそこは二階まで吹き抜けになっとるから、柱の化物に相応《ふさわ》しいやろ。

そこまで考えて、また怖うなった。あまりにも得体の知れんもんを相手に、あれこれと頭を悩ませてもまったく意味がない。そう悟ったからや。

居間の二つの扉は共に内開きやったんで、どっちの前にもソファを移動させて置いてから、祖父さんは再び横になった。せやけど一向に眠れん。バリケードがある分、さっきよりも安全なはずやのに、少しも心が安まらんかった。

あれがその気になったら、いくらでも入って来られる……。

そんな風に思えて仕方ない。扉の前のソファなんか、何の役にも立たん。ただの気休めに過ぎんと、祖父さんにも分かってたらしい。

結局、ほとんど寝られんかった。厭になるほど時間の経つのが遅うて、ずっと夜が続くような恐怖に苛《さいな》まれた。まんじりともせんまま一夜を過ごす羽目になった。

居間の窓が薄明るうなって、微かに鳥の囀《さえず》りが聞こえ出して、ようやく夜が明けたことを知った。

ほんまやったら朝飯をしっかり摂《と》って、それから外へ出るべきやったけど、この家にもう一刻もいとうのうて、祖父さんは急いで出発した。

けど玄関から外へ出たところで、はたと困った。麓までの路が分からん。まだ早朝やから時間はたっぷりある。とはいうもんの昨夜のように迷うのは、もう勘弁して欲しい。何よりもこの山から早う出たかった。

しばらく思案して、はっと祖父さんは思い出した。昨夜、この家の裏口から外を見たとき、人が通っとるような筋があった。あれを辿って行ったら、もしかすると麓に下りられるんやないか。

急いで家の側面を回り込んで裏口へ向かう途中、ふっと何かを感じて見上げると、二階の窓に真っ黒な顔があった。凝っと祖父さんを見下ろすように、それは窓硝子にへばりついとった。

祖父さんは心の中で悲鳴を上げるや否や、一目散に逃げた。例の筋を辿りながらも迷いつつ、昼前には山の麓に着けて、ようやく安堵できたらしい。

三

——という話を大学の登山部の先輩から聞いたのですが、僕は驚きました。なぜなら伯父の体験談と、あまりにも似ていたからです。いいえ、そっくりと言っても良いと思います。ただ……違うところもあって、そこに先輩の話と同じような、訳の分からない気味の悪さが感じられて、ぞくっとしました。

いつの頃なのか正確には分かりませんが、伯父の学生時代なので、先輩のお祖父さんの体験のあとなのは——七、八年または十年ほど経っているかな——間違いないでしょう。僕の父と伯父とは、かなり年齢差がありました。ですから伯父は、どちらかというと先輩のお祖父さんの方に、やや年齢が近かったのかもしれません。

そのとき伯父が登ったのも、留目地方の媚眼岳でした。ただし、はじめてではありません。そこは過去にも訪れています。そのうえ今回は縦走ではなく日帰りの予定で、はっきりとルートも分かっていました。

にも拘らず一抹の不安があったといいます。なぜなら下山に選んだルートが、当時すでに使われていなかった山路だったからです。以前それを登山仲間に教えられたので、次の機会には是非とも歩きたいと、ずっと伯父は思っていたようです。

この漠然とした不安が、不幸にも的中しました。山頂から下りる途中で、路に迷ってしまったのです。日帰りの計画のため、下山も三時頃の予定でした。お陰でまだ陽は高くて、時間の余裕もありました。とはいえ山を舐めてはいけないと、伯父も経験から承知しています。

そこで下ることを止め、いったん高い所に登り直してから、周囲の様子を観察しようとして、我が目を疑いました。

家が見えたのです。

こんな山の中に、あるはずのない家が建っている。どう考えても、これは有り得ない眺めでした。昔話の孤家《ひとつや》でもあるまい。

そう伯父は訝《いぶか》ったのですが、そこからの連想で例の登山仲間から聞いた話を、不意に思い出しました。

留目地方には「蟇家《がまや》」という怪しい屋敷が山の奥深くに存在しており、そこに泊まると魂を吸い取られる……という怪談です。蟇家は「蟇屋敷」や「蟇人間の住処」とも呼ばれていて、普通の家ではないというのです。

でも眼下に見える家屋は、ちょっと変わった山小屋のようにも映ります。確かに立地はあまりにも変ですが、だからと言って化物屋敷とも思えません。

ただ……。

妙に引っ掛かる何かがありました。見れば見るほど何処か可怪しい……という気持ちが次第に強まっていくのです。しかし、いくら目を凝らしても、その正体が一向に摑《つか》めません。しかしながら違和感だけが、どんどん蓄積されて膨らんでいきます。

伯父は苛《いら》立《だ》ちを覚えましたが、同時に恐怖も感じたといいます。むしろ後者の感情の方が、より強かったかもしれません。

あの家は気味が悪い。

だから近寄るべきではない。

さっさと視線を逸《そ》らして、本来の下山のルートを探すべきだ。そう伯父も思うのですが、なかなか踏ん切りがつきません。

まったく路に迷っている状態で、あんな家を見つけたというのに、それを無視するのが果たして良いのかどうか。いくら無気味であろうと、ここは案内を乞うべきではないのか。少なくとも側まで行って、誰か住んでいないか確かめる。それくらいはするべきかもしれない。

迷いに迷ったものの、取り敢《あ》えず近くまで行って様子を見ようと決断しました。もし少しでも危険を感じたら、すぐに逃げ出す心積もりで、伯父は謎の家に向かったのです。

それにしても、なぜ「蟇」なのか。

蛙には水辺の印象があります。決して山ではないでしょう。あの家の側に川や沼があって、そこに沢山の蛙が棲息《せいそく》している。そんな環境を想像しましたが、さっき見下ろした限りでは、どうも違うような気がします。

決して蛙のことではない……。

なぜなら「蟇人間」とも呼ばれているではないか。

そこに気づいた伯父は、またしても家に対する忌避感を強めました。「蟇」だけなら色々な解釈ができるけど、それが「蟇人間」となると別です。しかも「蟇人間の住処」なのですから。

あの家には蟇に似た容貌《ようぼう》の何者かが住んでいる。

素直に受け取ると、そうなります。そんな異相だからこそ、人目を忍んで山中に暮らしている。という解釈ができるわけです。

しかし実際に、そんなことは有り得ません。この世に異相と呼べる人は確かに存在しますが、さすがに「蟇人間」と呼ばれるほどの者など、普通いないでしょう。

伯父は苦労して路なき藪だらけの斜面を滑るように下りながらも、ずっと考え続けました。

では、どうして「蟇人間」なのか。もしかすると「蟇」という言葉に、何か別の意味があるのではないか。

……蟇、蟇蛙、無数の疣《いぼ》、白い毒液、両生類。

そんな連想を行なっているうちに、ぱぁっと目の前がいきなり開けて、あの家の近くに出ていました。そして実物を目の当たりにしたとたん、この家の異常性がはっきりと分かったのです。

……小さ過ぎる。

一見それは山小屋かと見紛《みまが》い掛けましたが、よくよく観察すると洋風でした。玄関を右手にした側面からの眺めで、左側の三分の一ほどに二階がありますあとの三分の二は一階のみでしたが、とにかく全体が小さいのです。

……半分くらいか。

通常の民家を縮めて、まるで半分の大きさにしたような具合でした。そんな奇妙な家が、こんな山の中に建っているのです。しかも細部まで目を凝らしてみると、方々で朽ちた感じが窺えます。まだ廃墟と化してはいませんが、近い将来そうなる気配が充分にありそうです。

伯父は家の周りを、ぐるっと回ってみました。窓にはカーテンが掛かっていますので、そこから中は見えません。でもカーテンがなかったとして、果たして屋内を確かめたかどうか……。

というのも小さな家を一周しているうちに、伯父は何とも言えぬほど厭な感覚に囚われ出したからです。

……こっちを凝っと、ひたすら覗いてる。

家の中からか、または家そのものが……。

そう気づいたところで、ぞわっと項が粟立って、次いで冷水を首筋から注ぎ込まれたように、ぞぞっと悪寒が背筋を伝い下りました。

伯父は慌てて逃げ出したそうです。山路の有る無しなんかお構いなしに、とにかくその家から少しでも離れようと、闇雲に突き進みました。かなり危険な行ないと言えますが、それほど恐ろしかったのでしょう。

この無謀な行動が、結果的に伯父を助けました。やがて本来の下山ルートに突き当たり、ようやく無事に下山できたのです。

私が先輩のお祖父さんの体験談を聞いて酷く驚いた訳が、これで分かってもらえたでしょうか。問題の奇妙な家は、七、八年から十年ほどの間に、なんと縮んでいたのです。この二人の他にも、奇っ怪な家を目にした者が複数いたとして、その人たちの目撃した時期が二つの体験と数年のズレがあった場合、ひょっとすると家は、もっと別の大きさだった可能性も出てきませんか。

つまり建てられた当初は、普通の家だった。それが年月を経るに従って、次第に小さく縮んでいった。

莫迦げた想像だと、もちろん自分でも思います。そもそも誰が何の目的で、そんな山の中に家を建てたのか。いったい何者が住んでいたのか。まったく謎のままなのですから、そういう解釈をしても何の意味もありません。

いいえ、意味がないと言えば、どうして縮む現象が起きたのか、どのように起こったのか——という謎が解決しない限り、いくら他の問題に答えが出たところで仕方ないような気もします。

こんな変なお話で、ご期待に添えたでしょうか。

四

瞳星愛《とうしょうあい》は「怪異民俗学研究室」の扉口に立ちながら、その室内に目を向けつつ、
ここの扉、いつも開いてるなぁ。

どうでも良いことを敢えて考えた。もう一つの「いつも」を意識しないために、わざと自分を誤魔化そうとした。

だが、それも無駄だったらしい。なぜなら「いつも」の気配を、その日もやはり覚えてしまったからだ。

……部屋の中に誰かいる。

前回も前々回も、まったく同じ感覚に囚われた。だから声を掛けて入室したのに、二回とも室内には誰もいなかった。

……今日も？

かといって挨拶《あいさつ》をしないで入るのは、やはり失礼だろう。そんな振る舞いは、礼儀がなっていないと思う。

けど声を掛けても、何の応答もない。

部屋の奥まで行っても、誰もいない。

そういう怖い目に三たび遭うかもしれない懼れがある今、いったい彼女はどうすれば良いのか。

ちなみに現在、無明《むみょう》大学は夏休みに入っている。よって図書館も休館日が決まっていた。ただし図書館棟の地下へは裏口からも入れるため、こうして彼女も日付を気にすることなく、怪民研の前に立っている。

でも……。

過去の二度の訪問を振り返り、愛が思わぬ立ち往生をしていたとき、

「ゲンヤはおるか」

いきなり斜め後ろから声を掛けられ、飛び上がるほど驚いた。

「あっ、えーっと？」

反射的に振り返ったものの、すぐさま名前を思い出せなかったことが、どうやら相手のプライドを甚《いた》く傷つけたらしく、

「助教授の保曾井《ほそい》や」

嫌味な口調で名乗られた。しかも名字より肩書きの「助教授」を強調した点が、愛の記憶を刺激した。

「はい、保曾井先生ですね」

「ほんまに覚えてたんか」

猜疑《さいぎ》心に満ちた眼差《まなざ》しを向けられ、彼女は「いいえ」と心の中で返事をしつつ、

「もちろんです」

嘘も方便とばかりに答えたのだが、

「それやのに君は、ちっとも僕の研究室に遊びに来ぃへんな」

ねちっこく返されたとたん、大いに後悔した。こういう相手には「少しも覚えていません」と、はっきり言うに限るようである。

「前にも言うたけど、君やったら――」

保曾井が話を蒸し返す気だと分かり、彼女は急いで遮るように、

「先生でしたら、お留守です」

何の確認もしないまま断言した。

とはいえ民俗採訪に出た刀城言耶《とうじょうげんや》が、一向に帰って来る心算のないことは、数日前に届いた彼女宛の封書で、立派に証明されている――ようなものだろうと、改めて瞳星愛は考えた。

「ふーん、センセイねぇ」

この莫迦にしたような物言いが、前回も同様だったと思い出した愛は、やっぱり同じ返しで心の中で毒づいた。

はいはい、あなたは助教授で、刀城言耶先生は、単なる特別講師ですよ。

ただ、それが今回は顔に出てしまったのか、保曾井が爬虫類《はちゅうるい》のような眼差しで、凝っと彼女をねめつけてきた。

「……ここって、出るんですか」

とっさに取り繕うために、そんな台詞が口から飛び出したのだが、意外にも保曾井が反応した。

「な、何のことだか……」

それも明らかに厭がっている。そう言えば前回も保曾井は、廊下から室内にいる彼女に声を掛けただけである。扉口から顔を出して、決して部屋には入って来なかった。ひょっとすると彼は、学生の間で広がっている「……あそこ、出るらしいよ」という例の噂を真に受けており、この研究室に入ることを厭《いと》うているのではないか。

「保曾井先生、この部屋なんですが……」

わざと愛は囁《ささや》き声にして、怪民研を指差しながら、

「いつも入る前に、室内に人の気配があるのに、いざ入室しても誰もいない……という繰り返しなんです。ですから先生、ご一緒に――」

「あぁぁっ、あれや。だ、大事な用事が、あったんやった」

と言うが早いか、すぐさま保曾井は立ち去った。

よし、これで今度から撃退しよ。

にんまりと微笑みながら、彼女が怪民研に足を踏み入れると、本棚の向こうから覗く生首と目が合った。

「ひぃぃぃっ」

思わず漏れた彼女の悲鳴と、

「うわぁっっ」

それに呼応するような叫びとが、ほぼ同時に室内に響いた。

「ちょ、ちょっと——何をしてはるんですか」

本棚の陰から現れたのは、刀城言耶の留守を預かる天弓馬人《てんきゅうまひと》である。

「あの先生、しつこくてなぁ」

「保曾井先生に応対する必要があるのは、うちやのうて天弓さんですよね。いえ、それよりも今、どうして叫んだんです？」

「君が驚かせるから……」

「それはこっちの台詞ですよ」

まだ会うのは三回目なのに——もう三回目と言うべきか——相変わらずの会話をしているような気に、ふと愛はなった。

馴《な》れ合い。

そんな言葉が脳裏に浮かんで、なぜか彼女は照れ掛けたが、当の天弓の姿が見えない。とっくに奥の机へと戻ったらしい。

「お客さんをほっといて、どうするんですか」

ぷりぷり怒りながら愛も奥の長机まで行くと、彼に真顔で訊かれた。

「君は、客なのか」

「刀城先生の助手やありませんし、天弓さんの後輩とも違います」

「そうだな。だったら、どうしてここに来る？」

「……なっ」

あまりの言われように一瞬、彼女は開いた口が塞がらなくなったが、すぐに物凄い勢いで喋り出した。

「何という言い草ですか！　刀城先生から直々に、うちの子供の頃や法性《ほっしょう》大学の杏莉《あんり》和平《かずひら》さんの中学生時代の奇々怪々な体験談を天弓さんにお聞かせして、それを記録に残すようにと頼まれたからこそ、うちは何の関係もないのに、こうして足をわざわざ運んで、先生の怪異譚《たん》蒐集《しゅうしゅう》にご協力をしている——」

と続けたものの、当の天弓馬人が馬耳東風だと気づいて、大いにかちんと来た。しかし、ここで怒っても彼には暖簾《のれん》に腕押しである。それが予測できるだけに、彼女は急に囁き声になって語り出した。

「うちの友達が、別の友達から聞いた話です。その友達のお姉さんは、大きな病院の看護婦なんですが、ある日の夜勤で——」

「お、おい、いきなり何の……」

彼が慌てて割って入ろうとしたが、愛はお構いなしに、

「看護婦詰所で独りになったとき、ボールペンを落としたので、拾おうとして床に屈《かが》んだそうです。その場所は、ちょうど受付カウンターの前やった。彼女がペンを手にして、立ち上がろうとしたところ、ざわざわっ……という人の気配を感じた。でも床に蹲《しゃが》む前、看護婦詰所から見える廊下には、人っ子ひとりいなかった。それに今、頭上に感じる気配は、とても一人や二人のものやない」

天弓は完全にそっぽを向いて、できるだけ彼女を無視しようとしている。しかし両耳を塞いでいるわけではないので、どう考えても声は届いているだろう。

「このまま立ち上がったら、絶対にあかん……と看護婦さんは思った。そこで受付のカウンターの下を、屈んだ恰好のまま横に移動して、その端でそおっと立ち上がって、少しだけ顔を出して覗いてみたら――」

という動作を愛は再現しながら、

「ずらっと患者さんが、受付の前に並んでたそうです。そんなこと夜中に、もちろん有り得ませんよね。だから彼女は静かに頭を下げて、巡回に出た先輩が戻って来るまで、ひたすら凝っと待っていました」

相変わらずの様子の彼に、ずいっと愛は身を寄せながら、

「やがて巡回を終えた先輩が現れたので、彼女が今の体験を話すと――」

「あーっと、それで、今回の刀城先生の用事は、いったい何なんだ？」

天弓が大声を上げながら、いきなり話を中断させようとしたが、

「いえいえ、この話の怖いのは、実はここからなんです」

少しもめげずに彼女が続けようとしたので、ついに彼が音を上げた。

「……分かった、悪かった、先生の役に、君は充分に立ってるよ」

ただし、その物言いが微妙だった。むしろ失礼のような気がした。とはいえ天弓馬人の、これが精一杯の譲歩だろうとも思ったので、愛は情け深くも受け入れて上げることにした。

「ご理解いただけて何よりです」

「それで？」

早くも彼の態度が悪くなっていることに、彼女は心の中で腹を立てつつ、

「刀城先生から、分厚い封書が届きました」

「どうして先生は、君に送るのかな」

「そんなん知りません。先生に訊いて下さい」

愛は冷たく突っ撥《ぱ》ねたが、その口調とは裏腹に、ちょっと得意がる気持ちが表情に出ていることが、自分でもよく分かった。

それが天弓にも伝わったのか、面白くなさそうな顔をしている。怪談を聞かされて怖がる以外には、あまり感情を露《あら》わにしない彼だが、刀城言耶の助手という自負が、さすがにあるからだろう。

天弓が無言で手を差し出したので、愛は封書を取り出してから、にっこりと微笑みつつ、

「刀城先生が採集された話が、ここに入っています。でも、それを天弓さんにただ渡すのではなく、ぜひ読み聞かせるように――という指示が、お手紙には書かれていました」

「いや、意味が分からん」

戸惑う彼に、にんまりとした笑みを彼女は返しながら、

「ですからうちも忙しいんですけど、ここは先生のご指示通りにいたします」

瞳星愛の体験談を天弓馬人に語った結果、彼がどんな反応を示して、どのような推理を行なったのか――という顚末《てんまつ》は、愛から彼女の祖母、祖母から兜離《とり》の浦《うら》の海部《かいふ》旅館の女将《おかみ》、女将から刀城言

耶へと、実はかなり詳細に伝わっているらしい。

この事実を愛が知ったのは、刀城言耶から届いた礼状によってである。だからこそ言耶は、次に法性大学の杏莉和平の体験談を天弓の前で語らせるお膳立てを、愛に頼んだに違いない。そうすれば天弓が、再び推理力を発揮するかもしれない。それを言耶は期待したわけだ。

天弓さんが怖がりなこと、先生は知らんのかなぁ。

そこが愛には疑問だったが、どちらにしても刀城言耶が怪談めいた話を蒐集して送ってくることに、恐らく変わりはないだろう……と思ったので、あっさりと考えるのは止めてしまった。

ただ、ここからが大変だった。天弓は「あとで目を通しておく」と言って、まったく取り合おうとしない。しかし愛はここまで来た以上、彼の反応を目にしたい気持ちが強かった。それを刀城言耶に報告する楽しみも実はある。

「うちは構いませんが、ええんですか」

そこで彼女は、わざと意味深長な物言いをした。

「何のことだ？」

「だって天弓さんは、先生が蒐集されたお話の整理をするために、遅かれ早かれ読まれるわけですよね」

しきりに愛は封書を見せながら、

「この地下にある研究室で、他に誰もいない静かな環境で、たったお一人切りで、怪談めいた内容に違いないお話に、天弓さんは目を通されるのかと思うと……」

「ぜひ君に読んでもらいたい」

それまで奥の机に座っていた天弓が、素早く長机の椅子に座り直したので、愛もいそいそと彼の前に腰掛けてから、封書の原稿を読み出した。

刀城言耶が送ってきた話は、全部で三つあった。

一つ目は子供の連続怪死事件である。彼女には気持ち悪くて厭な話だった。そもそも犯人は、なぜ被害者の腹を裂いたのか。その動機が一向に分からないことが、とにかく無気味で悍《おぞ》ましい。それなのに天弓は、意外にも興味を引かれたらしい。恐らく一人目の被害者の現場が、一種の密室状態だったため、彼の知的好奇心が刺激されたのだろう。

二つ目は昔話にでも出てきそうな小さな家の話である。天弓が怖がっていたのは明らかで、彼女の朗読にも力が入った。語りで怯えさせようとしているのが、恐らくバレバレだったと思うが、それに気づく余裕が彼にはなかったかもしれない。

三つ目は、二つ目に登場した家がもっと小さくなっていた、という俄《にわか》には信じられない話である。ここで天弓がやや盛り返したように、彼女には見えた。

怖がらはったんは、二つ目だけかぁ。

愛が非情にも残念がっていると、いきなり天弓は席を立って、本棚だらけの室内を無闇矢鱈に歩き回りはじめた。そうしながら棚に飾られた置物を手に取ったり、何冊もの書籍を抜き出して目を通したりしている。

やがて彼は、二冊の本を持って机に戻った。それは『ペロー童話』と『グリム童話』だった。

「刀城先生は、恐らく繋がりを見つけることで、これらの謎を一気に解かれた」

「えっ？」

普通に考えれば、愛が読んだばかりの三つの出来事について、天弓は口にしていると分かる。しかし二つ目と三つ目は理解できるものの、それらと一つ目が関連するとは、どう考えても思えない。そもそも子供の連続怪死事件と縮む家の怪異は、まったく別々の場所で起きているではないか。そのうえ縮む家の話など、あんな現象を解決できるわけがない。まず不可能に決まっている。

という彼女の大いなる困惑が、きっと顔に出たのだろう。

「もっとも強い想像力——いいや、この場合は妄想力と表現すべきかな——が必要になるけどな。それを刀城先生は、もちろん持っておられる。しかも先生は、そこに強力な推理力を加えることができる」

そう言うと天弓は、二つ目の話を聞いている間に見せた、あの怯えた表情が嘘のような晴れやかな笑いを浮かべて、

「その妄想力が、どうやら俺にも備わっていたようで、今回は助かったよ」

五

「せやけど天弓さん、子供の事件と縮む家の件は、別の地方で起きてますよね。それに繋がりがあると考えるのは、いくら何でも無理がありませんか」

瞳星愛は一番の疑問を持ち出した心算だったが、天弓馬人は何でもないと言わんばかりに、

「こうして纏《まと》めて送られてきたのは、取りも直さず先生が三つの話を、それなりの近場で連続的に蒐集されたから――という推測が、まず成り立つ」

「そう言われたら、そうですすけど……」

彼女は納得し掛けたが、すぐに駄目出しをするように、

「せやけど何か、証拠らしきもんがないと……」

「子供の連続怪死事件は、芽刺という地方で起きた。縮む家の目撃談は、留目と呼ばれた地方だった。この芽刺の『芽』とは、元々『目』だったのではないか――と、まず俺は考えた」

彼が得意げに自分の目玉を指差したので、

「あのー、こじつけにも程が……」

愛はペテン師でも見るような眼差しで応えた。

「仮に『目』やったとしても、それだけで二つの地方が近いと見做すのは、いくら何でも乱暴でしょう」

「君の専攻は、文学部国文学科ではないのか」

「……はい、そうですけど」

いきなりの問い掛けに彼女は戸惑ったが、それ以上に天弓が専攻を知っていたことに、なぜか妙な嬉《うれ》しさを覚えた。そんな自分自身が、ちょっと信じられない。そういう感情にも見舞われ、余計に彼女をまごつかせた。

「だったら――」

しかし天弓は、愛の反応などお構いなしに、

「芽刺地方の秋波山と、留目地方の媚眼岳と聞いて、何か思い当たるものがあるのではないか」

「えぇーっ」

と愛が言った切り、あとを続けられないでいると、

「秋波山と媚眼岳を逆にしたら？」

「媚眼岳と秋波山……あっ、媚眼秋波になるんですか」

「もちろん意味は分かるよね」

「美人の涼しげな目つきのこと――って、ここでも『目』が出てくる」

「つまり秋波山と媚眼岳は、ほぼ隣接しているのではないか。これは完全な想像になるけど、二つの地方から山と岳を見上げたとき、そこには『目』のように見える雪形が映るのかもしれない。雪形というのは、山肌や岩肌に残った雪が、遠くから眺めると何かの恰好に見える現象のことだ」

「白馬岳《しろうまだけ》の馬とか……」

「そうそう。だから山にも地方にも、そういう名前がついたのかもしれない。芽刺も留目も昔の名称らしいけど、いくらでも調べることはできるから――」

愛は急いで首を横に振って、

「きっと刀城先生は、蒐集されたお話だけを元にして、これらの謎を解かれたんやと思います」

「だから俺にも、同じようにしろ――と？」

彼女が答える前に、天弓は当然のような表情で、

「無論そうする心算だったけど、君が納得いかないなら――」

「いいえ、このまま続けて下さい」

即座に愛は返しながらも、果たして刀城言耶のような推理が、この天弓馬人にもできるのだろうか……と心配になった。

確かに彼は、瞳星愛と杏莉和平の奇っ怪な体験の謎を見事に解いた。だが、あの二つの出来事に比べて今回の事件は、あまりにも荒唐無稽《こうとうむけい》ではないだろうか。そもそも合理的な解釈を行なうことが可能なのか。

愛が大いなる不安に囚われていると、

「刀城先生はこれまでに、体験者によって平屋になったり、あるいは二階建てに変化したりする『獣家《けものや》』や、目撃者によって同じ場所に現れたり、または消えたりする『迷家《まよいが》』など、家そのものが怪異という事件も見事に解決されている」

その気持ちを察したかの如く、天弓は具体例を挙げたのだが、
うん、刀城言耶先生やからね。

というのが彼女の正直な反応である。果たして天弓馬人は、似た試練を乗り越えられるのか。

「まず是能三都治殺しだが――」

しかしながら愛の心配を他所に、そのまま彼は謎解きに突入した。

「犯人の条件は、密室状態の檻に出入りできること。これに尽きるだろう。そうなると被害者の報

復を恐れていたらしく、かつ兄よりも身体が小さかったに違いない、彼の妹が浮かび上がる」

「ええっ、いくら何でも……」

愛が仰天していると、

「うん、妹が犯人だった場合、あとの連続殺人の合点がいかない。それに兄の腹を裂く必要が、彼女にあったとも思えない」

あっさりと天弓は自分の推理を引っ込めて、彼女を怒らせた。

「だったら言わんといて下さい」

「頭に浮かんだ解釈を躊躇わずに提示してしまう、刀城先生の真似だよ」

けれども彼は、しれっとしている。

「ここで重要になるのが、犯人に求められる身体的な特徴だ」

「まさか……、サーカスで活躍するような、大人なのに身体の小さな人が、この連続殺人事件の犯人だ……とでも？」

「つまり子供の連続怪死事件の犯人は、もう一つの縮む家の住人ではないか——という妄想ができるわけだ」

「ええっ？」

納得でき兼ねる声を上げた愛に対して、天弓は当たり前のように、

「だって小さな家に住めるのは、やっぱり小さな人だろ」

「そ、それは……」

「例の山中の建物が、なぜ蟇家と呼ばれていたのか」

「……どうしてです？」

「この『蟇』の漢字が『ひき』とも読めることは、もちろん君も知ってるよね」

「はい。蟇蛙の『蟇』です」

「かつて背丈の極めて低い人のことを、侏儒《しゆじゆ》、矬《ひきひと》、低人《ひきと》と呼んでいた時代がある」

そう説明しながら彼は、机の上のメモ用紙に漢字を書きつつ、

「この『低人』から『ひきと』の音だけが伝わり、いつしか『蟇人《ひきと》』と勘違いされるようになった。そして『蟇』の字だけが残り、結果、問題の『蟇人《ひきと》』という表現が定着した。その人が住む所という意味で、例の建物は『蟇家』とされた」

「誰によって、です？」

「是能家のあった村の、その中でも一部の人たちだろう。ただし彼らも、そういう家があるらしい……という噂しか知らなかった。なぜなら家が建てられたのは秋波山ではなく、芽刺とは逆側の媚眼岳だったからだ」

「……待って下さい。そもそも家を建てたのは、何処の誰です？　いえ、その前に蟇家の住人は、いったい何者なんですか」

混乱する愛に、またしても天弓は名称の解説をはじめた。

「秋波山には狐鬼が棲むと、そんな噂がいつしか村で流れはじめた。しかし元駐在巡査も首を傾げたように、俺も『狐の鬼』などという怪異は聞いたことがない。となると『狐』は、本来あの獣を

意味する漢字ではなかったのかもしれない。別の字が変化したとも見做せる。今回の先生のお手紙の中に出てきた、『狐』に似ている漢字とは、いったい何か」

彼女は急いで見直したが、さっぱり分からないでいると、

「是能家の前に、村の権力者だった瓜子家だよ」

「あっ……『瓜』と『子』を合わせると、『孤独』の『孤』の字になります」

「その『孤』の字が、獣偏の『狐』に変化した。または最初から獣偏の方が相応しいとして、わざと『狐』の漢字を用いた」

「そんなイメージがあったから……」

「まだ瓜子家に財力があった頃なので、村からは離れた媚眼岳に、件の人物専用の家を建てた。村人たちの好奇の目から逃れるためにも、こっそりと山中の家に住まわせた」

「せやけど体験者さんが泊まったとき、家中を調べたやないですか。それこそ物置の中まで。でも何処にもいなかった。あれは……」

「あらゆる扉を開いて、その中をすべて覗いた――ように思えるけど、彼が一つだけ見逃した扉がある」

「何処です？」

「中庭の薪が積まれた場所だよ。沢山の薪が積み上げられていたため、その下半分を占める観音開きの戸の向こう側も、やはり薪があると思い込んでしまった。だが、そこに隠れ場所があったのではないか――と俺は睨《にら》んでいる。第三者から姿を隠すための、いざという際の避難場所のようなも

のだな」

「体験者さんが夜中に居間で見た、高い棒のようなもんは……」

「蟇家の住人——仮に蟇仙人《がませんにん》とでも呼ぼうか——は、恐らく背丈の低さにコンプレックスを覚えていたがために、そういう恰好をして現れた。素材までは分からないけど、何らかの被《かぶ》り物だろう。隠れ場所に仕舞ってあったと考えるべきかな。侵入者を脅して家から追い出す目的も、それにはあったはずだ」

しばし愛は黙り込んだあとで、

「……仮に天弓さんの推理通りやったとしても、家が縮むはずありませんよね」

「当たり前だ」

「そんなら……」

「きっと数年に一度、家を建て替えたんだろ」

「はぁっ？」

「家は洋風ながらも、山小屋のように見えたともいう。つまり分解と組み立てが、実は容易にできるように建てられていた」

「いえいえ、そういうことやのうて……」

「建て替えの理由か」

彼女が頷くと、とんでもない動機を天弓が口にした。

「自分が成長しているという実感を、蟇仙人に持たせるためだ」

「…………」

「だから家そのものを、定期的に小さく作り替えていった」

「…………」

「蟇仙人が完全に騙《だま》されたかどうか、そこは分からない。けど縮む家で暮らす限りは、そういう幻想を抱けたとも考えられる」

「……建て替え続けたのは、蟇仙人さんの親御さん？」

「瓜子家については、何の資料もない。だけど親の愛情と見做すのが——かなり歪《ゆが》んではいるけれど——この場合、やはり正しいのではないかな」

愛は手紙を素早く見直したあとで、

「通常の半分くらいになった家は、すでに廃墟化が進んでたみたいですけど、これって瓜子家の没落と関係が……」

「当然あった。普通に行なわれていた食料の配達も、きっと滞り出したのだろう。だから蟇仙人は、瓜子家のある村へと向かった。その途中で檻を見つけ、囚われている子供に気づいた。そこで自分も檻に入って、錆《さ》びたメスを使って腹を裂いた。昔から瓜子家は医者の家系だった。メスなんか珍しくもない」

「いえいえ、いえいえ」

彼女は慌てて割って入った。

「あまりにも推理が、飛躍し過ぎてます」

「そうかな」

「どうして蟇仙人さんが、いきなり子供の腹を裂く必要があるんです？」

「縮む家の中に、一つだけ奇妙な部屋があっただろ」

「……壁に変な階段のある？」

「何の部屋か分かるか」

愛が首を振ると、彼が答えた。

「階段教室だよ」

「……大学の講義で使うような？」

「問題の家の場合、恐らく解剖学教室を模していたのだと思う」

「あっ、前に洋画で観たことがあります」

「もちろんお遊びとして、この階段教室は作られた。しかし体験者が異様な臭いを嗅いでいることから、多分ここで蟇仙人は小動物の解剖をやっていたのだろう。部屋に窓が一つもなかったのは、万一にも覗かれないための用心だった。だから子供の腹を裂く行為も、特に躊躇わずにできた」

「せ、せやからいうて、檻の中に閉じ込められた子供に対して、そんな行為を突然する理由が……。いくら何でもありませんよね」

天弓は机の上に置いた『ペロー童話』と『グリム童話』を、それぞれ左右の手で一冊ずつ持ちながら、

「この二冊には、いくつか同じ話が入ってる」

唐突だったので彼女は困惑したが、何か意味があるのは間違いなかったので、

「……確か『シンデレラ』が、そうでしたよね。原題は『灰かぶり姫』でしたっけ」

「うん。それに『赤ずきん』も該当する」

「お話の異同が、二冊にはある――ということですか」

先回りした心算だったが、愛の見立てとは見事に逆だった。

「いや、共通点だよ」

「まさか……狼のお腹を裂くシーンとか」

「へぇ、冴《さ》えてるな」

彼は素直に感心したようだが、直前に子供の連続怪死事件について話しているのだから、それほど威張れないと愛は思った。

「つまり愛読していたらしい二冊の童話と、普段から行なっている小動物の解剖の影響によって、蟇仙人さんは子供の腹を裂いたって、そう言わはるんですか」

しかし彼女に対する評価も、次の解釈を口にしたせいで一気に下がった。

「おいおい、そこまで迫りながら、まだ察しがつかないのか」

「そんなん分かりません」

ぷいっと膨れる愛を見て、天弓は溜息《ためいき》を吐《つ》いたあとで、再びとんでもない動機を披露した。

「子供のお腹の中に残った、食事を摂るために決まってる」

「…………」

「食料を求めてやって来た蟇仙人には、罠である檻に掛かった子供が、まさに獲物に思えた。小動物の解剖の経験から、胃袋に未消化の食べ物が残っている場合があることを、彼は知っていた。蟇仙人の性別は不明だけど、便宜上そうしておこう。奇《く》しくも一人目の被害者である是能三都治は、昼食を摂ったばかりだった。これに文字通り味をしめた蟇仙人は、二人目を襲って檻に運んだ。それも今度は、朝食を摂ったばかりの子供を狙った。しかし三人目で彼は、人選ミスを犯した。一人目と二人目は裕福な家の子供だったが、三人目は違っていたからだ。よって胃袋の中の食べ物の量と質が、前の二人よりも劣っていた。彼が四人目を未遂で済ませたのも、三人目と同じく貧しい家の子供だと、襲ったあとで気づいたからだ」

「………」

「恐らく蟇仙人は、元々『殺人』という概念を持っていなかった。子供たちの腹を裂いたのも、ただ童話の真似をしただけだった。きちんとした教育など、きっと受けていなかったのではないかな。そういう意味では彼もまた被害者だったと言えるかもしれない」

　天弓馬人の推理が突飛過ぎて、彼女は一言も喋れない。

「うん?　ひょっとすると今回は――」

　しかし当人は、そんな彼女に無頓着な様子のまま、しきりに考え事をしたあとで、

「気味の悪い謎めいた問題が、何一つ残っていないのではないか」

　まだ半信半疑の口調ではあったが、そう言って愛の顔をようやく見た。

「今の天弓さんの推理が、ほんまに正しかったら――ですけど」

「それは問題ない。合っているかどうか、そこは二の次だ。合理的な解釈ができるかどうか、これが肝心なんだよ」

「そういうことでしたら、あれほど無茶苦茶なお話だったのに、一応ちゃんと天弓さんは説明を全部の現象につけられた——と言って良いと思います」

「うんうん、やっぱりそうだよな」

嬉しそうな顔をする天弓馬人を見詰めていると、何だか愛も喜ばしい気持ちになってきた。それなのに同時に、

けど妙に腹も立つわぁ。

という思いも次第に芽生えはじめたので、

「うちの友達のお母さんが、子供の頃に聞いた話なんですけど——」

いきなり彼女は怪談を語り出した。

「な、何の話だよ」

もちろん彼は強烈に拒否したが、愛の語りが止むことは決してなかった。

第四話　目貼りされる座敷婆

一

倉辺《くらべ》眞世《まさよ》が明和《めいわ》大学を志望したのは、同校の国文学部の教授に獅子頭東湖《ししがしらとうこ》がいたからである。彼の専門は中世文学だが、根っからの妖怪好きとして一部では有名だった。実際、専門の研究書よりも妖怪関係の著作の方が多く、その中には子供向けの本まであった。

眞世は小学校の図書館で、まず獅子頭の妖怪本と出会った。何度も借りて繰り返し読んだあと、同じ本を貯めたお小遣いで買った。本屋には他にも彼が著わした妖怪関係の本が沢山あったが、それらを手に入れるためには、正月にお年玉をもらうまで待たなければならなかった。

中学生になると彼女は、獅子頭が書いた妖怪の本格的な研究書を、辞書を片手に時間を掛けて読破するようになる。高校時代には彼の妖怪関係の著作を、ほぼ読み尽くしていた。どうして「ほぼ」なのかというと、彼の専門である中世文学に於《お》ける著書の中にも、当然のように妖怪に対する言及があったからだ。

眞世としては、獅子頭東湖が記した妖怪に関する文章のすべてを読みたい。しかし中世文学に明るくないため、いまひとつ理解の及ばないところがある。そういう書籍は「妖怪本」とは呼べないので、無理に読破する必要もないか——と彼女も当初は考えていた。

ところが、高校で進路を決める段になって、ふと獅子頭が教授を務める明和大学の存在が頭に浮かんだ。それまでは両親の勧めと、仲の良い友達との他愛のない約束もあって、何処《どこ》か近くの短期大学に進んで、卒業後は地元の企業に就職するものだと、彼女自身も思い込んでいた。「のんびり屋」と自他共に認める性格もあり、それが自分に一番合っていると信じていた。

でも大学で先生に習うことができたら……。

もっと妖怪について幅広く学べるのではないか。獅子頭に教えを受けるからには、さらに詳しく勉強できるに違いない。

そう考えるようになった。もちろん親には反対され、友達には呆《あき》れられた。前者は説得が大変だったが、後者は少しの間だけ気まずくなったものの、すぐ元の仲に戻れた。「せっかく大学に行くのに、妖怪女なんて絶対もてないよ」とは言われたが、彼女の進学を応援してくれた。

両親は「短大を滑り止めで受けること」を条件に、ようやく明和大学の受験を認めたが、恐らく「まず受かるわけがない」という読みがあったからだろう。そして残念ながら親たちの予測は、この段階では正しかった。

担任に相談しても、今の成績では難しいと断言された。眞世は必死で受験勉強に励んだ。物心ついて此《こ》の方《かた》、ここまで何かに熱心に取り組んだのは、中学生のとき辞書を引きながら獅子頭の妖怪本を読んだとき以外にない。

お陰で眞世は明和大学に合格できた。入学して何よりも驚いたのは、学生たちが独自に行なう部活動の多彩さだった。彼女も色々と勧誘を受けたが、生憎《あいにく》どれにも興味が持てない。活動内容の説明を聞いて、もっとも食指が動いた文芸部も、自分には高尚過ぎるような気がした。とても「妖怪が好きなのですが、そういう活動もありでしょうか」などとは訊《き》けない。

いつしか眞世は勧誘で賑《にぎ》やかな広場を離れて、できるだけ人気《ひとけ》の感じられない構内を選びつつ独りで巡っていた。ある校舎の裏に回り込んだとき、小さな部屋がいくつも横に並んだ奇妙な平屋に行き当たった。各々の扉には「映画部」「写真部」「将棋部」など文化系の各部の名称が、きちんと表札として出ている。そのうえどの部の扉も工夫を凝らした飾りつけがしてあった。

倶楽部《クラブ》ハウスか。

眞世は端から順番に見て行った。一つくらい入部を検討しても良い部があるかもしれない。かなり望み薄と分かっていたので、彼女も気軽な気持ちで奥へと進んだ。

すると物置らしい部屋のあと、平屋の一番奥に、信じられない表札が現れた。

「妖怪研究会」

まさに彼女のために用意された、それは部室のように思えた。

これって何かの冗談なのかな。

とっさに疑ったのは、ここまで見てきた他の部室の様子に比べて、その部屋が隣の物置に近い有様だったからだ。

本当は物置とか。

そこに無理矢理「妖怪研究会」の表札を貼った。そんな風にしか映らない。つまりは冗談である。

眞世が迷いながらも扉をノックしたのは、とはいえ妖怪好きの血が騒いだせいだろう。こんな名称を目にして、とても無視などできない。

……ぬうぅぅぅ。

すると室内で呻《うめ》き声のような何かが、微《かす》かに聞こえた。

えっ？

彼女が耳を澄ますと、確かに妙な気配がある。

……ふうぅぅぅぅ。

ぞわっとした肌寒さを覚えたとたん、ぞくぞくっと背筋が震えた。この部屋はやっぱり物置で、「妖怪研究会」の表札も偽物で、まだ何も知らない新入生を誘い込むための罠《わな》ではないのか……という気がした。

眞世は扉の前から静かに離れると、忍び足で来た道を戻ろうとした。そのとき背後で突然、がちゃっと扉の開く音がして――、

「……そっちじゃない」

か細く消え入るような女の声音が、後ろから追い掛けてきた。

ひぃぃ。

走って逃げなければと思うのに、彼女は心の中で悲鳴を上げると、その場に蹲《しゃが》み込んでしまった。

……した、した、したっ。

すぐに足音が近づいて来て、それが彼女の真後ろで立ち止まる。

……じぃぃっ。

と見られている気配がある。ひたすら凝視されているのが分かる。でも相手が何なのか、その正体の見当もつかない。

……んんぅぅぅ。

いきなり悍《おぞ》ましい唸《うな》り声が聞こえてきたと思ったら、

……ざらっ。

首筋に他人の髪の毛が触れたような気味の悪い感覚があって、

「ぎゃぁぁぁっっ」

眞世は大きな悲鳴を上げた。それでも逃げ出さなかったのは、完全に足腰が立たなくなっていたからだろう。

とん、とん。

次いで肩を叩《たた》かれて、えっ……と彼女は戸惑った。その軽い叩き方が、如何《いか》にも親しげに感じられたからだ。

恐る恐る振り返って顔を上げたところ、美人のお姉さん——という容姿の上級生らしい女性が、にんまりとした笑みを浮かべつつ立っていた。右手には単行本を持っており、そこから栞紐《しおりひも》がだらんと垂れている。

髪の毛と感じたのは、本の栞紐だった……。

そう察したとたん、無気味な呻き声をはじめ、すべては上級生の悪戯《いたずら》だったのだと分かり、怒るよりも先に安堵《あんど》したのは、のんびり屋の彼女らしいかもしれない。

「ごめんねぇ。やり過ぎちゃった」

その上級生は四年生の西條泰加子《せいじょうたかこ》で、なんと妖怪研究会の会長だった。

「わ、私、入りたいです」

相手の正体が分かるや否や、眞世は入会を希望していた。これには泰加子も目を丸くするほど驚いたが、すぐさま笑い出した。

「あなた、見所あるわ」

そう言いながら彼女は部屋に新入生を誘うと、紅茶を淹《い》れてクッキーと共に勧めてくれた。

「い、いただきます」

眞世は緊張して礼を述べながらも、ともすれば視線が室内の本棚に向くのを我慢できずに難儀した。あまりキョロキョロするのは、やはり失礼だろう。

「あなたも妖怪が好きなのね」

しかし泰加子は、そんな後輩を何処か頼もしそうに眺めている。

「は、はい。この大学に入ったのも——」

そこで眞世が一通り説明すると、再び泰加子は笑い出した。

「ほんとに私とそっくり」

「そ、そうなんですか」

「だって妖怪研究会なんて、誰も入らない集まりを一年生のときに立ち上げて、こんな物置部屋で活動してるんだから」

これには眞世もびっくりした。

「い、一年生のときから……」

「私が獅子頭教授の妖怪本と出会ったのは、中学生になってからだから、あなたの方が年季は入ってるわね」

「そ、そんなことありません」

慌てて首を振る眞世を、泰加子は温かい眼差《まなざ》しで見詰めていたが、急に眉を顰《ひそ》めると、

「入ったばかりなのに、こんなこと言いたくないけど、私は四年生だから、あと一年しか活動できない。つまり来年は、あなたが会長になるわけ」

「ええっ！　他に部員は……いいえ、か、会員は？」

「まぁ戦力外会員なら、三人ほどいるけどね」

泰加子が溜息《ためいき》を吐いた直後、いきなり扉が開いて、ちょっと小太りの男子学生が入ってきた。

「ああっ、腹が減った。泰加子さぁーん、例のラーメンありますかぁ」

しかも甘えた声で食べ物を強請《ねだ》ったので、眞世は居《い》た堪《たま》れなくなった。まるで新婚夫婦の新居に、自分が押し掛けているみたいである。

「蟻馬《ありま》君、ここは食堂じゃないって、何回も言ってるでしょ」

ところが、泰加子の反応は酷《ひど》く冷たかった。清楚《せいそ》な美人に見える彼女の言葉だからこそ、関係のない眞世でも肝の冷える気がした。

「そんなぁ。ここのラーメンだけが、僕の胃袋の支えなのにぃ」

しかし当人は泣き言を口にしつつも、まったく応《こた》えた様子がない。この部屋には場違いに思える食器棚の中から、いそいそとラーメンの袋と丼を取り出すと、キャンプ用の小さな薬缶《やかん》とバーナー

で湯を沸かしはじめた。

この袋入りの「チキンラーメン」は、日清食品が二年前に発売したインスタント食品だった。乾麺《かんめん》として固まっているラーメンを丼に入れて熱湯を注ぎ、三分ほど待つだけで出来上がる画期的な商品である。ただし鯛焼きが八円、ラムネが十円、餡《あん》パンが十二円、ゴールデンバットが三十円、盛り・かけ蕎麦《そば》が三十円から三十五円という当時の物価の中で、このラーメンは三十五円もした。そのため当初はなかなか売れなかったらしい。

蟻馬が律儀に三分を計ってからラーメンを食べ出したとき、再び扉が突然ぱっと開いて、体格の良い男子学生が現れた。見た目だけで判断すれば、文化部系ではなく体育会系である。

「おいおい蟻馬、先輩の買い置きに、また手をつけてるのか」

「郡上《ぐんじょう》にも作ろうか」

的外れな返しに、郡上は苦虫を噛《か》み潰《つぶ》したような顔を向けたが、

「ところで先輩、例の『悪徳の栄え』は読まれましたか」

ころっと態度を変えると、親しそうに泰加子に話し掛けた。

「だから言ったでしょ。私は興味ないの」

しかしながら彼女の反応は、蟻馬のときと同様かなり冷たい。

この『悪徳の栄え』とは、フランス革命時代に貴族にして作家だったマルキ・ド・サドの代表作である。それが昨年、澁澤龍彥《しぶさわたつひこ》の翻訳で現代思潮社から刊行された。それに『悪徳の栄え 続』も続いた。だが同書に含まれる性描写のために、『悪徳の栄え 続』が押収されてしまう。

郡上の話を聞いていると、問題の押収によって『悪徳の栄え』を読んだわけではなく、どうやら元々が文学青年らしい。そのため騒動の行方を注視しており、泰加子とも本書について論じたいと願っているのが、眞世には手に取るように分かった。

それにしても蟻馬は「料理部」で、郡上は「文芸部」で、それぞれ活動した方が良いのではないか。なぜ彼らは妖怪研究会に入っているのか。

眞世が疑問に思っていると、三たび部屋の扉が開いて、すらっと長身できりっと整った容姿の男子学生が入ってきた。

「おや、皆さんお揃いで」

そう挨拶《あいさつ》しながらも眞世に気づくと、ぱっと表情を明るくして、

「まさかとは思うけど、君は新入会員かい？」

「ちょっと小山内《おさない》君、まさか——はないでしょ」

異を唱える泰加子に、小山内は芝居っぽく一礼しながら、

「これは会長、失礼しました。でも後継者ができたのですから、やっと心置きなく引退できるじゃないですか」

「私は卒業まで、この会はやめないわよ」

この言葉を耳にして、遅蒔《おそま》きながら眞世は気づいた。

他の部では新入生の勧誘を、ほとんど二年生か三年生が行なっている。なぜ四年生がいないのかと不思議に思ったが、どうやら就職活動があるためらしい。最上級生になると同時に、退部する学

生も多いという。

ところが、妖怪研究会の真面《まとも》な会員は西條泰加子だけで、あとの三人は戦力外会員だった。つまり彼女が引退してしまうと、自動的に会も消滅することになる。だからと言って四年生なのに残っているのは、どう考えても本末転倒ではないか。

いや、それよりも私が後継者って……。

眞世が慌てはじめると、小山内は面白そうに笑いながら、

「会長の実家はお寺さんで、将来はお婿さんを取って跡を継がなければならない。その交換条件として本校への進学を、ご両親に直訴された。会長が本校を選んだのは、妖怪研究の第一人者である獅子頭教授の講義を受けるためだ。そして入学と同時に、この妖怪研究会を発足させた。倶楽部ハウスの物置の一つを、当会の部屋として使用できるように、大学と学生自治会に働き掛けて下さったのは、その獅子頭教授になる。教授は一応この会の顧問なんだけど、特に何もしない。斯様《かよう》に会長は本校で活躍されているわけだが、卒業後は仏教系の大学に編入して、跡継ぎのための勉強をする必要がある。よって他の四年生のように、就職活動に齷齪《あくせく》しなくても良い。だから当会にも卒業まで関わっていられる。そのため君も、この一年間たっぷりと会長の薫陶を受けられる。これで少しは安心できたかな」

まず驚いたのは眞世が抱いた疑問を、すぐさま小山内が察して、それに的確な説明を行なったことだ。しかも彼女が覚えた不安まで、彼は取り除こうとしたのだからびっくりする。

泰加子との衝撃の出会いのあと、すぐに眞世は入会を希望したわけだが、蟻馬と郡上という会員

を知ることで、実は少し後悔の念も覚えていた。それが小山内の登場により、まったく綺麗《きれい》に吹き飛んだ。

「つまり今夜は、新入会員の歓迎コンパですね」

とっくにラーメンを食べ終わった蟻馬が、新たな食べ物の匂いを嗅《か》ぎつけて、満面の笑みを浮かべている。

「会員が増えるなら、俺が前から言ってる読書会もできます」

郡上は別の喜び方をしたが、この二人は本当に妖怪が好きなのか、と眞世は首を傾げた。

二人に比べると小山内は真面目そうに見えたが、かといって妖怪に興味があるわけではないらしいと、そのうち分かり出した。言うまでもないが蟻馬と郡上は、それ以上に関心を持っていないのが見え見えだった。

ちなみに蟻馬と郡上は二年で、小山内は三年生である。つまり妖怪研究会は泰加子が三年前に発足させてから、なんと三人しか会員が増えていないらしい。他にも入会した学生はいたようだが、男女を問わず長続きしなかったという。

……どうしてなのか。

当初から眞世は妖怪研究会に対して、何とも言えぬ違和感を覚えていた。それでも活動を続けたのは、もちろん泰加子の存在があったからだ。妖怪好きの同志というだけでなく、同学の先輩として素直に尊敬できた。また大いに世話にもなった。仮に同会がなくなったとしても、絶対に泰加子との付き合いは続けたいと、眞世は熱望するほどだった。

問題の違和感の正体に眞世が気づいたのは、入会から二ヵ月ほど経ったときである。そこまで時間が掛かったのは、まだ彼女が初心《うぶ》だったせいだろう。少しでもませた学生だったら、とっくに察していたに違いない。

西條泰加子と三人の男子学生は四角関係にある。

この事実に思い当たった瞬間、眞世は目から鱗《うろこ》が落ちる思いをした。もっと早い時期に気づけなかった自分が、とても恥ずかしかった。

妖怪に興味がないはずなのに、三人が同会に在籍しているのは、偏《ひとえ》に泰加子が会長だからに違いない。他に学生が入会してきても、この歪《いびつ》な関係に気づいて、恐らくやめていくのではないか。ひょっとすると男子学生の場合、三人と同じく入会の動機は泰加子にあるのかもしれない。だが四角関係に入り込む隙がないと悟り、がっくりと肩を落として去っていく。女子学生の場合は、三人が会長しか見ていないことを知って、やはりやめていく。蟻馬と郡上はともかく、小山内はもてそうに見える。そうなると彼が目当てで同会に入った女子学生もいただろう。だけど彼女の恋心が報われることは決してない。

三人の関係は、まさに三竦《さんすく》みの状態と言えた。敢《あ》えて分けると蟻馬と郡上は一組となり、小山内は孤立する。三人の中では小山内が、どうしても突出した感じがあるからだろう。

ちなみに三人の泰加子に対する想いには、それぞれ特徴があった。蟻馬は「泰加子さぁーん」という甘えた呼び方から推察できるように、彼女に母性を求めている。郡上が「先輩」の呼称を使うのは、実は年上好みからである。ただし蟻馬と大いに異なるのは、彼女に庇護《ひご》されたいわけではなく、逆に支配欲が強くて嫉妬《しっと》深いところだろう。しかも彼の場合は泰加子一筋ではないらしく、他にも追い掛けている上級生がいるという。小山内は感情を表に出さないので分かり辛《づら》いが、あくまでも「会長」として彼女を立てることから、まず敬愛の念が先にくるのかもしれない。

肝心の泰加子はどうだったのか。

四角関係と表現したが、正確には違っていた。三人は完全に泰加子の方を向いていたが、彼女は誰も眼中にないようで、ほぼ平等に接している。というよりも距離を置いていると言うべきか。

「だって彼らは誰一人として、妖怪の話ができないんだもの」

眞世が会員たちの奇妙な人間関係に気づいたらしい――と察するや否や、そう言って泰加子は困り顔をした。

「別に隠してたわけじゃないけど、わざわざ説明するのも変だしね。本当は全員、退会させるのが良いと思う。でも……妖怪研究会を部にできるかもしれない。そういう打算がね、どうしても働いてしまうわけ」

正式に「妖怪研究部」として認められるためには、五人以上の部員がいないと駄目らしい。だから戦力外会員とはいえ三人を退会させることに、泰加子は躊躇《ちゅうちょ》し続けた。要は数合わせである。

「小山内君に言われた。あなたが入ってくれたお陰で五人になったのに、どうして部としての届けを出さないのか――ってね」

「なぜですか」

眞世も尋ねたところ、泰加子は淋しさと苦々しさを合わせたような顔で、

「確かに部にはできるけど、私が卒業したとたん、あの三人は退部するでしょ。そうなると倉辺さん、あなた独りになってしまう。と同時に『妖怪研究部』は『妖怪研究会』に戻されてしまう。そんな目に、あなたを遭わせたくない」

会長が卒業されるまでに、私が四人の会員を集めます——と本当なら啖呵《たんか》を切りたかったが、人見知りする自分にできないことは、当の眞世が一番よく知っている。この「妖怪研究会」の表札の掛かる扉をノックしたのさえ、今から振り返ると信じられない出来事なのに。

会の活動は一応「火曜日」と決まっていた。だが泰加子は土日を除く平日の夕方、ほぼ毎日のように在室している。日によっては午前中、または午後から出ている場合もあった。四年生で講義が少ないうえに、本来はメインとなる就職活動もない。そのため彼女は読書三昧《ざんまい》の日々らしい。もちろん書籍の多くは妖怪関係である。

もっとも泰加子は一年生のときから、この部屋で本を読み続けているという。ここで彼女は、獅子頭が図書館に揃えた井上円了《いのうええんりょう》の『妖怪学講義』をはじめ、『妖怪玄談』、『妖怪百談』、『続妖怪百談』、『霊魂不滅論』、『天狗論』、『迷信解』、『おばけの正体』、『迷信と宗教』、『真怪』、『妖怪学』などを読破したと聞いて、眞世は眩暈《めまい》を覚えた。高校生のとき『妖怪学講義』の数十頁を読んだだけで、ついていけないと断念したから余計である。

ただし泰加子は「お化け博士」と呼ばれた井上円了を、あまり評価していない。基本的には妖怪の存在を否定していたからだろう。

会長が入り浸り状態のせいで、蟻馬も郡上も小山内も、しょっちゅう部室に顔を出す。本当は

「部」ではないものの、便宜的に誰もがそう呼んでいる。眞世は一年生のため、受講している講義数がかなり多い。それでも暇があれば部室に行ったので、人との付き合いが苦手な彼女としては最短の時間で、泰加子ばかりでなく男子学生たちとも親しくなることができた。

そのため夏休み中に、泰加子の企画で「妖怪体験旅行」を行なうと決まったときも喜びこそすれ、何の不安も覚えなかったのだが……。

二

「……ざしきばば？」

泰加子の口から出た妖怪の名前を、眞世の脳が「座敷婆」と漢字に変換したため、

「座敷童《ざしきわらし》のようなものですか」

とっさに尋ねたのだが、どうやら合っていたらしい。

「幼い子供とお婆さんの違いはあるけど、地方の旧家に棲《す》みついて、その家の特定の座敷に出易く、同家に繁栄を齎《もたら》すという点では、似ていると言えるわね」

この泰加子の説明を聞いて興奮したのは、もちろん眞世だけである。

「お婆さん妖怪が出る地方では、どんな食べ物が美味《おい》しいんですか」

「どうして子供と老人になるのかなぁ。座敷美女がいても、俺はいいと思うんですけどねぇ」

蟻馬と郡上は早速、頓珍漢《とんちんかん》なことを言っている。

「座敷童の出る旅館が、確か岩手の金田《きんだ》一《いち》温泉にありました」

小山内だけ真面な受け答えをしたが、その旅館が「緑風荘《りょくふうそう》」であることは、泰加子も眞世も当然ながら知っていた。

「あの地方には変わり蕎麦があるから、蟻馬君は燈無《あかりなし》蕎麦でも食べなさい。郡上君は何処ぞのお屋敷で青女房に誘い込まれるか、海辺で磯女に襲われるか、道端で夜行遊女に行き逢《あ》うかしなさい。小山内君は『よく知っていたわね』と褒めたいところだけど、妖怪研究会の会員なら当たり前の知識なので、もっと勉強しなさい」

三人の男子たちの発言を、ばっさりと泰加子は切って捨ててから、徐《おもむろ》に眞世を見詰めつつ、

「座敷婆と聞いて、倉辺さんは何を連想した？」

「今ふっと思いついたのは、隅《すみ》の婆様《ばさま》です」

「あっ、さすがね」

とたんに泰加子の顔には笑みが浮かんだが、

「また婆さんなのか」

郡上は明らかに不満そうであり、蟻馬は無反応だった。

「それも座敷童系の妖怪？」

あまり興味はないはずなのに、一応は訊いてくれる小山内に対して、眞世は首を振りながら、

「隅の婆様は、一種の降霊術と言えます」

「ほうっ」

これには小山内も少し関心を持ったらしい。ただし蟻馬は厭《いや》そうな表情をしている。男子の中では彼が一番怖がりだからだろう。

「この三人にも分かるように、ちょっと説明してくれる」

泰加子に促されて、眞世は話し出した。

「米沢《よねざわ》藩の藩主である上杉鷹山《うえすぎようざん》が隠居したとき、その御台所頭《みだいどころがしら》になったのが藩士の吉田綱富《よしだつなとみ》だったのですが、彼は晩年に『童子百物かたり』という書物を――」

「おいおい……」

「やっぱり会長の後継ぎだな」

しかし郡上には呆れられ、逆に小山内には感心される始末だった。相変わらず蟻馬は口を閉じている。

「倉辺さん、隅の婆様の話だけでいいからね」

「す、すみません」

泰加子に優しく言われて、眞世は顔が熱くなった。それでも続けられたのは、事が妖怪に関する説明だったからだ。

「その本の中に『隅のば様と云事《いうこと》』という記述があります。簡単に纏《まと》めますと、夜中に四人で静かなお寺を訪ねて、真っ暗な座敷の四隅に分かれたうえで、各々が部屋の真ん中を目指して這《は》い出して行きます。やがて四人は座敷の中央で出会いますが、もちろんお互いの姿はまったく見えません。その状態で一人ずつ『一隅の婆様』、『二隅の婆様』、『三隅の婆様』、『四隅の婆様』と言いつつ、隣にいる者の頭を撫《な》でていくのですが、四人しかいないはずなのに、五人目の頭が現れる……」

「や、や、止めましょう」

いきなり蟻馬が素っ頓狂な声を出して、他の者をぎょっとさせた。

「そんな降霊術なんて、絶対にやっちゃ駄目です」

「あなたは何を聞いてたの」

泰加子が怒った物言いをしたが、別に本気ではない。蟻馬の妖怪に対する理解のなさも、この手の話に覚える臆病《おくびょう》さも、きっと分かっているからだろう。

「えっ？　だって、この夏の旅行で、隅のお婆さんを皆でやって、霊を呼び出す……って話じゃないんですか」

「お前は相変わらずだな」

と言って莫迦《ばか》にする郡上も、当の蟻馬も相手にせずに、泰加子が嬉《うれ》しそうな顔で、

「隅の婆様に似ている怪異に、膝摩《ひざさす》りがあるよね」

眞世を見詰めたのだが、生憎それを彼女は知らなかった。

「はじめて聞きました」

「へぇ、妖怪少女なのに」

郡上が揶揄《やゆ》すると、泰加子が冷たい口調で、

「倉辺さんが妖怪少女なら、私は何なの？」

「妖怪お姉様です」

真面目に答える年上好きの後輩を、あっさりと泰加子は無視して、

「泉鏡花《いずみきようか》が『一寸怪』で紹介している怪談の中に、この膝摩りがあるの。床の間のない八畳の座敷に、丑三《うしみ》つ時に四人が集まる。そして明かりを消した真っ暗な状態で、一人ずつ部屋の四隅に行く。そこから同時に座敷の中央へ出て、四人が固まったところで座る。そのうち一人が、他の者の名前を呼びながら、本人の膝の上に自分の手を置く」

「お話し中すみませんが――」

滅多に他人の話を遮らない小山内が、小学生のように片手を挙げながら、

「名前を呼んだ相手の居場所が、真っ暗なのに分かるでしょうか」

「私も同じ疑問を持ったけど――」

話を中断されても、むっとすることなく泰加子が応じた。

「自分から見て右手の隅、左手の隅、正面の隅に誰がいたかは、いくら何でも覚えてるでしょ。だから右手にいた人物の名前を口にして、右手を右側にいる者の膝の上に置くことは、普通にできると思う」

「あぁ、なるほど。納得できました」

小山内が軽く一礼したあと、泰加子が続けた。

「自分の名前を呼ばれて、膝に手を置かれた人は、必ず返事をする。同じように二人目、三人目、四人目と同等の行為を繰り返すのだけど、そのうち返事をしない者が現れる……」

蟻馬だけではなく郡上も小山内も、もちろん眞世も無言である。

「つまり五人目が、いつの間にか真っ暗な座敷にいるの」

「……確かに降霊術だな」

小山内の感想に、蟻馬が怯《おび》えた声音で、

「や、や、止めましょうよぉ」

相変わらずの勘違いをやらかしたが、さらに泰加子は、

「この二つと似たものに、柳田國男《やなぎたくにお》が蒐集《しゅうしゅう》した『ニョキニョキ』という話があるんだけど――」

「も、もういいです」

蟻馬が両手で両耳を押さえる仕草をしたので、泰加子は苦笑したあと、

「安心して。これは笑話だから」

と断って落語のような話をした。お陰で蟻馬もほっとできたのか、あからさまに安堵した表情になっている。

しかしながら彼は、まだまだ甘かった。なぜなら肝心の「座敷婆」の話を、泰加子は少しもしていないのだから……と眞世が思っていると、案の定にやっとした笑いを浮かべつつ、会長が話しはじめた。

「小山内君には『もっと勉強しなさい』と言ったけど、彼が例の旅館を思い浮かべたのは、強《あなが》ち間違っていない。それが棲んでる家に幸いを齎すところなど、座敷婆も似ているからね」

このとき小山内の表情に、ふっと喜びの色が浮かんだ。あまり喜怒哀楽を見せない彼にしては、かなり珍しい反応である。しかも泰加子の台詞《せりふ》の他愛のなさから考えても、これは驚きだった。

そんな小山内とは対照的に、郡上も蟻馬も面白くなさそうである。この二人のあまりの分かり易さに、眞世は時に笑ってしまうのだが、どうしてなのか今は胸騒ぎを覚えた。これほど些細《ささい》な出来事にも拘《かかわ》らず、なぜか彼女は引っ掛かった。

そういう不可解な予感を後輩が持っているとは知る由もなく、泰加子は嬉々《きき》として説明を続けた。

「ただし座敷童と同じく、その家に災いを招き兼ねない存在でもある」

「座敷童は家から出て行かれたら、確か没落するんでしたか」

妖怪好きには当たり前の知識ながら、それが小山内から聞けたことに、眞世はびっくりした。

「今日の小山内君は、なかなかやるわね」

泰加子も同じように感じたのか、いつもより当たりが優しい。もちろん郡上と蟻馬は、益々《ますます》むっとした顔になっている。

「ところで倉辺さん、座敷童って何人か知ってる？」

「……一人じゃないんですか。いつもの顔触れで子供たちが遊んでいると、知らぬ間に一人だけ増えている。でも一人ずつ顔を見ていっても、馴染《なじ》みの子ばかりで、他所《よそ》の子なんかいない。それなのに普段よりも、明らかに一人だけ多い。この話を最初に本で読んだとき、ぞっとしました」

「典型的な座敷童の出現事例だけど、お話によっては一家に二人いる、二人で一人という場合もあるの」

「あっ、そう言えば……。二人の幼い子供が手を繋《つな》いで、ある家から出て来るのを見た人がいて、あんな子がいたかな……って思っていたところ、その家が火事で全焼するとか、食中毒で全員が死ぬとか、酷い不幸に見舞われたという話を、何かで読んだ覚えがあります」

にっこりと泰加子は微笑んでから、

「座敷婆の出る部屋に独りで寝ていると、夜中に四方から悪戯をされるらしい。そのため婆は四人いるとも言われてるけど、これって二人の座敷童が出てくる話と似ているよね」

眞世が応えるよりも先に、

「四隅の婆様の方が、四人という人数は合っていますよ」

蟻馬が如何に他人の話を聞いていないか——が分かる発言を平気でして、泰加子を呆れさせた。

「それは四隅の婆様を行なう人間の数で、現れる婆様は一人よ」

「あれ……そうでしたっけ」

しかも彼は少しも悪びれずに、泰加子に溜息を吐かせている。

「一つの妖怪が複数体なのは、あまり例がないのか」

小山内に訊かれたので、眞世は答えた。

「手長足長とかいますけど、あれは手長と足長に分けて考えることもできます。まったく同じ名称なのに、それが複数というのは……」

そこで眞世は「あっ」と声を上げると、

「目々連《もくもくれん》はどうでしょう？」

泰加子に問い掛けていたが、返ってきたのは苦笑だった。

「確かに目の玉が一杯あるけど、あれ全部で目々連と見做《みな》すべきだと思う」

「……そうですよね」

眞世は恥ずかしくなったが、すぐに気を取り直して、

「座敷婆の悪戯って、どんなものがあるんですか」

「多いのが枕返しみたい。それも四方からされた場合、一晩で頭の向きが東西南北すべてに変わって、くるっと一周するわけ」

「お話だけ聞くと楽しそうですが……」

という眞世の反応とは違い、

「実際そんな目に遭ったら、きっと恐ろしいよ」

早くも怯えている蟻馬に対して、泰加子が言った。

「問題の座敷に、君に寝てもらうことは、まずないから大丈夫よ。そんな勿体《もったい》ないこと、私がするわけないでしょ」

「その座敷で、会長は寝る心算《つもり》ですか」

あくまでも確認するために小山内は尋ねたのだろうが、当然のように頷《うなず》く泰加子を見て、彼の顔が少し曇った。

「小山内君、妖怪なんて信じてないでしょ」

後輩の意外な表情に、泰加子が素早く反応した。

「はい。ただ……良くない伝承や悪い噂のある場所には、それなりの現実的な理由があったりしますよね。わざわざ近づく必要もない――とは思います。ちなみに座敷婆の災いとは、どういったも

のなんですか」

「四人よりも三人、三人よりも二人と悪戯の人数が減る毎《ごと》に、体験者が受ける幸いも小さくなっていくらしい。もちろん一人も現れないときもあって、それだと何の御利益もないのだけど……。むしろ感謝するべきかもしれない」

「一人だけで現れる場合よりは……ですか」

小山内の合いの手に、泰加子は無表情なままで、

「座敷婆が一人で出てきて、その部屋で寝ている者の首を絞めたとき、体験者は近いうちに死ぬ……と言われている」

これには蟻馬だけでなく郡上も、また小山内でさえ、ぎょっとした顔をした。眞世も正直ショックを受けた。

ある種の妖怪に出遭うことで、その人の生命が危険に曝《さら》される。そういう例は確かにあるが、ここまで直接的な脅威などそうそうない。それが分かるだけに、泰加子の身が心配になった。

とはいえ問題の「妖怪体験旅行」は、当の泰加子の鶴の一声で決まった。そもそも妖怪研究会を立ち上げたのは彼女で、しかも会長であるうえに、この一年が最後の活動になる。後輩の誰も反対できるわけがない。仮に四人が異を唱えたとしても、泰加子は独りで出掛けるだろう。

旅行の具体的な日程を一通り話し合ったあとで、

「我々が会長のお目付役的な言動をしても、決して煩《うるさ》がらないで下さい」

解散前に小山内が断ったのも、彼女を独りで行かせるよりは——と考えたからに違いない。それ

が眞世にはよく分かった。

当初は七月下旬の予定だったが、肝心の大数見荘《おおすみそう》に問い合わせたところ、目的の部屋が塞《ふさ》がっていた。

「物好きな人もいるものね」

泰加子は自分のことを棚に上げたが、意外にも好事家は他にもいるらしく、宿泊できるのは盆前しかなかった。誰もが帰省予定と重なったものの、そこは調整することで事なきを得た。

こうして八月の中旬、妖怪研究会の面々は一路、婆喰《ばくち》地地方の老夜《ろうや》温泉を目指した。宿の手配から電車の乗り継ぎの下調べまで、すべて泰加子が仕切った。蟻馬と郡上は当てにならなかったので、小山内と眞世が手伝いを申し出たのだが、「独りでやった方が早い」と言われた。

途中で食べた昼食の駅弁は美味だったが、乗り継ぎに次ぐ乗り継ぎで目的地の老夜駅に着いたとき、もう眞世はぐったりしていた。それなのに片田舎の駅から、さらに二十数分も歩く必要があるという。

「泰加子さぁーん、まだですかぁ」

もっとも先に音を上げたのは蟻馬である。電車の中で菓子を食べ過ぎてジュースを飲み過ぎた弊害が、今になって出ているらしい。

「他の女の子たちは、誰も降りてませんね」

郡上は車内で仲良くなった複数の女子グループの、誰一人として下車しなかったことが、どうやら面白くないみたいである。

しかし泰加子は二人の相手などせずに、ひたすら地図と睨《にら》めっこをしている。本来なら頼もしく映る姿だが、そこはかとない不安を眞世は覚えた。

ひょっとして泰加子さん、方向音痴では……。

これまでの四ヵ月間で、そんな疑いを抱いていたせいだ。はっきりとした証拠はないが、一緒に出掛ける機会が何度もあり、もしかすると……と思っていた。

その不安が眞世の心中で最大限に膨らんだとき、

「あっ、ここだ！」

泰加子が嬉しそうな声を上げた。

そこには柿葺《こけらぶき》屋根を持った腕木門があり、表札を確かめると間違いなく「大数見」と記されている。門越しに年季の入った屋敷も目に入ったので、ようやく着いたと全員が安堵した。

眞世が驚いたのは、珍しく泰加子がはしゃいだ勢いで、その家の前で記念写真を撮ったことである。しかも後輩たち一人ずつと横に並んだ恰好《かっこう》で、かなり親しげに写真に収まった。

ちなみにカメラは小山内のものである。会長と男子たちの写真は眞世が、彼女と泰加子の写真は当の小山内が撮影した。

この予想外の嬉しい出来事に、誰もが大いに喜んでいると、

「あんたら、学生さんね」

中肉中背で貧相な、見るからに凡庸そうな男に、急に話し掛けられた。どうやら家の中から出てきたものの、眞世たちの撮影が終わるまで、律儀に待ってくれていたらしい。

「はい、明和大学から来ました」

「あぁっ、妖怪研究会たらいう団体の、あんたが予約した会長さんね」

「お電話でお話しした、大数見勇二《ゆうじ》さんですか」

男は頷きつつも、小山内が手にしたカメラを指差しながら、

「全員の記念写真を、儂《わし》が撮ってやろうか」

泰加子が礼を述べて、小山内が勇二にカメラを渡したのだが、そこからが厄介だった。撮影場所は門の下にすぐ決まったものの、どう並ぶかで揉《も》めた。誰が会長の横になるか。それが大問題になった。

「あんたが、一番下か」

すると勇二が突然、眞世を指差して尋ねた。

「は、はい。一年生です」

「そしたら会長さんとあんた、女子《おなご》二人が前に座って、その後ろに三人が立つ。一番年上が真ん中や。同じ年齢の者がおったら、じゃんけんで決めたらええ」

あっという間に立ち位置の問題を片づけて、全員集合の記念撮影を済ませてしまったので、ちょっと眞世は見直した。

貧相だなんて、失礼なこと思って……。

しかし、それも勇二の次の発言を耳にするまでだった。

「あんたらも、物好きやな」

「例の部屋に泊まることが――ですか」

まさか当の旅館の人から言われるとは……と泰加子も意外に感じたようだが、そこは素直に応えたところ、

「いや、そうではのうて、うちの家の前で記念写真を撮ったことや」

「はぁっ？」

「普通お客さんは、大数見荘の前で撮るがなぁ」

「ええっ……」

やっぱり泰加子は方向音痴だったのである。

三

大数見荘と大数見家は、なんと背中合わせに建っていた。ただし一般道を使って行き来した場合、ぐるっと遠回りしなければならない。各々の住所が違っていることからも、それぞれの表玄関がまったく別の場所にあると分かる。

つまり泰加子は完全に道を誤っていたわけだ。にも拘らず大数見家に辿《たど》り着けたのは、彼女が持つ運の良さを示しているのかもしれない。

「けんどな、うちの前で写真を撮ったんは、ほんまは正解やったかもしれんぞ」

勇二は大数見家の敷地内から隣の大数見荘へと、眞世たちを案内しながら、妙に意味深長な物言

いをした。

「どういうことでしょう?」

早くも己の失敗から立ち直った泰加子が、ふと心配そうな眼差しで尋ねたが、

「すぐ分かる」

と言った切り勇二は、可笑《おか》しそうな顔をしている。

「えっ……」

「これが……大数見荘」

その直後、目的の旅館を目の前にして、泰加子と眞世が思わず呟《つぶや》いた。

「座敷婆は座敷童に似ている……はずではないのか」

小山内も疑問を覚えたらしい。

「なんか想像してたのと……」

「うん、これは違うよなぁ」

蟻馬と郡上でさえ期待外れだと言いたいようである。

なぜなら大数見荘は木造平屋の、まるで長屋のような造りをしていたからだ。同じ木造でも大数見家は歴史を感じさせる重厚さに満ちていたが、こちらは安普請なのが丸分かりの家屋だった。

「やっぱり学生さんたちも、そう思うかぁ」

勇二がぼやくような口調で、

「こう見えても旅館業は順調やから、もっと立派な本館に建て替えて、大いに温泉を売りにして、

仰山《ぎょうさん》の観光客を呼ぶようにする。そういう商売気を出さんと、これからの時代は厳しいと、儂は兄の勇一《ゆういち》に口を酸っぽうして言うとるんやが、少しも耳を貸さんでなぁ」

「本館というのは……」

泰加子が恐る恐る長屋にしか見えない建物を指差すと、

「そう、これ」

勇二は笑いながら頷いている。

「座敷婆の御利益が本当にあるんやったら、もっともっと立派な旅館になっとると、あんたらも思わんか」

そう彼は続けたのだが、当の眞世たちも客だと改めて気づいたのか、

「いやいや、そう言えば最近な、ちょうど畳を全部ちゃんと替えたばっかりで、儂も立ち会《お》うて大掃除したから知っとるけど、そら中は何処も綺麗な部屋になっとるんや。あんたらも、ええときに来たもんやな」

言い訳めいた台詞を慌てて述べたのだが、後の祭りだろう。少なくとも男子の三人は、疑わしそうに勇二を見ている。

しかし泰加子は、ようやく本来の目的を思い出したのか、

「私たちが泊まるのは、座敷婆が出る部屋です。ですから旅館の見た目も中身も、何の関係もありません」

と勇二に返した。だが、よく考えると相当に失礼な言い方かもしれない。

「そんなら問題ない」

もっとも彼は気にした風もなく、むしろ面白がっている様子で眞世たちを本館に案内した。

大数見荘の受付にいた勇一は、弟に比べると恰幅《かっぷく》が良く、顔つきも福相だった。座敷婆が齎す幸いを、まるで独占しているような雰囲気がある。ただし見た目とは裏腹に、無口なうえに人当たりも悪い。方言も強くて理解に苦労する。それが田舎の朴訥《ぼくとつ》さに映ればプラスだろうが、接客業らしくないと思われればマイナスになりそうで、他人事《ひとごと》ながら眞世は心配した。

「学生さんらの部屋は、ずっと奥や」

そんな兄とは対照的に、第一印象は散々ながらも実は世話好きらしい勇二が、先に立って案内してくれた。

長屋のような本館の廊下を辿って突き当たりまで行くと、扉にぶち当たる。それを開けると渡り廊下があって、その向こうに別館が見えた。こぢんまりとした木造二階建ての家で、この建物だけ見れば普通の民家と思っただろう。

「これが元々の、大数見家いうわけや」

勇二の説明を受けて、すぐさま泰加子が尋ねた。

「最初はこのお家《うち》だけだったけど、座敷婆のお陰で大数見荘を建てて旅館業をされるようになり、今の大数見家もできた――ということですか」

「死んだ祖父《じい》さん祖母《ばあ》さん、それに両親と兄も、そう信じとるな」

「あなたは？」

「座敷婆の御利益があるんなら、もう少し増しな旅館になると思わんか」

後ろを振り返って本館を目にしながら、ふっと勇二は苦笑したが、

「おっとしもうた。あんたらは、その座敷婆が目当てで来とるんやから、こんなこと言うべきやないな」

頭を掻《か》きつつ別館の玄関を開けると、眞世たちを招き入れた。

「奥の座敷が、座敷婆の部屋になる。ただ男が三人、女が二人やから、その手前の部屋も――便宜的に中座敷と呼んどるけど――使ってくれて構わん」

左手に庭を見ながら廊下を進むと、突き当たりの右側に問題の部屋が現れた。北に当たる庭を背にして、障子を開けて座敷に入る。そこは八畳間で、東側に床の間と押入れが、南側に大きな窓がある。窓の外は縁側だった。西側には襖《ふすま》があり、それを開けると隣の中座敷が見えた。そこも八畳間である。

「うわっ、畳の匂いがしますね」

眞世が真っ先に覚えたのは、薄暗い奥座敷が醸し出す異様な空気感よりも、新しい藺草《いぐさ》の香ばしさだった。

「そうだけど、何処か陰々滅々としてないか」

「どれほど明るくしても、薄闇が残りそうな感じだな」

それ以上に蟻馬と郡上は、どうやら薄気味の悪さを感じたらしい。

「いいじゃない」

もちろん泰加子はご機嫌である。特に見るべき所もない奥座敷の中を、隅から隅まで検《あらた》めている。

「会長はお独りで、ここで寝られるわけですか」

小山内が確かめるような物言いをすると、

「寝ないわよ。座敷の中央に座って、般若心経《はんにゃしんぎょう》を唱えようか……と思ったけど、それでは座敷婆が出難《にく》いかもしれないから、瞑想《めいそう》でもするかな」

泰加子は真面目に答えたあと、

「今夜のことなんだけど――」

重大発表をするような面持ちで、

「この部屋で一晩、私が独り切りになることに、皆も異論はないと思う」

「僕に独りで過ごせと言われない限り、何の不満もありません」

まず臆病な蟻馬が応えると、

「俺にお供を命じてもらえれば、それはもう喜んで従います」

次に郡上らしい発言が飛び出したが、当然のように泰加子は二人とも無視した。

「仮に反対したところで、会長は聞き入れませんよね」

「うん、却下する」

そして小山内の再度の確認には素早く反応しつつ、とんでもない提案をした。

「ただ皆に、お願いがあるの」

「何でしょう?」

「この座敷に私が籠《こも》っている間、三つの出入り口を見張って欲しい」

それは奥座敷の北側の廊下に面した障子と、西側の中座敷に通じる襖と、南側の縁側に出られる窓のことだと、全員が理解できた。とはいえ理由まで即座に察したのは、小山内だけだった。

「もしも何か怪異的な現象が起きたとき、外部の干渉は一切なかったことを証明するために――ですか」

「さすがね。それを徹底するために、私は座敷に入ると同時に、障子と襖と窓の境目に目貼りをしようと思う」

「いくら何でも、やり過ぎでは……」

小山内だけでなく蟻馬も郡上も、かなり困惑した表情をしている。だが眞世は素直に面白いと感じた。それが泰加子にも伝わったのか、にこっとした微笑みを彼女は向けられた。

「それに換気の問題もあります」

三方の出入り口に小山内は目を向けながら、

「この辺りは夜になると、夏とはいえ涼しいようです。ただ完全に閉め切ってしまっては、ちょっと息苦しくありませんか」

「座敷婆に出遭えるのなら、それくらいの苦労なんて何でもない」

泰加子は少しも問題にしなかったが、

「また目貼りをするとなると、障子の桟や襖の縁に跡が残るかもしれません」

という小山内の指摘には、とたんに困った顔をした。

「その目貼りってやつは、どうやるんです？」

蟻馬に訊かれて、

「短冊状に切った折り紙を用意してきたので、それを障子などの合わせ目に糊《のり》で貼りつけて、私が部屋に籠ってから出てくるまでの間、他には誰も出入りしていないと、確かめる心算だったんだけど……」

泰加子が説明しつつも、ちらちらと勇二を見やったのは、これは問題になると思ったからだろう。

「いや、別に構わんよ」

ところが、当の勇二があっさり認めたので、皆は驚いた。

「し、しかし万一、糊の跡が残ったら……」

と心配する小山内に、勇二は苦笑を浮かべながら、

「この通り畳は替えたけど、障子も襖も古いままで草臥《くたび》れとる。次の機会には新調するやろうから、そんな糊の跡くらい、どうってことない」

「ありがとうございます」

すぐに泰加子は頭を下げると、そのまま話を素早く進めた。

「では、誰が何処で見張りをするか」

「換気の問題は？」

食い下がる小山内に、彼女は溜息を吐きつつ、

「障子も襖も窓も、すべて少し開けた状態にして、そのうえで目貼りする。これなら空気の流れも

できるよね」

「……確かに」

止む無く認める姿勢を見せた彼から、はっと泰加子は蟻馬と郡上に視線を向け直したあと、

「だからと言って、その隙間から覗《のぞ》くのはなしよ」

「泰加子さぁーん、酷いです」

「先輩は今夜、どんな恰好で寝ますか」

蟻馬は抗議をしたが、郡上は覗きを否定せずに、眞世を呆れさせた。

「あっ、えっ、待って下さい」

そこから蟻馬が急に慌てはじめた。

「三方を三人が見張るってことは、何処を担当するにしても、そこで僕は独りになるわけですか」

「ええ、そうね」

当然という顔を泰加子はしたが、蟻馬は明らかに厭がっている。だが、それも少しの間だけで、

「あっ、そうだ。倉辺さんが余りますよ。僕の受け持ち場所を、彼女も一緒に担当するってことにしましょう」

勝手に決められそうになって、眞世は大いに慌てた。もし一晩を共に過ごすのであれば、蟻馬や郡上よりも絶対に小山内を選びたい。

「うーん、彼女は……」

もしかすると泰加子は、奥座敷に眞世を入れることを、ちらっと考えたのかもしれない。でも、

そうすると座敷婆には遭えなくなる。

「ごめんね」

いきなり眞世に詫《わ》びたのは、そんな心の葛藤《かっとう》があったせいではないか。

「あの、私……」

小山内と一緒が良いと、はっきり言おうとしたとき、

「二階はどうだ？」

勇二が意外な提案をした。

「あんたが奥座敷の二階で寝れば、下の様子が少しは分かるかもしれん。それって見張りのようなもんだろ」

「二階の部屋を使ってもいいんですか」

「兄には内緒にしといてくれ」

泰加子の問い掛けに、そんな風に勇二が答えたので、正直ちょっと眞世は心配になった。下手をすると兄弟喧嘩《げんか》に巻き込まれるのではないか。そういう不安を覚えた。

ところが、いつも慎重なはずの泰加子は、すっかり喜んでいる。

「では、倉辺さんは奥座敷の二階。蟻馬君は怖がりだから、廊下や縁側は避けて隣の中座敷。郡上君は廊下で、小山内君は縁側。これでどう？」

「見張る場所の条件が、次第に悪くなっていますね」

小山内の指摘通り、畳のある隣の中座敷、板敷きとはいえ屋内の廊下、完全に屋外となる縁側と、

見張る環境には明らかに差があった。だからと言って彼が不満を漏らしたわけではない。むしろ泰加子の采配に感心している風だった。

夕食を摂《と》って風呂を使ったあと、全員で仮眠を取る。郡上は残念がったが、泰加子は洋服のままである。徹夜するのに浴衣《ゆかた》は相応《ふさわ》しくない。奥座敷に女子が、中座敷に男子が、それぞれ蒲団《ふとん》を敷いて横になる。寝ずの番に備えてなのに、眞世は一向に寝られず困った。自分では意識していないが、やはり興奮しているのだろう。

座敷婆の体験例は夜中の二時から三時に多いということで、全員が午前零時前に起床する。そして泰加子だけが奥座敷に残り、内側から目貼りを行なう。ここで揉めたのが、障子や襖に空ける隙間の幅だった。泰加子は一センチくらいの僅かな隙間を考えていたのに、小山内は最低でも五センチだと譲らない。

「あんまり開け過ぎると、私が独りで籠る意味がなくなる」

「室内にいるのは会長だけですから、特に問題はないでしょう。ただし廊下側の障子と中座敷側の襖の隙間が大き過ぎた場合、もしかすると支障が出るかもしれない。しかし窓だけは仮に全開にしておいても――幸い網戸もありますから――別に良いのではありませんか」

「窓の外は、もう屋外だから?」

しっかりと頷く小山内を見詰めつつ、泰加子が続けた。

「つまり奥座敷と廊下、または奥座敷と中座敷、これらは屋内に属するため、障子と襖を開けることで、二つの空間の境目がなくなる懼《おそ》れが多分にある。しかも廊下と隣室に第三者が控えていた場合、いくら私だけが奥座敷にいても、独りとは見做せないのではないか。故に座敷婆は現れないかもしれない。でも窓は屋内と屋外の境目なので、その心配がいらない。そういうことね」

「会長は理解が早い」

満足そうな顔をする小山内に、やれやれという様子で泰加子が、

「あなたは妖怪なんか信じていない癖に、座敷婆が出る条件について、あっという間に把握してしまうんだから、ほんとに恐ろしい」

完全に二人だけの世界になっており、あとの三人は取り残されていた。それを歓迎する気持ちが眞世には少しあったが、もちろん蟻馬と郡上は別である。しかし残念ながら二人の会話に割り込めるほど、彼らの頭は回らない。

お似合いかも……。

余計なお世話を眞世は考え掛けたが、当人たちは再び目貼りの幅で揉め出しており、そういう甘い雰囲気はまったく感じられず、思わず彼女を苦笑させた。

「ほれ、サービスや」

そこへ勇二が珈琲《コーヒー》を持って現れた。徹夜するのに必要だろうと、本来は有料のホット珈琲を勇一には内緒で差し入れしてくれた。

全員で有り難くいただきながら、なおも二人が目貼りの議論をしていると、

「三センチでええやろ」

しばらく会話を聞いていた勇二の一声で、あっさり決まった。

泰加子が奥座敷に入ったあと、小山内が立ち会って、廊下側の障子と中座敷側の襖が三センチの隙間を残した状態で閉じられた。そして泰加子が内側から、その隙間を埋めるように短冊を糊で貼っていく。ただし目貼りは上中下と三箇所だけで、隙間の方が目立っている。そのためか小山内も、もう不満は漏らさなかった。

これだけでは障子と襖の中央の二枚を閉じただけで、その左右の一枚ずつは可動するため、泰加子が柱との境目に同じように目貼りをした。

窓は真ん中で開けられないため、室内から見て左側に隙間が作られた。あとは窓枠と柱の間に目貼りをする。障子や襖と違っていたのは、左側の隙間の向こうで網戸が閉められたことだろう。逆の右側は窓を閉じたままだが、同じく柱との間に目貼りを行なう。

奥座敷の準備が整ったところで、小山内たちが持ち場に就く。それぞれが泰加子のいる奥座敷に背を向けて座る恰好になる。

眞世は奥座敷の二階へ、勇二の案内で上がった。彼が蒲団を敷こうとしたので、慌てて断った。先輩たちが寝ずの番をしているのに、自分だけ横になるわけにはいかない。

「それもそうか。ちなみに儂な、この別館の前の間で寝とるから、困ることでもあったら起こしてくれ」

勇二の親切な申し出に、もし今夜の試みで何かあった場合、この人にも責任が及ぶのだと遅蒔きながら気づいて、眞世はどきっとした。

独りになったとたん、妙に部屋が寒々しく感じられた。間取りは一階の奥座敷とは異なり、北側に床の間と押入れがある。異様だったのは床の間に、でんっと真っ黒な古い金庫が置かれていたことだ。重厚な扉には符号錠と鍵穴、それに大きな取っ手がついている。

今でも使ってるのかなぁ。

部屋の真ん中で座布団に座りながら、見るともなしに眞世は金庫に目を向けた。他には何もないのだから仕方ない。

そうじゃないでしょ。

己に突っ込みを入れてから、とはいえどうしたものかと眞世は思案に暮れた。

畳に耳をつける?

一階の様子を窺《うかが》うのなら、それしか方法はないだろう。早速そうしてみたが、まったく何の気配もなく、また何も聞こえない。

瞑想してるんだから当たり前か。

それでも耳を澄まし続けていれば、階下で異変が起きたとき、きっと分かるに違いない。そう考えて眞世は畳に片耳をつけていたのだが、そのうち眠たくなってきた。

ちゃんと仮眠を取れなかったから……。

と思いつつ寝ては駄目だと自分を諫《いさ》めたのだが、どうやら不覚にも寝入ってしまったらしい。

身体を揺り動かされながら名前を呼ばれて、ぼんやりと目が覚めた。そこに蟻馬を認めて驚き掛けたが、不意に眞世は何とも言えぬ違和感を覚えた。

……あれ?

その正体を彼女が察する前に、とんでもない知らせを蟻馬が発した。

「た、た、泰加子さんが座敷婆に、く、首を絞められた……」

四

眞世が急いで一階に下りると、泰加子が中座敷で横になっていた。もっとも蒲団は敷かれておらず、枕の代わりに座布団が当ててある。枕元の左右には小山内と郡上が座っており、心配そうに彼女を見詰めている。

「どないした？　もう終わったんか」

そこへ勇二が顔を出した。階段は玄関近くに――前の間の側に――あるため、その上り下りの物音で目が覚めたらしい。

「何者かに首を絞められた……と、会長が言っています」

小山内が躊躇《ためら》いながらも答えると、ぽかんとした表情を勇二がした。

「見て下さい」

しかし小山内が泰加子の首筋を指差したところ、勇二の顔色が見る間に変わった。そこに赤い筋が、はっきりと残っていたからだ。同じものを眞世も目にして、ぞくっと背筋が震えた。

「……え、え、偉いこっちゃ」

そう言うが早いか、勇二は部屋を飛び出していった。

いったい何があったのか。

眞世は尋ねたかったが、とても訊ける雰囲気ではない。小山内の悲愴《ひそう》な顔つきを見ているだけで、酷く胸が痛んだ。

やがて勇二が医者と駐在を連れて戻ってきた。ちなみに時刻は午前三時十分過ぎだったので、きっと二人とも叩《たた》き起こされたのだろう。

医者は泰加子の首筋を一通り診てから、赤い筋に薬を塗って包帯を巻いた。この治療が終わるのを待って、駐在が事情を尋ねたので、小山内が代表して話したのだが、それを纏めると次のようになる。

奥座敷内の目貼りが終わり、小山内たちが持ち場に就いたのが、午前零時半頃だった。その直後、眞世は二階の部屋に入っている。

彼は縁側に腰掛けながら、早くも手持ち無沙汰《ぶさた》を覚えた。蚊がいないのは幸いだったが、見張りといっても窓の近くにいるだけで済む。読書をしようにも明かりなど一切なく、座敷の様子を確かめたくても窓にはカーテンが引かれている。

それでも暇に飽かせて窓の端から端まで検めたところ、目貼りをしたのとは逆側に、僅かなカーテンの隙間を見つけた。

もしバレたら会長に怒られるな。

そう思いつつそっと覗いたところ、座敷のほぼ真ん中で座布団に正座しているらしい泰加子の姿が、かなり朧《おぼろ》ながらも認められた。中座敷に背を向けた恰好のため、目の前には床の間と押入れしかないわけだが、恐らく両目は閉じているに違いない。座敷の明かりは完全に消されている。豆電球さえ点《つ》いていない。にも拘らず辛うじて分かるのは、すでに小山内の目が暗闇に慣れていたからだ。ちなみに蟻馬が見張る中座敷も同じく電気は消されている。本人は大いに抵抗を示したものの、泰加子が決して譲らなかった。もちろん廊下も同様である。

二回目に小山内が覗いたのは午前一時半前で、三回目は二時頃だった。このとき泰加子の頭は前方に垂れているように見えた。ちょうど彼も眠気と闘っている最中だったので、彼女の居眠りも無理はないと思った。

四回目の確認は二時四十五分頃だったが、正座している泰加子の姿がない。とうとう睡魔に負けたのか……と思い掛けて、その恰好に彼は不自然さを覚えた。まったく明かりがないため、はっきりとは分からないが、いったん立ち上がり掛けてから、ぐたっと横向きに倒れたかのように見える。

そもそも、あの会長が……。

座敷婆が出るという部屋に籠っていながら、ここまで完全に寝入るだろうか。と考えたとたん、物凄《ものすご》い胸騒ぎに襲われた。

それでも小山内が窓から座敷に入らなかったのは、泰加子が施した目貼りの試みを台無しにすることを、ふと懼れたからである。

彼は縁側から離れて別館の東側を回り込むと、北側の硝子戸《ガラスど》を叩いた。その向こうの廊下には郡上が座っていたが、しきりに舟を漕《こ》いでいる。何度も硝子を鳴らし続けて、ようやくはっと顔を上げた。

「……どうしたんです？」

郡上が硝子戸の鍵を外して開けながら、寝惚《ねぼ》け顔で訊いてきたが、それには答えず小山内は廊下の明かりを点けたあと、じっくりと障子の目貼りを確かめた。

「君も、これを確認してくれ」

同じことを郡上にもさせると、ついて来るように身振りで示して、廊下から中座敷に入って明かりを点けた。

そこでは蟻馬が奥座敷に面した襖の前で、案の定こっくり、こっくりと居眠りをしている。天井の電灯に照らされても、一向に起きる気配がない。

「こいつ、役に立たないな」

自分のことを棚に上げて毒突く郡上を促して、小山内が目貼りを一緒に確認していると、びくっと蟻馬が身体を強張《こわば》らせて目を覚ました。

「お、お、脅かさないで下さい……」

「この部屋の襖と廊下の障子、どちらも見える場所で、しばらく君は見張っていること。俺たちが戻るまで、いいか」

訳が分からない顔をしながらも蟻馬が頷いたので、小山内は郡上を連れて南の縁側まで戻り、窓の目貼りを後輩に確認させた。

「……先輩、寝ちゃったんですか」

ここで小山内に促されて、郡上がカーテンの隙間から奥座敷の中を繁々《しげしげ》と覗いたせいか、ようやく異変に気づいたらしい。

「蟻馬の所へ戻ろう」

小山内は何も応えずに、郡上を急《せ》かした。

「何もなかったか」

中座敷と廊下の境目に立っている蟻馬を問い質《ただ》してから、小山内は襖の前に後輩たちを集めた。

「会長は寝ているように見えるけど、どうも様子が可怪しい。だから襖の目貼りを破って、俺が入って確かめる」

蟻馬と郡上が騒ぎ出しそうになったが、小山内の鋭い視線を受けて、ほぼ同時に口を閉じた。

「上の目貼りは俺が、真ん中を郡上が、下は蟻馬が、それぞれ破る。ただし糊づけされた箇所は残すようにして、できるだけ紙の中央を切ること」

そう言いながら彼は見本を示すように、右手の指だけで器用に一番上の目貼りを破ってみせた。次いで郡上が同じような状態に真ん中を切ったが、蟻馬が破った下の目貼りは、かなり不細工な出来になった。泰加子が見ていたら「不器用過ぎるでしょ」と呆れたかもしれない。

小山内は襖を開けると、素早く室内全体を見回した。しかし泰加子の他には、もちろん誰もいない。不自然な恰好で横向きに倒れている彼女に近づき、肩に軽く手を置きながら「会長」と呼び掛ける。反応がないので少し強く揺さぶったが、ぐったりした状態は少しも変わらない。

後ろで騒ぐ二人を無視して、小山内は両腕で泰加子を抱き上げると、そのまま中座敷まで運んだ。そこで座布団を枕にして寝かせたところ、はじめて首筋の赤い線に気づき、彼はぎょっとした。

「ここを見てみろ」

小山内が指差すまで二人は分かっていなかったのか、蟻馬は「ひぃ」と息を呑《の》み、郡上は「うーん」と唸った。

そのとき泰加子が、すうっと静かに両目を開いた。

「会長、気分は？　苦しいですか。何があったんです？」

小山内が優しく尋ねると、しばらく彼女は呆然《ぼうぜん》としていたが、急に怯えた表情になって、

「……座りながら……つい、うとうと……してたら、く、首を、絞められ……」

「後ろから？」

「……そ、そうかな。い、いえ……きっと、そう……。太い紐……細いロープ……のようなものが……首の後ろで、きゅっと交差して……。ぐっと上に……引っ張られる……そ、そんな感じが、あって……」

「犯人は真後ろに立っていた？」

喉の調子が良くないのか、弱々しく頷く泰加子を見て、

「分かりました。もう喋《しゃべ》らないで下さい」

小山内は慌てて止めると、蟻馬に二階の眞世を呼びに行かせた。

ここまでの状況がはっきりしたところで、駐在が医者と共に奥座敷を調べた。しかし障子と窓の目貼りは少しも破られておらず、室内に変わったところも特にない。もちろん座敷婆は疎《おろ》か、第三者がいた痕跡《こんせき》もなかった。

その結果、襖の目貼りに関して、小山内たちは何度も訊かれる羽目になった。とはいえ彼らも、自分たちが確かめたとき三箇所の紙に損傷は皆無で、そのあと三人が一つずつ破った——という同じ説明を繰り返すだけだった。

泰加子は首を絞められたせいで、一時的に気を失ったのだろう。

そう医者が診断して、しばらく安静が必要だと言ったため、駐在も事情聴取を中断した。眞世たちも休むことになった。

その日の午前十時過ぎまで、全員が泥のように眠り込んだ。幸い泰加子の喉の具合も良くなり、本館で遅い朝食を皆で摂った。しかし、そこで勇一に怒られた。「そんな肝試しのようなことを認めた覚えはない」という意味の叱責《しっせき》を、聞き取り難《にく》い方言で捲《まく》し立てられた。

眞世たちが起きてくる前に、どうやら勇二は「事件」を兄に報告したらしい。大数見荘の経営者は勇一のうえ、医者と駐在が出入りする以上、さすがに隠しておくのは無理である。

すぐにも叩き出され兼ねない雰囲気だったが、勇二が間に入って執り成した。とはいえ彼も同罪だったので、たちまち勇一の怒りは弟に向けられた。そこに医者と駐在が現れて、どうにか事無きを得た。

医者は泰加子を診て、快復に向かっていると言った。眞世は大いに安堵したが、なぜか独りだけ駐在に呼ばれ、とたんに不安を覚えた。連れて行かれたのは別館の前の間である。このとき泰加子たちも、ほぼ同時に奥座敷と中座敷へ戻った。

「すまんね。あんたに、ちょっと訊きたいことがあってな」

駐在の質問が、泰加子と男子学生との関係について——と分かったとたん、あっと眞世は心の中で声を上げた。

都会から来た五人の大学生のうち、会長である女子学生が首を絞められる。現場となった奥座敷のすぐ外には、三人の男子学生がいた。残りの女子学生は二階に上がっていたので、これは除外できる。それに一年生のため先輩たちに比べると、まだ人間関係が希薄のように思われる。逆に三人の男子は、かなり会長を意識しているように感じられてならない。目貼りの問題は確かにあるものの、この状況に鑑《かんが》みる限り、三人の男子学生の中に犯人がいるのは、まず間違いないだろう。

——という駐在の考えが、するっと彼女の脳内に入ってきた。いや、そんな感覚に陥ったと言うべきか。

だからこそ眞世は返答に困った。下手な答え方をすれば、たちまち小山内たちが疑われる。そう思って言葉を濁したのだが、駐在の方が上手《うわて》だった。はっと気づいたときには例の奇妙な四角関係について、彼女は喋らされていた。

「で、でも……、先輩たちの誰一人、奥座敷には入れませんでした」

そこを慌てて強調すると、駐在は頭を搔きながら、

「うむ、その問題はあるな」

「中座敷側の目貼りは、三人で確かめています。廊下側と窓も二人で、ちゃんと確認しています」

「共犯いうことは……」

「小山内さんと郡上さんの？　最も有り得ない組み合わせだと思います。小山内さんは孤高の存在

なので、最初から誰かと組むなど考えられません。郡上さんと蟻馬さんなら、まだしも可能性が……いいえ、先輩たちは会長を想っています。ずっと想い続けているんですから、そもそも動機がありません」

「そこなんやなぁ」

如何にもという訳知り顔で駐在が、

「あなたは、まだまだ若いから、男女関係の機微いうもんが……」

「はぁ？」

世間知らずの半人前の扱いを受けている気がして、眞世はかちんときた。

「共犯と仰《おつしや》いましたが、廊下側と窓の目貼りは、駐在さんも確認されましたよね。それで可怪しな点が、何かあったんでしょうか」

「いいや、それはなかった」

「そうなると先輩たち三人が共犯で、中座敷側の目貼りを破って、会長を襲ったことになります。だったら、もう少し増しな嘘を吐きませんか」

「座敷婆のせいに……」

「――する心算だったなんて、仮に地元の人でも、そんな計画は立てませんよね」

人見知りする性格のはずなのに、しかも警察官を相手にして、ここまで奮闘するとは――と眞世は自分でも驚いた。擁護するのが妖怪研究会のメンバーだったからだろう。

だけど……。

三人のうちの誰かが犯人である――と考えざるを得ない状況なのは、まず間違いなかった。ただし方法が不明な以上、駐在も打つ手がない。

犯人は先輩たちの誰かである。

けど誰も捕まって欲しくない。

この矛盾する気持ちに眞世が苛《さいな》まれていると、黙って考え込んでいた駐在が、

「まっ、一人ずつに話を聞いたら、ぽろっと分かるかもしれんな」

そんなことを言い出したので、眞世は警戒した。

まさか自白を強要する気では……。

とはいえ相手は良くも悪くも「田舎の駐在さん」であるため、小山内や郡上が言い負かされるとは、とても思えない。あの蟻馬でさえも、恐らく大丈夫ではないか。

そこから眞世と入れ替わるようにして、小山内、郡上、蟻馬が一人ずつ前の間に呼ばれて、駐在の事情聴取がはじまった。しかし彼女が予想した通り、誰も自白などしなかったようで、駐在は途方に暮れた顔をした。

しかも泰加子が「これを事件にしたくない」と言い出したので、見る間に一騒動が持ち上がった。

医者は「何か紐状のもので、首を絞められたのは間違いない。殺意があったかまでは分からないが、明らかに傷害事件である」と客観的な判断をした。

駐在は「奥座敷に出入りした方法は不明ながら、容疑者は限定されている。このまま何もなかったことにはできない」と一部で曖昧《あいまい》な表現をしたが、やはり事件性があると見做した。

勇一は「座敷婆のせいにされては敵《かな》わない。きちんと人間の犯人を捕まえて、うちは無関係だと証明して欲しい」という意味のことを、相変わらずの方言で訴えた。

勇二は「学生さんの間で起きたことで、被害者の会長さんが『もうええ』と言うてるんやから、何も大事《おおごと》にせんでもええやろ」と、眞世たちの側に立った発言をしたのだが、兄に睨まれて口を閉じた。

「会長のお気持ちも、よく理解できますが……」

小山内がそう言ったのは、自分たち男子の中から犯人が出ることを、泰加子が憂えていると察したからだろう。

「駐在さんが仰るように、何もなかったことには――」

「うん、できないでしょうから、ここで妖怪研究会は解散します。そして以降は、皆との付き合いも絶ちます」

この泰加子の決断には、四人全員が物凄い衝撃を受けた。

……私も、かな。

男子の先輩たちだけでなく、私とも関係を絶つ心算なのか――と肝心の事件はそっちのけで、まず眞世は心配した。そんな自分が嫌で仕方なかったが、それほどのショックを彼女は受けた。

さらに喧々囂々《けんけんごうごう》と騒ぎが大きくなって、もう収拾がつかない状態になり出したとき、ふらっと一人の男性客が大数見荘を訪れた。

その風来坊のような彼がなんと、この事件を解き明かしてしまった。

五

瞳星愛《とうしょうあい》がお馴染みの「怪異民俗学研究室」内で「座敷婆の目貼り密室事件」を読み終わるや否や、

「その男性客って、刀城言耶《とうじょうげんや》先生か」

天弓馬人《てんきゅうまひと》が感心するように呟いたのは、言耶が事件を解決したことに対してではなく、そういう場に彼が遭遇する確率の高さに、思わず感嘆したからだろう。

季節は秋だったが、まだ夏の蒸し暑さが残っていた。ただし図書館棟の地下の「怪民研」は、相変わらず妙な涼しさが感じられる。

「特に何も書かれていませんが、まず間違いないでしょうね」

「先生は関係者に話を聞いて、奥座敷をはじめ別館を見て回り、そのうえで倉辺眞世を視点人物にして、この事件を小説化されたに違いない」

「最後のご自身の登場は……」

「先生らしい茶目っ気だろうな」

と言ってから天弓は、はっと思いついた様子で、

「その原稿の他に、封入されていたものはないのか。先生が書かれた解決編に当たる手紙とか」

「それらしいものは、一応あるんですけど……」

愛が取り出したのは、ぺらぺらの薄い封筒だった。表に「天弓君が推理したあとで開封するこ

と」と但し書きがある。

「便箋《びんせん》が一枚しか入っていない感じだな。解決編にしては薄過ぎないか」

「一言で説明できるような、そんな真相だった……とか」

愛の解釈に、どうやら天弓は納得していないらしい。

「それにしても先生は、民俗採訪した怪異譚《たん》の整理と分類を俺に頼む――という当初の目的を、完全に忘れておられるのではないか」

「今では天弓さんに謎解きをさせるために、その材料となる事件の詳細をせっせと送られているようにしか、もう見えませんよね」

「それも君に、わざわざ――」

愛の関わりに苦言を呈される前に、

「この密室内の首絞めは、座敷婆の仕業でしょうか」

如何にも天弓の興味を引くような表現を、素早く彼女は口にした。

「そんなわけないだろ」

「でも奥座敷に出入りできる三箇所は、すべて内側から目貼りされてました。つまり完全な密室だったわけです」

案の定すぐに彼が食いついてきたので、駄目押しとばかりに現場の密室性を強調したところ、

「目貼りと言っても、カーター・ディクスン『He Wouldn't Kill Patience』の爬虫類館《はちゅうるいかん》の密室のように、ありとあらゆる隙間が室内側から目貼りされていた、という状態ではない。三方の襖と障子

と窓には三センチも隙間があったんだから、完全ではなく準密室だよ」

「そうですけど、人間の出入りは不可能です」

「凶器の紐またはロープなら、余裕で通れるだろ」

「犯人は誰で、どうやったんです？」

気負い込んで尋ねる愛に、天弓は淡々とした口調で、

「泰加子は正座しながらも居眠り状態だったため、うとうとと頭部を前のめりにしていた。犯人は西部劇に出てくるような投げ縄を丈夫な紐で作り、それを持って手首ごと襖の隙間から入れ、彼女の首を目掛けて投げる。被害者は前屈《まえかが》みになっている恰好なので、そのまま紐を引けば首が絞まる――という寸法だ」

「つまり犯人は、蟻馬君」

「後ろから首を絞められた……という泰加子の証言からも、真後ろに当たる中座敷にいた蟻馬が、最も怪しい」

「けど投げ縄を泰加子さんの首から、どうやって外したんですか」

愛の素朴な疑問に、天弓が素っ気なく答えた。

「いや、外すのは無理だろ」

「はぁ？」

「掛けることは容易《たやす》くても、この状況で外すのはかなり難しい。それに泰加子は、首の後ろで紐が交差した、ぐっと上へ引っ張られた……と証言している。だけど投げ縄だと、逆に首の前が絞めら

れ、後ろに引かれる恰好になる。また臆病な蟻馬に、こんな犯行ができたとも思えない」

口にしたばかりの推理を簡単に覆す天弓に、文句の一つも言いたいと思いつつも愛は堪《こら》えて、

「となると犯人は紐の中央で輪を作って、その交差点が首の後ろにくるように、泰加子さんに掛けた。そして紐の両端を左右に引っ張って、彼女の首を絞めた。そういうことになりますか」

「恐らくな」

「つまり犯人は、泰加子さんの真後ろに立っていた……」

「――とは限らない。そもそも準とは言え、奥座敷は密室状態にあった」

「だったら、どうやって？」

「この状況で被害者の首を絞めるためには、首筋に一周させた凶器の紐を左右に引っ張らなければならない。そして犯行時の奥座敷には、彼女が座っていた場所のまさに左右に、外部と通じているお誂《あつら》え向きの隙間が空けられていた」

「廊下側の障子と縁側の窓……」

「双方の位置から考えて、紐が座敷内を斜めに通る恰好にはなるけど、その中間に泰加子はいるのだから、彼女の首を絞めることは充分に可能だろう」

「どうやって紐に輪を作って、それを泰加子さんに掛けたんです？」

「そこに無理があるな」

「はぁ？」

ぬけぬけと嘯《うそぶ》く天弓に、愛は呆れ顔を返したのだが、

「それ以前に、北から南まで紐を張るのが、さらに難しい」

本人は懲りた風もなく続けた。

「そのうえ小山内と郡上の共犯など、倉辺眞世の証言からも、まず絶対に有り得ないと分かる」

「だったら、そんな推理しないで下さい」

ぷうっと愛は膨れたが、とたんに不安になった。

「容疑者である三人の男子学生の、誰にも犯行が不可能となったら……ほんまに座敷婆の仕業としか……」

「いや、瞬時に目貼りの密室の謎も解ける、そういう真相があるだろ」

「いったいどんな……」

「西條泰加子の狂言だよ」

「まさか……。それに動機は？」

「肝心の妖怪には少しの興味もない癖に、自分に付き纏うためだけの理由で研究会に所属している男子学生が三人もいた。それが如何に異常であるか、倉辺眞世の入会により改めて泰加子は悟った。そこで一気に三人との関係を絶つために、今回の計画を彼女は立てた。自分が襲われたように見せ掛けて、その容疑者に三人を仕立てる。ただし冤罪《えんざい》が生まれては洒落《しゃれ》にならない。だから、どう考えても三人が怪しい――という状況を作り出すと同時に、その三人に犯行は不可能だった――という状態にもする。そういう現場を設定するために、彼女は大数見荘の奥座敷を選んだ。座敷婆の怪異を利用しようと考えた」

「泰加子さんは自分で、自分の首を絞めた……」

「凶器の紐など折り畳めば、それこそ下着の中とか、いくらでも隠せるからな」

「あとは妖怪研究会を解散させてしまえば、三人との関係も切れる……」

「――と筋は通るけれど、倉辺眞世の視点による西條泰加子の人物描写を見る限り、そんな計画など立てそうに思えないのが難点か」

「はあぁ？」

思わず愛は叫ぶように非難したが、天弓はお構いなしに立ち上がると、いきなり室内を歩き回り出した。

……あっ、お馴染みの行動や。

これまでにも天弓馬人は推理に詰まると、こうして研究室内を彷徨《うろつ》き出した。そして席に戻ったところで、必ず事件の真相を見抜いている。

それを愛も知っているだけに、たった今むっと怒ったことも忘れて、大いに期待したのだが……。

「カーター・ディクスン『ユダの窓』だ」

彼は一冊のミステリ小説を手にして戻ると、それを彼女に示した。

「えーっと確か、法性《ほっしょう》大学の杏莉《あんり》和平《かずひら》さんがはじめて読んだカーの作品が、これでしたっけ？」

杏莉の体験談を思い出しながら、そう愛が返したのに、

「二階で居眠りをしてしまった眞世が、蟻馬に起こされたとき、不意に何とも言えぬ違和感を覚えただろ。あの正体が、君には分かるか」

いきなり話が元に戻って、彼女を大いに戸惑わせた。

「そ、そんなん急に訊かれても……」

「泰加子の話にも出てきていたぞ」

「ええっ、何だったんです？」

「枕返しだ」

「……はっ？　妖怪の？　それに眞世さんが遭った……いうんですか」

「妖怪ではないけど、彼女は枕返しをされた」

「いったい誰に？　何のために？」

「きっと眞世は二階の部屋の、ほぼ中央で居眠りをしていたのだろう。だから勇二は彼女を動かしてから真ん中部分の畳を上げ、二階から見ると床板、一階の奥座敷から見上げると天井板を外した。畳替えに立ち会っていたからこそ、とっさに思いついたわけだ。そのとき掃除もしているので、埃《ほこり》など落ちる心配もない。それから金庫の取っ手に紐の端を結びつけ、その中央で輪を作り、交差する部分を糊づけする。あとは紐を一階に垂らして、同じく居眠りをしている泰加子の首に掛け、金庫とは逆側に移動して、そこで紐を引っ張った。犯行は二階で行なわれたので、彼女は上に引っ張られる感じを受けた。あとは気絶する泰加子を確認してから、持っていた紐を一階に投げ入れ、金庫の取っ手に結んでいた紐を外して引っ張り、するすると回収する。輪の交差部分は糊づけされただけなので、彼女の首を絞めたときに、すっかり外れている。だから回収も難なくできた。眞世も泰加子も寝入ってしまったのは、勇二の差し入れの珈琲に睡眠薬が入っていたせいだ。もちろん男子たちも同様だけど、特に二人の女性には、それなりの量を与えたに違いない。眞世は現場のアリバイ作りの——二階が犯行に使われたと少しでも思わせない——ために。泰加子は首絞めで仮に気を失わなくても、そのまま眠らせてしまうために。要は座敷婆に首を絞められた……としか考えられない状況を作り出すことが、勇二の目的だった」

「……ど、動機は？」

「座敷婆は恐ろしい存在かもしれない——という疑いを兄に持たせて、それに頼らない観光旅館として大数見荘を再生させること。または座敷婆の評判を落として大数見荘を追い込み、兄が売却を考えるように仕向けたかったのかもしれない。いずれにしても勇二は、今の大数見荘を変えたくて仕方なかった」

「泰加子さんを絞殺する気など、端《はな》からなかったわけですか」

「座敷婆絡みの騒動を起こせれば良かった。単なる客である学生たちと勇二の接点は何もない。だから彼が疑われることは、まずないと安心もできた。彼が何かと親切な振る舞いをしたのも、下心が大いにあったからだ」

天弓はスイッチが切れたように、いきなり黙り込むと、机の上に置かれたままになっている例の薄い封書に目を向けた。

「これ、開けてみますか」

愛の問い掛けに、彼が無言で頷いたので、彼女は封筒の中から一枚の便箋を取りだして、そこに書かれた一文を読んだのだが……。

「先生は何と？」

いつまでも愛が便箋に目を落としているため、天弓が痺《しび》れを切らして尋ねた。

「天弓さんの推理は、恐らく当たっているんやと思います」

「その手紙の内容から？」

「はい。ただし一文しか書かれていないため、それ以外の詳細が、まったく何も分かりません。これでは、あまりにも説明不足で……」

「いいから、その一文を読んでくれ」

愛は便箋に再び目を落とすと、問題の文章を読み上げた。

「事件の真相が分かったあと、勇二は奥座敷で自らの首を絞めて死んだ」

第五話　佇む口食女

一

市井の民俗学者を自称する東季賀才《とうきがさい》は、早朝の清々《すがすが》しい空気の中にも拘《かかわ》らず、ふと厭《いや》な予感を覚えて立ち止まった。そこは竹迫《たかば》村へと向かう山路の途中で、傍らには全身が苔生《こけむ》した石仏が佇《たたず》んでいる。

昨夜に続いて、またしても……。

とんでもない怪異に見舞われるのではないかと身構えたが、微《かす》かな異臭に鼻を衝《つ》かれた途端、はっと身動《みじろ》いだ。

……野焼きか。

かつては地方にさえ足を運べば、まだまだ土葬に出会《でくわ》すことが多かった。それが昨今では火葬が主流になっている。しかも以前は野焼きだったのに、そのうち耐火煉瓦《れんが》作りの小屋が登場して、さらに重油ボイラー式の火葬炉が加わった。ここまでくると本式の火葬場が出来上がるのを、何処の地方でも望むようになる。

それでも土葬の風習が今でも続く村は、少ないながらも残っていた。そういう所では火葬が主ではなく従のため、肝心の設備など何もない場合が多い。つまり火葬が必要になっても、昔ながらの野焼きに頼るしかないわけだ。

日本各地を民俗採訪する賀才にとって、この野焼きに遭遇できる機会は相当に貴重と言えた。故に躊躇《ためら》いを覚えつつも不快な臭いのする方へ、彼は自然に足を運んでいた。これも民俗学者の性《さが》だろう。

それなのに彼が依然として厭な予感に囚《とら》われ続けたのは、もっと根本的な問題があったからだ。こんな早朝に野焼きを行なうのは、どう考えても可怪《おか》しい。

何らかの事情で野辺送りが夕刻になったとしても、そこから翌朝まで座棺の遺体を放置しておくはずがない。むしろ一晩を掛けて仏を焼くはずである。早朝の野焼きなど、少なくとも彼は聞いたことがなかった。

何とも言えぬ胸騒ぎに苛《さいな》まれながらも賀才は、山路から外れて獣道のような細い筋に入り、鬱蒼《うっそう》と茂る藪《やぶ》を掻《か》き分けつつ下り出した。ちょうど峠を越えて下りるのと、ほぼ似た方向に進む。だったら普通に山路を辿《たど》ってから横道に逸《そ》れる方が絶対に楽である。とはいえ異臭を再び嗅《か》げる保証は何処にもない。むしろ見失ってしまう懼《おそ》れが大いにあった。こういう場所のことは、できるなら村人に尋ねたくない。相手も喋《しゃべ》りたくないだろう。仮に訊《き》くにしても、それなりの信頼関係を結んでからになる。彼の咄嗟《とっさ》の判断と行動は、こういった経験に裏打ちされていた。

しかし、いくら下っても藪が途切れない。そのうえ獣道が曲り出して、どんどん目的地の村から離れていくような気がする。そもそも野焼きの場所は、ほとんど村外れになる。そういう意味では正しい方向に進んでいるはずなのだが、周囲を背の高い草木に囲まれ続けていると、どうしても心細くなってくる。

すると突然、昨夜の恐怖が甦《よみがえ》りそうになった。あれが真後ろにいて、恰《あたか》も自分を追い掛けているような、そんな妄想が浮かんだ。もちろん勝手な想像に過ぎない。だが山中に独りでいると、時に人の思念は容易に暴走をはじめる。このときの彼も同じだった。危ないと承知しているのに、つい駆け出してしまう。一旦《いったん》そうなると、もう止まらない。

幸いにも派手に転《こ》ける前に足を止められたのは、前方に何かの気配を覚えたせいだ。がさがさと派手に藪を騒がせて、こちらの存在を向こうに教えてしまう危険を、逸《いち》早く察したからである。

あとは忍び足になりながら歩を少しずつ進めていくと、藪越しに狭いながらも開けた草地が見えてきた。もし何もない状態で目にしたら、田畑の飛び地のように映ったかもしれない。もっとも穀物と野菜の影も形も見当たらないため、野焼きに対する知識がない者には、何となく薄気味の悪い謎の空間に思えたことだろう。

そんな草地の真ん中で、薪《まき》が井桁《いげた》に積まれていた。生木に見えるのは、火の勢いを調整して過度の温度上昇を防ぐためである。よくよく目を凝らすと薪の下に炭が敷かれている。そして薪の天辺《てっぺん》に、でんっと座棺が置かれていた。座棺は丸い桶《おけ》に似た形状で、遺体は胡座《あぐら》か正座または両膝《ひざ》を抱えた状態で入れられる。そもそも土葬用の棺《ひつぎ》で、寝棺に比べて埋葬の場所を取らない利点があった。しかし火葬となると勝手が違って大変なことになる。

積まれた薪の周囲を巡りながら、最終点検をしているらしい年配の男の険しい表情からも、野焼きの難しさが伝わってくる。元から他人を寄せつけない性格が顔に出ているのかもしれないが、男が苦虫を嚙《か》み潰《つぶ》したように見えるのは、やはり薪の上の座棺を目の当たりにしているからだろう。

この男が火葬人の役目を担っているのは、まず間違いない。村によっては持ち回りで務めて、女性と雖《いえど》も拒否はできない。そういう役割である。

草地の隅には水の入った桶と柄杓《ひしやく》、大きな筵《むしろ》、それ以上に巨大な網、数本の杭などが置かれていた。桶と柄杓と筵の用途は普通に分かるが、いったい網と杭は何のためにあるのか。いくら考えても謎である。

謎と言えば……。

まだ薪は少しも燃えていない。つまり異臭などするはずがないのだ。それなのに山の中腹で微かとはいえ嗅いだような気がしたのは、この草地に染みついた死臭だったのか。いずれにせよ気持ちの良いものではない。

男は薪の点検を一通り終えると、地面に敷いた炭に火を点《つ》けた。少しの間だけ燻《くすぶ》っているように思われた火が、ぼうっと一気に燃え上がる。薪の間や中に藁《わら》と枝木も詰められているためだろう。薪の天辺に達した炎は、見る間に座棺を燃やした。木製なので当然だが、あっという間に棺が焼失する。

ぬっと中から現れたのは、女性と思《おぼ》しき正座した遺体だった。ぼおっと白い経帷子《きようかたびら》に炎が移ったと思う間もなく、ぼわぁと一瞬で女には短い髪の毛が焼けてなくなる。そして人肉の焼ける独特の臭気が、むうっと辺りに漂いはじめた。

遺体が燃え出すのを待って、男は桶の水を柄杓で筵にたっぷり掛けてから、それを今や火達磨《ひだるま》と化した仏の上に被《かぶ》せた。これは生木の使用と同じく、火力を弱めることで高温を防ぎ、遺体の骨の破壊を防ぐ手立てだった。つまりは遺体の蒸し焼きである。こうすれば背骨も崩壊させることなく、遺骨を綺麗《きれい》に取り出せる。

民俗学の知識として理解はしていても、こういう火葬の場に立ち会う経験は、今の時代やはり極めて貴重である。だから彼も喜んだのだが、すぐに閉口する羽目になった。風向きが変わり、もろに異臭が流れてきたからだ。

賀才は堪《たま》らずに藪から逃げ出した。その一方で男に対して、すかさず愛想の良い挨拶《あいさつ》をすることも忘れなかった。

相手は悲鳴こそ上げなかったものの、ぎくっと驚愕《きょうがく》の表情を浮かべたあと、そのまま逃げ出し兼ねない様子を見せた。仏を本格的に焼きはじめた途端、いきなり見知らぬ人物が目の前の藪から現れたのだから無理もない。

「……な、な、何や、お前は？」

それでも男は辛うじて、その場に踏み留《とど》まっている。焼きはじめたばかりの遺体を放り出して、火葬人が逃げ出すわけにもいかない。

「あっ、別に怪しい者ではありません」

こういう状況で最も相応しくない台詞《せりふ》を、彼は口にした。その証拠に怯《おび》えた男の顔に、今や不審の表情が明らかに加わっている。

「私は――」

そこで賀才は所属している大学名と学部、さらに民俗採訪で近隣の村々を巡っている事実について手短に伝え、念のため大学で用意してくれた名刺を渡した。

とはいえ男の警戒を完全に解くには、無論これだけでは難しい。こういうとき効果があるのは、当の地方で遭遇した出来事を語って、少しでも親近感を持ってもらうことである。それを彼は経験から知っていた。

「突然で申し訳ありませんが、この地の方である――あっ、失礼ですけどお名前は？」

「……じ、地郎《じろう》」

「その地郎さんに、是非ご意見を伺いたい奇っ怪な体験を、実は昨夜しましてね」

賀才は唐突に話し出したが、地郎は目を白黒させながらも一応は耳を傾ける姿勢を取っている。彼の強引さに否応《いやおう》なく巻き込まれた恰好《かっこう》である。

「そのとき私は二つ先の村から隣村まで、峠を越えようとしておりました。もっと早い時間に出立する予定だったのですが、村の古老のお話をお聞きしているうちに、つい熱中してしまい遅くなりました。また私なりに秘した目的も、実は持っていたものですから――」

東季賀才の話を纏《まと》めると次のようになる。

この地方の村から村へと移動しているうちに、ちょっと気になる伝承を彼は小耳に挟んだ。それは暗くなってから峠越えをしようとすると、恐ろしい怪異に遭うという話だった。

こういう怪談自体は少しも珍しくない。そもそも峠とは「境《とら》」である。時に村と村との境界線を意味する一方で、現世と異界の間に引かれた見えない線とも捉えられる場でもあった。しかも暗くなってから……という時間帯は、正に魑魅魍魎《ちみもうりよう》の領分と言えた。この二つが合わさるのだから、そこに何らかの怪異が生まれても別に不思議ではない。

ただ妙だったのは、この話を最初に漏らした老人にいくら尋ねても、肝心の中身については「知らぬ存ぜぬ」を通されたことである。他の村人たちと会話していて、峠の怪異に触れたときも同じだった。僅かでも知っている素振りを見せた人に、どういう話なのかと突っ込んでみても、なぜか誰もが口籠《ご》もる。

未知だからではなく話したくないから……。

彼はそんな気がしてならなかった。ちなみに「峠」とは特定の場所を指しているわけではなく、この辺り一帯の山路を意味しているらしい。

わざと村を出る時間を遅らせたせいで、その低山の麓《ふもと》に立ったのは、もう日が暮れようとする頃だった。標高こそ知れていたものの、山を越えるまでには渓流沿いの山路、葛《つづら》折りの坂、足元の悪いガレ場など、難所と言える箇所が結構ある。おまけに月明かりも、この山中には届かない。ヘッドランプがなければ、ほぼ真っ暗だった。そのため当初は怪異を警戒する余裕もあったが、それどころではなくなるまで大して時間は掛からなかった。

ようやく峠に着いたとき、すっかり彼は疲れ果てていた。山路の右手に朽ちたように立っている、長い年月を風雨に曝《さら》されてきた道祖神が、まるで彼を出迎えつつ労《ねぎら》っているかのように見える。

その道祖神に凭《もた》れる恰好で、彼が腰を下ろし掛けたとき、ちらっと視界に何かが入った。

咄嗟に見やると、山路の左手に広がる深い藪越しに草地があって、そこに古びた御堂が建っていた。ちょっとした小屋くらいの大きさで、軒を借りれば休憩が充分できそうである。地べたに腰を下ろすよりも遥《はる》かに有り難いので、彼は道祖神に一礼してから御堂へ向かった。

まずは木製の階段に腰掛け、しばらく息を整える。それから水筒で喉を潤して、やっと人心地ついた。

低山の頭頂部とはいえ背の高い常緑樹が密集しているせいか、あまり月明かりの恩恵を受けることができず、かなり周囲は暗い。それでも藪から山路に出る辺りには、微かに月光が射し込んでいる。もっとも光明の如く感じられないのは、それが少し赤茶けていたからだ。

……薄気味の悪い色だなぁ。

単なる自然現象に過ぎないのに、こんな時間にこんな山中で目にすると、そう単純には割り切れなくなる。むしろ老人たちが口を閉ざした怪異の、その前兆のようにさえ思えてくる。

どうかしてるぞ。

そろそろ行くか。

己に突っ込んだあと、さて立ち上がろうとして気づいた。

赤茶けた幽《かそ》けき月明かりの中に、ちらちらと鈍く光るものがある。決して懐中電灯のような明かりではない。もっと光源は弱々しくて頼りない。にも拘らず邪《よこしま》な輝きに感じられるのはなぜか。

本来「光」とは精神的な明るさに通じるものだろう。増して今、彼は夜の山中にいる。明かりを目にすれば、普通は安堵《あんど》感を覚えるのではないか。

無気味に瞬く得体の知れぬ光が、ふっと急に消えたと思ったら、そのあとに人影が立っていた。

ぎょっとしながらも目を離さずに見詰めると、どうやら女らしい。それも若そうに映る。こんな所に一体全体どうして……と凝視したあとで、ぞわあぁぁっと項《うなじ》が粟立《あわだ》って、二の腕にも一気に鳥肌が立った。

その女は口が耳まで裂けていた。

口元から両耳の根本まで、ぱっくりと割れている。鎌のような三日月を横に寝かした如く、にまぁっっと大きく口を開けて嗤《わら》っていた。

その場で彼が固まっていると、すうっと月明かりが翳《かげ》って真っ暗になった。雲の陰に入ったのだろう。お陰で恐ろしい女の姿も見えなくなったが、だからと言って安心はできない。

もし、こっちに来たら……。

この暗がりである。かなり近くに寄られるまで、絶対に気づけないだろう。それがよく分かるだけに、彼も気が気ではない。かといって逃げようにも、肝心の山路は女の側にあった。御堂の裏は深い森で、とても踏み込めない。

生きた心地がしない状態のまま、彼が尚《なお》も身体を強張《こわば》らせていると、再び月明かりが射し込んだ。雲間から薄赤い月が、ぬっと顔を覗《のぞ》かせた。

……いない。

口が耳まで裂けた女は消えていた。恐る恐る藪まで戻って、そっと山路の左右に目をやってみたが、何処にも見当たらない。暗過ぎて確かではないが、少なくとも近くに隠れている懸念はなさそうである。

ほっとした途端、がくがくと両足が震え出した。ぎこちない足取りで再び御堂まで行って階段に座り込み、ようやく一息つく。

しばらく休んでから出立しようとして、待てよ……と彼は考えた。

このまま峠を越えて山路を下っていった場合、また何処かであの女と遭遇する羽目にならないだろうか。あれが佇んでいたのは、彼が来た村側の山路だった。ひょっとすると異形《いぎょう》の女は、彼と同じ方向に進んでいるのではないか。そうだとしたら常に彼の前にいる案配になる。仮に途中で立ち止まることでもあれば、そこへ彼が追い着く恰好になってしまう。

今夜はここで野宿するか。

彼のように日本各地を巡っていると、時に野外で一晩を過ごすことも珍しくなかった。もう何度も経験済みのため躊躇いもない。御堂の軒を借りられるだけ、むしろ増しと言えた。

ただし、だからと言って安眠できたわけではない。割と何処でもすぐに寝られる体質だったが、この夜だけはさすがに違った。

……あの口裂き女は知っている。

峠の御堂に彼がいることを……。

ふとした気紛れで戻ってくるのではないか。そもそも女がこの山に棲《す》んでいるとしたら……。夜の山路を一晩中、ふらふらと彷徨《ほうこう》するのかもしれない。いずれにしろ再び峠に現れる可能性が、決して低くないような気もする。

一旦こんな思考に取り憑《つ》かれると、もう就寝どころではなくなった。狭い軒下で輾転反側《てんてんはんそく》しながら、彼は眠れぬ夜を過ごした。

翌朝、周囲の高い樹木の所為《せい》で目映《まばゆ》い朝日こそ射し込まなかったが、かなり煩《うるさ》い野鳥の囀《さえず》りで目が覚めた。完全に睡眠不足だったが、これでは落ち落ち寝てなどいられない。

彼は諦めて起き上がると、常備している乾パンと水筒の水で簡単に腹拵《ごしら》えしてから、ようやく峠越えをした。そうやって山路を半分ほど下ったところで、例の異臭を感じ取ったのである。

二

——という昨夜から今朝までの体験を賀才は、すべて地郎に語った。だが相手の口から漏れたのは、とても聞き慣れない言葉だった。

「……くちばおんな」

それは何かと賀才が訊くと、この地方に出没する化物だという。漢字で書くと「口食女」となるらしい。

「昔話の『二口女』みたいですね」

「何や、それは？」

興味を持った男に、彼が昔話を教えたところ、まるで子供のように喜んだ。当初の取っつき難《にく》い印象が嘘のような、そんな笑みを浮かべた。

途中の村々で耳にした「峠の怪異」の正体こそ、この口食女ではないのか。

ところが、そう睨《にら》んだ彼が続けて尋ねると、いきなり男が口籠もった。昨夜の体験を詳細に話した結果、こちらに対する警戒心が緩んだのは間違いない。だからこそ口食女についても教えてくれた。さらに二口女の昔話をしたことで、もっと打ち解けた関係になれた。

それなのに少し突っ込んだだけで、急に口を閉ざしたのはなぜか。

「あんた、このあと――」

地郎は探るような眼差《まなざ》しで、

「村の者らに、その大学の何たらいう学問のために、色んな話を聞くんやろ」

「そうです。民俗学と言います」

「ここで教えてやってもええけど、その代わり村の者には、この口食女のことは訊かんと、あんた約束できるか」

「峠の怪異についても？」

「それは言うてもええし、相手が口食女についてぺらぺら喋るようやったら、もちろん構わん」

竹迫村の人たちにとって口食女の話題は、どうやら禁忌らしい。そのため何も話さないことを、この男は知っている。よって自分が教えたことがバレると、何かと不味《まず》い。そういう事情があるのだろう。

賀才は好奇心を大いに刺激されたが、平常心を装って地郎との約束を承知した。

「ここら辺にはな、他所《よそ》にはない恐ろしい風土病が、昔からあってな」

それは「畜這病《ちくばびょう》」といって、名称からして恐ろしい病気だという。どんな漢字を書くのか男から説明を受けたとき、咄嗟に彼も嫌悪感を覚えた。

「これに罹《かか》ると高熱が出て、その熱のせいで錯乱状態になって、獣のように這《は》い擦《ず》り回るようになるんや」

まさに病名通りの悍《おぞ》ましい症状である。

「治るのですか」

地郎は弱々しく首を振りつつ、

「早いうちに治療したら、まぁ助かることもあるみたいやけど、医者も診断が難しゅうて、なかなか気づけんいうな。ほんで這い擦り回るようになって、やっと分かるいうんやが、そんときはもう遅いらしいわ」

「畜這病で亡くなった方が、つまり口食女になる？」

逸早く「ちくば」の並べ替えが「くちば」だと察した賀才が訊くと、彼は黙ったまま頷《うなず》いた。

「そうなると病に罹るのは、女性だけですか」

しかし地郎が首を振ったので、彼は大いに戸惑った。

「私が遭遇したのは口食女のようですが、他に口食男もいるのでしょうか」

「そりゃないわ」

彼は可笑《おか》しそうな顔をしたが、すぐさま真顔に戻ると、

「畜這病に罹るんは、ほぼ男なんや」

「……えっ？」

「それを女子《おなご》が伝染《うつ》されて、ほいで這い擦り回って挙げ句に死んでもうて、そのあと口食女になるいう話なんや」

「最初に女性が罹ることは……」

「儂《わし》の知る限りないわ」

「男から男への感染は？」

「やっぱないな」

「男性から女性に伝染る原因は……」

「そりゃ、あんたの想像通りや」

要は男女間の性的な関係によって、この恐るべき病は伝染するらしい。しかも男性から女性へ一方的に。

……うん、これは化けて出るな。

賀才が納得したことを、どうやら地郎も察したようである。だが同時に居心地の悪さに似た表情を浮かべたのは、互いが加害者側の男性だったからかもしれない。

「畜這病の原因は分かっていないのですか」

「何年か前に県の保健所の人らが来て、色々と調べ回ったあと、あれをするな、これはあかん、何処そこには入るな、何々を食べるな——とお触れを出してからは、かなり減って一時はなくなったみたいやけどな」

完全に撲滅されたわけではないようだと、きっと男は言いたいのだろう。

風土病とは特定の地域の中で発生する病気で、その原因には気候や土地や生物相などの自然環境と、昔から続く住民たちの風習などの生活環境と、大きく二つの要因が考えられる。前者だと対策も立て易いが、後者になると村人たちに深く根づいている場合もあって、解決に時間が掛かることも多い。

地郎の口振りから、どうも後者のようであると賀才は推測した。だとしたらこれ以上の突っ込みは考え物である。如何《いか》に打ち解けたとはいえ、この男も竹迫村の人間なのだ。村の恥部と言えるかもしれぬ特有の風習を、いくら何でも他所者に知られたいとは思わないだろう。

「この辺りでは、まだ土葬が主流ですか」

賀才が話題を変えたせいか、彼は安堵《あんど》したような顔をしながら、

「周りの村では、ここんとこ火葬が増えとるな。墓穴を掘って埋める土葬に比べて、やっぱ楽や思うわ。けど、そりゃ火葬場が近くにちゃんとあるからで、うちの村やと野焼きになってまうので、まったく敵《かな》わん」

「竹迫村では土葬か火葬か、遺族が選べるわけですね」

「墓穴掘りは親族の男衆がやるからええけど、野焼きとなったら儂に任されるんやからなぁ」

地郎は大いに嘆きながらも、この村の火葬は自分の両肩に掛かっていると、明らかに自負する様子があった。

「でも、こうして立派に焼かれているわけですから、きっと遺族の方々も、あなたに感謝していると思います」

「せやなぁ」

彼は相槌《あいづち》を打ったあとで、ふと思い出したように、

「この仏の遺族は、まぁ違うやろけどな」

「なぜです？」

「仏が嫁いだ古茂田《こもだ》家は――嫁入りは何年前やったか――この村でも二番目の金持ちなんやが、あそこは嫁いびりが酷《ひど》うてな」

「まさか死んだあとも、それが続くんですか」

信じられない気持ちで賀才が訊くと、地郎は痛ましげな表情をして、

「妻いうもんは夫の面倒を、ちゃんと最後まで見るんが当たり前で、先に死ぬなんていうんは、そらもう不義理の極まりやいう考えが、古茂田家にはあってな。せやから野焼きの場なんかに、誰も来んわけや」

「……似た考えは他の地方でも、偶《たま》に聞くことがあります」

賀才も思わず返したが、すぐに強い口調で、

「でも葬式のときまで、そんな酷い仕打ちをする例なんて、これまで当たったことがありません」

「代わりに嫁さんの実家から妹が、二つも山を越えて駆けつけて、ここにも顔を出してくれたから、きっと仏も浮かばれるやろ」

「せめてもの救いですね」

「姉は嫁入りしたあと家事の邪魔になる言われて、自慢の長い黒髪を切られてもうたようやけど、妹は昔のお姉さんそっくりの長くて綺麗な黒髪やった。しかも姉妹揃って、そら別嬪《べっぴん》でなぁ」

畜這病の感染、口食女の伝承、嫁ぎ先での過酷な扱い――と考えるだけでも、この村に於《お》ける女

性の受難が犇々《ひしひし》と感じられて、男性である賀才は胸が苦しくなった。

それに対して地郎は半月形のつげ櫛《ぐし》を取り出すと、繁々《しげしげ》と眺めながら撫《な》で摩《さす》っている。もしかすると当の妹が、ここを訪れたときに落としたものかもしれない。だが彼の様子を見る限り、その櫛を返す気はなさそうである。

賀才の眼差しを察したのか、地郎は急に櫛を隠してしまうと、

「あんた――」

その場を誤魔化すように口調を変えて、

「こんな風に、わざわざ野焼きを見に来るくらいの変わり者やから、きっと葬式も好きなんやろ」

「ええ、まぁ、そうですね」

多分に誤解のある言い方だったが、何かあると察して賀才は頷いた。

「今日の夕間暮れにな、昔は村の筆頭地主やった大生田《おおた》家から、野辺送りが出る予定なんや」

「葬儀が続きますね。こちらは何方《どなた》が？」

「隠居した祖父《じい》さんのお迎えがくる前に、ぽっくり当主の息子が逝ってもうてな」

「それなのに私のような者が、のこのこと見学に行って大丈夫でしょうか」

「何も野辺送りに飛び込むわけやなし、大人しゅう見とる分には別にええやろ」

男から大生田家の場所を聞いたあとで、民俗採訪に協力してくれる村人に心当たりはないかと賀才は尋ねた。

すると地郎が、ここまで饒舌《じょうぜつ》だった口をぴたっと閉ざした。明らかに困惑している様子のため、

意地悪で黙り込んだわけではなく、どうやら教えたくても教えられないジレンマに陥っているみたいである。

「私のような他所者が、いきなり押し掛けるのですから、そうおいそれとはやっぱり喋ってもらえませんよね」

賀才が理解を示す物言いをしたところ、ようやく地郎は弱々しい声で、

「田無《たなし》の婆様やったら……」

「あなたにご紹介いただいたとお伝えしても、よろしいでしょうか」

こっくりと力なく頷く彼に、賀才は礼を言いつつ田無家の場所を訊いた。

「色々とありがとうございました」

改めて御礼の言葉を述べたが、なぜか地郎の態度は素っ気ない。まるで賀才との会話を今頃になって後悔しているかのように。それなのに「また会えるやろ」と呟《つぶや》いたのは、彼との会話が嫌ではなかった証拠だろうか。

賀才は竹迫村に向かうと、まず田無家を訪ねた。そこは老婦人と孫の男子中学生の二人暮らしだった。孫はとっくに学校へ行ったあとで、家には彼女しかいない。地郎と話し込んでいるうちに、そんな時間になっていた。

彼は突然の訪問をまず詫《わ》び、自分の身元と目的を説明してから、地郎の紹介であることを伝えた。本来なら最初に紹介者の名前を出すのが筋だと思うが、このときは咄嗟の判断でそうした。

この読みは当たっていたらしい。老婦人は旅人の訪問に驚きつつも、ちゃんと温かく迎えてくれ

た。そして大学の学者による調査だと知ったあとは、早くも協力的な態度を示した。にも拘らず地郎の紹介だと分かった途端、ほんの一瞬だったが、顔色が変わったように思えた。

……やっぱり、そういうことか。

賀才はようやく合点がいった。初対面の他所者である彼に対して、地郎が村の恥部ともいうべき話を躊躇わずに喋ったのは、あの男が厄介者扱いをされる立場にいたからに違いない。きっと田無の婆様は、そんな男に分け隔てなく接してくれる数少ない村人なのではないか。

この賀才の推測は当たっていたようで、

「はいはい、あの人の紹介やったら、なんぼでもご協力いたします」

すぐさま老婦人は笑顔になって、彼を家に上げてくれた。

この老婦人のお陰で、あとはトントン拍子に進んだ。紹介に継ぐ紹介という形で、次から次へ村人たちの話が聞けた。ただし口食女の伝承は、どれほど遠回しに仄《ほの》めかそうが誰も喋ってくれない。精々「かつて峠に化物が出たらしい」という昔話くらいしか出てこなかった。その体験者に会いたいと頼んでも、皆が知らないと言うばかりである。こうなると畜這病について尋ねる勇気など出るはずもなく、すごすごと彼は田無家に引き返した。

老婦人から「お昼はうちで」と有り難い申し出を受けていた。それに甘えて賀才は馳走《ちそう》になった。そのとき「この人なら」と思い、口食女について訊いてみた。

「よう知っとられますな」

彼女はかなり驚いたようだが、地郎に教えてもらったことを即座に察したようで、とても困った表情を浮かべた。

「せやけど他所の家では、決して話題にせん方がよろしいですよ」

それでも一応は断ってから、一通り話してくれた。ただし地郎から聞いた以上の情報は何もなく、彼ほどの積極性もまったく感じられない。

「他にも何ぞ、ご存じですやろか」

今度は逆に賀才が訊かれたので、地郎が何処まで喋ったのか、それを探るためと分かった。

老婦人には好感を持っていた。あの男も同じ気持ちだろう。とはいえ、ここは惚《とぼ》けるに越したことはない。そう彼は考えた。よって口食女については、飽くまでも怪異談として知っているだけの振りをした。

午後からの予定を尋ねられたため、引き続き紹介の糸を辿って、夕方には大生田家の野辺送りを見物する心算《つもり》だと伝えると、途端に老婦人の顔が険しくなった。

「あそこの家の葬儀には、できるだけ関わらん方がええです」

「どうしてですか」

「そもそも他所様の家の野辺送りに、いくら偉い学者の先生やいうても、首を突っ込まれるんは、あんまりお勧めできませんなぁ」

明らかに何か事情がありそうなのに、老婦人は正攻法で諭してきた。こうなると彼も言葉を返せない。結局この件は有耶無耶《うやむや》のまま済ませたのだが……。

三

賀才は午後からも精力的に村の家々を巡ったが、夕方が近づくに連れて落ち着かなくなってきた。田無の老婦人の忠告を無視するのは心苦しい。だが彼女の言に従った場合、今度は地郎の情報提供を無駄にしてしまう。どちらを選んでも片方に不義理する羽目になる。

彼は迷い悩みながらも、その足は大生田家へ向かっていた。やはり根っからの民俗学者だからだろう。

この日は朝から陰鬱な曇天だったが、大きくて立派な長屋門が見える所まで来たとき、いつ降り出しても可怪しくない暗雲が空一面を覆っていた。こんな天気の夕間暮れに葬列のあとを追い掛けるなど、如何に学問のためとはいえ気が滅《めい》入りそうになる。依然として好奇心は大いにあったが、喜び勇んで野辺送りを見学する気持ちには到底なれない。

折角の機会だというのに、こんなことでは駄目だな。

賀才は己を叱咤《しった》しつつ長屋門の周辺を見回して、はたと困った。周囲に身を隠せるような場所が一切ない。かといって丸見えの地点で、このまま佇んで待っているわけにもいかない。わざわざ遺族の視界に入る位置に陣取りながら同行するのは、いくら何でも失礼だろう。

さて、どうするか。

どっしりと構えた長屋門を改めて眺めながら思案して、彼は肝心なことを思い出した。

都会と違って地方の葬儀では、そもそも表門からの出棺など普通はない。これほど大きな屋敷だと、棺を安置する座敷も中庭か裏庭に面しているだろう。一旦そういう空間に棺を出したのち、出棺も裏門から行なうに違いない。

うっかりしていた。

自嘲《じちょう》しながら大生田家の裏側へ回り込むと、正に想像した通りの光景に出会した。ちょうど裏門から座棺が出てくるところで、それを葬列が迎えようとしている。ただし野辺送りの規模があまりにも小さく、咄嗟に彼は首を傾げた。

これほどの屋敷を構えた昔の筆頭地主の家なのに……。

本当なら長蛇の列になって、そのあとに村の人たちも続くのが当然だろう。しかしながら親族の人数が、そもそも異様に少ない。仏に近しい者だけが纏う死者と同じ白装束を、ほぼ全員が着込んでいるため、この見立ては正しいと分かる。つまり野辺送りの面々は、ほとんど近親者だけで固められているようなのだ。

田無の婆様の忠告には……。

ひょっとすると恐ろしい意味が隠されているのではないか。だから大生田家の野辺送りに近づくことを止めようとした。

裏門近くの雑木林に身を潜めながら、そんな風に彼は考えた。そうこうするうちに早くも葬列が整って、いよいよ野辺送りがはじまった。

……やっぱり可怪しい。

普通なら村内を一通り巡って、その間に村人たちも徐々に加わるはずなのに、いきなり葬列は村とは反対の方向へ進んでいる。

賀才は居ても立ってもおられず、そのまま後を尾《つ》け出した。こぢんまりした野辺送りのため、もっと近くで観察すれば何か発見があるかもしれない。この異様な葬列の理由を、ぜひ何か摑《つか》みたいと思った。

しばらく進むと前方に竹林が見えてきた。あそこに入るらしい。どうやら道は狭いうえに、落ち葉も多そうである。一緒に足を踏み入れた場合、きっと尾行に気づかれるだろう。老婦人の忠告が意味を持ちはじめた今、それは避けたい。

竹林を抜けた先は……。

見やると道が内に曲って、こちらに少しだけ引き返す形になっている。その道の途中にはお誂《あつら》え向きにも、一本の高い松の樹があった。

あそこに登れば……。

葬列を真上から見下ろせる。完全に隅々まで目にできる。

賀才は急いで田畑の畦道《あぜみち》を突っ切ると、問題の道へと先回りした。そして竹林から野辺送りが出てくる前に、するすると器用に太さのある松の樹を登った。

あまり高いと葬列が見え難い。かといって低過ぎると見つかる。両方の心配をしたが、幸いにも松の枝振りに助けられた。そこそこの高さの枝に、ちょうど腰掛けられる股《また》があって、しかも松葉が生い茂っている。身を隠すに理想的な場所だろう。

彼は大いに喜んだものの、そのうち不安を覚え出した。それなりの時間が経っているのに、一向に野辺送りが姿を現さない。

……まさか枝道があったのか。

竹林を突っ切らずに、途中で別の道に折れたのかもしれない。そうだとすれば今から追い着くのは、かなり困難になる。

彼は松の太い枝から身を乗り出して、見えるはずのない竹林の中を凝視しようとした。すると不意に、ぬっと葬列が出てきた。慌てて松葉に隠れる。あとは松葉越しに野辺送りを観察したが、極端に人数が少ないこと以外、特に目立って気になる点も見当たらない。それなのに薄気味の悪い気配を覚えるのは、一体どうしてなのか。葬列なのだから当然とも言えるが、他に何か訳がありそうな気もする。

黒々とした暗雲が立ち籠める空の下、野辺送りが近づくに連れて、どんどん異様さが強まっている。それが松の上にいても肌で感じられた。

やがて葬列が松の下に達した。真上から眺めることができて、普通なら喜んでいたと思うが、最《も》早《はや》そんな気持ちも失《う》せている。今は一刻も早く通り過ぎて欲しい。そう願う自分がいることに、ふと彼は気づいた。

ところが、なぜか野辺送りが松の樹の下で、ぴたっと止まった。

そして信じられないことに座棺を地面に下ろすと、肝心の棺を残したまま白装束の親族たちが引き返しはじめた。

……えっ？

まったく訳が分からない。野辺送りの最中に何処かで棺を下ろして、葬列だけ立ち去ってしまう風習など、これまで聞いたことがない。

この地方特有の習わしか。

または大生田家の仕来りか。

いやいや、どう考えても可怪しい。第一この松そのものが、とても特別な葬送儀礼に関わる樹木とは思えない。仮にそうであるなら、いくら何でも祀《まつ》られているはずではないか。樹の下に祠《ほこら》の一つでもなければ変である。しかし肝心の松は田舎道の直中《ただなか》で、ぽつんと立っているに過ぎない。

……どういうことだ？

樹の上から置き去りにされた座棺を見下ろしているうちに、子供の頃に祖母から聞かされた昔話の一つが、ふっと彼の脳裏に甦った。はっきりとは覚えていないが、次のような話だったと記憶している。

ある山伏《やまぶし》が高くて太い樹木の下を通り掛かると、一匹の子狸が昼寝をしていた。悪戯《いたずら》っ気を起こした山伏が法螺《ほら》貝を吹いたところ、子狸は驚いて飛び起きてから、慌てて逃げていった。山伏は大笑いしたあと、樹木の下で休んだ。

しばらくすると道の向こうから葬列が現れた。しかもこちらへやって来る。縁起でもないと思った山伏は、野辺送りをやり過ごそうと樹木に登った。

ところが葬列は樹の下で止まると、なんと棺桶だけを置いて行ってしまう。

山伏が気味悪がっていると、棺桶の蓋《ふた》が開いて、その中から……。

——という話ではなかったか。すべては子狸の仕業で、昼寝を邪魔した山伏に対する仕返しだったはずだ。

そのオチには大いに安堵したが、逃げ場のない樹木の上に男がいて、真下に置かれた棺桶から死人が現れ、それが樹を這い上がってくる……という絶体絶命の状況に、子供だった彼は震え上がったものである。

まさか……。

あの昔話と同じ出来事が、今から起きるのか。

いいや、そんな莫迦《ばか》なことがあるわけない。

泣き笑いに似たような気持ちで、彼が樹の上から座棺を見下ろしていると、

……ずっ。

棺桶の蓋が少しだけ、ずれたような気がした。

目の錯覚か……。

両目を両手で擦《こす》ってから凝視すると、

……ずっ、ずずっ。

確かに座棺の蓋が少しずつ、滑るように横へ動いている。

……ずずっ、ずぅぅぅ。

そのうち動きが早くなったと思ったら、

……からっ、からんっ。

棺桶の蓋が地面に落ちて、何とも乾いた物音を立てた。

……ぬっ。

と見えた座棺の中では、死人が万歳のような恰好で両手を挙げている。たった今そうやって蓋を動かしたかのように。

……そろそろっ。

ゆっくりとした動作で、死人が棺桶から這い出してきた。額には白い三角巾をつけて、経帷子を纏った姿のまま、座棺から外へ出ようとしている。

そんな悍ましい光景を目の当たりにしても、まだ彼は樹木の真下で起きている出来事が信じられなかった。

……有り得ない。

しかし彼がどう感じようと、現実に棺桶から死人が這い出していた。そして松の樹の真下で四つん這いのまま蹲《うずくま》り、顔を上げずに聴き耳を立てているかのように、その場で身動きもせずに固まっている。

……ずるっ。

彼の片足が咄嗟に滑り、危うく枝から落ちそうになった。その所為で彼の存在に気づいたのか、急に死人が動き出した。

……ぺた、ぺたっ。

死人の両手が木肌を打つ鈍い音が、樹の下で響いている。

……ぺた、ぺたっ。

この松の樹を死人が這い上がり出した。

……ぺた、ぺた、ぺたっ。

あっという間に半分を過ぎている。彼の跨《また》がる枝に達するまで、もういくらの猶予もない。

思わず見上げると、まだ登れそうだった。だが、やがて限界がくる。これ以上は無理という枝になる。そのとき何処に逃げれば良いのか。

そんな心配をしたのは一瞬で、すぐさま彼は上を目指した。真下から迫りくる恐怖を目前にして、とにかく身体が動いていた。

あと二つ枝を登ったところで、彼は松葉の陰に隠れた。それ以上は進めない。下手に上がると枝が折れるだろう。身を隠しても意味はないが、それは本能的な行動だった。あれが近づいている様を見たくない。ただの逃避行動に過ぎないものの、こればかりは仕方ない。

……がさがさがさっ。

松葉を掻き分けて、ぬぼっと死人の顔が目の前に出る。

そういう想像を止めることができない。できれば両目を閉じたいが、何も見えなくなる状態も怖い。かといって開けていれば、あれを真面《まとも》に見る羽目になる。

……がさがさっ。

いよいよだと察して、彼は反射的に身体を反らせた。あれから少しでも離れたいという気持ちが、きっと無意識の行動を取らせたのだろう。

すると松葉の中から、不意に一羽の鳥が現れた。彼を前に驚いた様子もなく、可愛く小首を傾げている。

そう言えば……。

松の樹を這い上がる気味の悪い音が、いつの間にか聞こえなくなっている。鳥が飛び立つのを待って、そっと松葉越しに下を覗くと、死人の姿が消えていた。

……白昼夢だったか。

今は曇天の夕刻のため、とても白日の夢では済ませられないが、そうとでも考えないと説明がつかない。

だが樹の根元を見やって、ぎくっとした。

……座棺がある。

やっぱり現実だったのか。だが、それなら死人は何処へ行ったのか。何処に消えたというのか。

しばらく彼は樹の上にいたが、いくら待っても再び死人が現れる心配はなさそうなため、そろりそろりと注意しながら下りた。その間に座棺も消えるのではないかと思ったが、それは彼が下り立っても、やはり樹の根元に置かれたままだった。

棺桶の中を覗いてみたが、まったくの空である。ただ、ぷんっと何か臭いがした。その正体までは分からないものの、わざわざ嗅ぎ続けて確かめる心算もなく、その場を足早に立ち去った。

賀才は逡巡《しゅんじゅん》したのち、結局は田無家へ戻った。たった今の奇っ怪な体験を老婦人に聞いて欲しかった。でも中学生の孫が帰宅していたので控えた。その夜は老婦人の頼みもあって、彼が各地方で出会った逸話について孫に語った。

翌朝は孫の通学と同時に、賀才も田無家を出た。本当は老婦人に昨夕の体験談を話して、ぜひ意見を聞いてみたかった。しかし彼女には「できるだけ関わらん方がええ」と事前に忠告されている。一夜明けてみると、それが胸に重くのし掛かっていた。とても話せる気分ではない。

竹迫村を含めた当地一帯の民俗採訪を終えて二ヵ月ばかりが過ぎた頃、あの地郎から手紙が届いた。男が大学宛に出したものが、賀才の新たな滞在先に転送されてきたのである。

その手紙に書かれた出来事を纏めたのが以下になる。

古茂田家と大生田家では葬儀のあと、初七日を迎えるまで各々の家の仏間に於いて、嫁と当主の供養を続けた。何も特別なことはしていない。菊や竜胆《りんどう》などの仏花、餅や果物などの供物、水と仏飯、蠟燭《ろうそく》と線香といった五供《ごく》を、ただ普通に供えただけである。

ところが毎朝、それらに異変が起きた。一晩で花は枯れ、餅や果物は食い荒らされ、水は零《こぼ》れ、飯は消え、蠟燭と線香は折れた。そういう変事が必ず起きる。両家とも気味が悪いほど同じだったという。

子供の悪戯かと思って問い詰めたが、どうやら違うと分かった。小動物の仕業かと考えたが、それなら枯れる花と折れる蠟燭や線香の説明がつかない。そもそも一晩で花が枯れてしまう現象に、どのような原因があるというのか。

両家は途方に暮れながらも、この怪異をひた隠しにした。だが互いに相手の家にばれただけでなく、そのうち村内に噂が広まり出した。

……祟《たた》られとる。

……障りが出たんや。

……呪いに間違いないわ。

そう言われて両家の遺族たちは恐れ慄《おのの》いたが、かといって供養を止めるわけにもいかない。毎日お供えは続けた。しかし翌朝になると、どれも無残な姿になっている。まるで死者が成仏できることはない……とでも言わんばかりに。

どういう経緯があったのかは不明ながら、大生田家の分家の青年が同家で寝ずの番をする羽目になった。明かりと言えば仏壇の蠟燭だけという仏間で、たった一人で夜を明かすのである。

これを伝え聞いた古茂田家でも、誰かに見張らせようとしたが、引き受ける者がいなくて断念したらしい。

大生田家は酒と肴《さかな》を用意した。一応の心配りである。だが生憎《あいにく》、青年は酒に弱かった。にも拘らず杯を重ねてしまったのは、やはり怖かったからだろう。彼が座る場所の正面には、問題の仏壇がある。それを見張る役目とはいえ、凝《じ》っと見ていて面白いものではない。むしろ気が滅入ってくる。そんな気持ちを紛らわすために酒を飲む。そのうち自分の置かれている状況が、急に怖くなり出す。だから飲酒する。飲み続ける。お陰で夜も更けはじめると、うとうとし出した。

こっくりこっくりと舟を漕《こ》いで、はっと目覚めて仏壇を確かめる。そんな行為を繰り返していて、何度目かに気づいたときである。

仏壇の右横の暗がりから、にゅうっっと白い手が出た。それが供え物を攫んで、すうっっと引っ込んだ。

青年が悲鳴を上げながら座ったまま後退《あとずさ》ると、ぬぼっと仏壇の陰から何か黒っぽいものが出てきた。そして仏間を飛び出していった。それを青年は反射的に追った。あとから考えると自分でも信じられないらしいが、このときは酔いの勢いが借りられたせいかもしれない。

その黒っぽいものは猿《ましら》の如く大生田家から駆け出すと、村外れを目指して走っていく。青年も必死にあとを追う。かといって追い着いたところで、どうすれば良いのかわからない。まったく何の考えもない。ただ勢いだけで駆けていた。

やがて黒っぽい何かが、ふっと墓地に消えた。

青年は咄嗟に立ち止まると、さすがに進むのを躊躇った。あれが待ち伏せている。そんな気がしてならない。とはいえ墓地まで追い詰めながら、そこに彼が入らなかったと分かれば、本家の者に何を言われることか。分家である彼の親の立場を考えると、ここで逃げ出すわけにもいかない。

青年は覚悟を決めた。幸い星明かりはある。墓地の中を一巡すれば、あれを捜したという名目は立つだろう。

ゆっくりとした足取りで、彼が墓石の間を歩き出したときである。

ある低い墓石の向こう側に凝っと佇む、口裂き女が目に入った。ぱっくりと口元から両耳の根本まで裂けた大口を開けて、あはは っと口食女が無音で嗤っていた。今にも彼を呑《の》み込みそうなほど、大きく口を開けながら……。

逃げ帰った青年が騒いだせいで、大生田家は呪われている……という恐ろしい噂が、すっかり村内に根づいた。同じ現象が起きている古茂田家も、やはり同様だと見做《みな》された。しかし、そんな噂だけでは済まない恐ろしい事件が、やがて両家で発生する。

忌明けとなる四十九日法要に於いて、古茂田家の食事会の席で食中毒が発生して出席者の半分が死亡した。その翌日の大生田家の食事会でも同様の事件が起こり、こちらは出席者の三分の一が亡くなる。両家とも死者の他に重症者も出て、軽症だった者も精神的な衝撃が非常に大きく、ほとんど腑抜《ふぬ》けの有様となった。立ち直りには両家とも、相当な時間が掛かりそうだった。

古茂田家も大生田家も終わった……という新たな悪意ある噂が、たちまち村の中を駆け回った。

地郎からの手紙は、そこで唐突に終わっていた。

四

季節は冬になろうとしていた。もうすぐ天弓馬人の誕生日がやって来る。

「嫌やなぁ」

瞳星愛は図書館棟一階の、地階に下りる階段の前で佇みながら、ぶるっと反射的に身体を震わせつつ呟いた。

彼女が嫌だと思ったのは寒い季節の到来についてであり、別に天弓の誕生日が近いせいではない。そもそも彼が射手座だとある機会に漏れ聞いただけで、生年月日までは知らない。

この棟の地下は真夏でも涼しく感じられ、それは特に「怪民研」の部屋で如実だった。ただし快適かと訊かれれば、ちょっと違うと答えざるを得ない。いつも得体の知れぬ何かの存在を覚えるため、背筋がぞくっとする。そんな肌寒さによる涼感なのだから、とても心地好《よ》いわけがない。そこに今は冬の冷気が加わる羽目になる。ただでさえ地階は寒々しい場所なのに、あの「怪民研」の部屋はそれに輪を掛けているのだから本当に勘弁して欲しい。

「嫌やなぁ」

二度目の呟きを口にしたあと、それでも愛が階段を下りたのは、もちろん出先の刀城言耶からお馴染《なじ》みの封書が届いたからだ。

人気《ひとけ》のない地階の廊下を足早に歩いている最中、すうっと首筋に冷たいものを覚える。まるで冷えた指先で、さっと撫《な》でられたかのように。がばっと振り返るが誰もいない。日中でも薄暗い廊下が延びているだけである。

愛は思わず髪留めを外すと、首筋まで髪の毛を垂らした。この方が冬は暖かくて良いのだが、活動的な彼女は括《くく》っていることが多い。でも今は違う。少しでも首を守りたい気持ちしかない。

そこからは小走りに廊下を進み、例の「怪異民俗学研究室」の看板の前に立つ。寒気を覚える冬だというのに、やっぱり扉は開けっ放しである。彼女も入り易いとはいえ、逆に誘《いざな》われている気がしないでもない。

「こんにちは」

扉口で室内に声を掛けるが、いつも通り何の返事もない。だからと言って天弓馬人が不在とは限らないのだから本当に厄介である。実際に今も人の気配がしている。ただ、それが彼なのかどうか、そもそも人なのかどうか、少しも予断を許さないのがこの部屋の恐ろしいところだった。

ここで躊躇うんが一番あかんのや。

と経験から学んだ愛は、ずかずかと室内に足を踏み入れた。いくつもある本棚を回り込んでいくと、奥の壁際の机に座る天弓馬人の背中が見えた。どうやら原稿用紙に向かって、一心に筆を走らせているらしい。

彼の後ろにある長方形の机まで、愛は忍び足で近づいてから、

「こんにちは」

「うわっ！」

再び普通に挨拶しただけなのに、天弓は飛び上がって驚いた。

「……何だ、君か」

「随分なご挨拶ですね」

「君こそ挨拶は、部屋に入る前にしろ」

「ちゃんとしました。天弓さんが気づいてないだけです」

「…………」

何も言い返せない彼を満足げに見詰めつつ、

「小説を書いてはったんですか」

愛は興味津々で机の上に目を向けたのだが、さっさと彼は原稿を片づけると、ややうんざりした

口調で、

「またまた先生から君宛に、例の封書が届いたのか」

「それ以外の用事で、うちがここに来るわけないでしょ」

「やれやれ」

溜息《ためいき》を吐く天弓に、彼女が噛みついた。

「わざわざ届けてるんですから、ちょっとは感謝して下さい」

「どうして俺が……」

「あっ、でも今回の謎を解くのは、かなり難儀かもしれませんね」

本来なら「怪異」と表現すべきところを、愛は敢《あ》えて「謎」とした。そうでないと天弓馬人が食いついてこないからだ。

「どんな謎だよ」

案の定すぐに反応したので、これまで通り彼女が封書を読んだ。

その間の楽しみは、何と言っても天弓の表情の変化である。明らかに怖がっていると分かる瞬間が、愛は大好きだった。そうなると勢い彼女の朗読にも力が入る。できるだけ臨場感が出るような読みを心懸けて、少しでも彼を怯えさせようと全力を注ぐことになる。

今回も満足のいく結果が出せて、愛が少し恍惚《こうこつ》としていると、いきなり天弓が爆弾発言をした。

「体験者の東季賀才って、先生ご自身だよな」

「……へっ?」

「まさか気づかなかったのか」

完全に莫迦にした視線を向けられ、彼女はむっとした。しかし嘘を吐くわけにもいかず曖昧《あいまい》に頷いた。

「先生の筆名を知ってるか」

「えーっと、東城雅哉ですよね。どちらかというと刀城言耶の方が、如何にも筆名ぽいと思いますけど」

後半の指摘を彼は無視して、

「その東城雅哉の漢字を一つずつ、別の読み方をすれば『とうきがさい』となる」

「あっ、ほんとだ……」

「他にも手掛かりはある」

「何ですか」

「最初に『市井の民俗学者を自称する』と自己紹介しているのに、火葬人の地郎に会ったときには大学の名刺を出した。これって矛盾してるだろ」

「た、確かに……」

まったく気づかなかったのは事実だが、得意そうな天弓の顔を見ていると、妙に腹が立ってくる。

「今回のお手紙は、これまでと勝手が違いますよね」

愛の口調に感じるものがあったのか、明らかに彼は警戒した顔つきで、

「だから何だ？」

「つまり先生は、本物の怪異と出遭われた……」

「そんなわけあるか」

即座に天弓は否定したが、不自然なほど向きになっているのが分かる。

「せやけど本物やなかったとしたら、先生が竹迫村に滞在してはる間に、とっくに謎解きをされてると思いませんか」

「うん、まぁ、それは……」

「けど送られてきたんは、こういう内容のお手紙でした」

「この前のように、他に封書は？」

「ありませんでした。このお手紙だけです。つまり今回は、純粋な怪異のご報告なんですよ。ですから天弓さんは、口食女の二つの事例と棺桶から這い出す死人の話を、肌寒くて薄暗い他に誰もいない淋しい研究室で、たった独りで生々しく記録しなければならないわけです」

「そ、そういう言い方は、止めろ」

「けど、よう考えて下さい。先生が蒐集して報告される民俗学的な怪異談を、天弓さんが記録する。それが本来のお役目ですよね」

「当たり前だ。なのに君が出入りしはじめてから――」

「はい、お邪魔しました。先生のお手紙は、ここに置いときますから、あとは天弓さんがお独りで、この物淋しくて薄暗い、寒々しい部屋の奥の机で、ぽつんとお座りになって、この怪異を記録なさって下さい」

「だから、そういう表現をするな」

天弓は子供のように怒ったが、このままでは愛の術中に嵌《は》まるだけだと悟ったらしい様子で、

「そもそも怪異だと決まったわけではない」

「先生が謎解きをされていないのに？」

くっと一瞬、彼は詰まった顔をしたが、

「先程の矛盾は、先生のメッセージだと思う」

「どういう意味ですか」

「今回の報告は、完全に小説仕立てでいく――ということさ」

「前回もそうでしたよ」

「あれも小説仕立てだったが、飽くまでも客観的に書かれていた。なぜなら先生は第三者の立場にいたからだ。でも今回は当事者になる。よって東季賀才の心理描写は、そのまま先生に当て嵌まる。そう考えると、ちょっと怯え過ぎではないか。先生は子供のような感性を持っておられるから、怪異を前にして純粋に怖がられることも無論ある。とはいえ今回は、どうもやり過ぎのように感じられる」

「そこの描写は、つまり創作だと？」

天弓が頷くのを見て、けど何の目的で――と尋ねそうになって彼女は止めた。もちろん天弓馬人を怖がらせるためとしか思えない。

……先生、なかなか酷い仕打ちですよ。

愛は心の中で刀城言耶に訴えたが、そんなことを知る由もない彼は、

「恐らく先生は、とっくに謎解きをされているに違いない。だから俺も――」

と言うが早いか、彼は室内を彷徨《さまよ》い出した。

そんな天弓馬人の姿を目にして、瞳星愛は相矛盾した気持ちを覚えた。彼が推理のために沈思黙考に入ったことを喜びつつも、その前に一度も謎解きを試みなかった事実を心配したのである。

これまでは長机で相対しているときに、まず天弓は推理を述べた。それから間違っていると悟って、ようやく席を立って室内を回りはじめる。そして再び座ったあと、彼は正しい推理に辿りつく。もっとも実証されたわけではないため、それが真実かどうかは不明ながらも、少なくとも彼女はそう睨んでいた。

しかし今、天弓は一度の推理も行なわないまま、もう室内を歩き回っている。この異例の事態が果たして凶と出るか吉と出るか。それを愛は案じた。

口食女と棺桶から這い出す死人って、怪異としか思えんもんなぁ。

彼女の心配を余所《よそ》に、まだ天弓は本棚の間を彷徨《うろつ》き回っている。いつもより長いかもしれない。そう感じることで、さらに心配が高まってしまう。

やがて天弓は一本の簪《かんざし》を手に戻ってきた。祇園《ぎおん》の舞妓《まいこ》が髪に挿すような、かなり贅《ぜい》を尽くした代物である。そんな簪がどうして研究室にあるのか。と考えるだけで妙に怖くなってくるのは、ここが「怪異民俗学研究室」だからだろう。

しかも彼は簪を手に持ったまま、なぜか凝っと愛を見詰め出したので、かあっと彼女の顔が熱く

なった。

　これ、君に似合うよ。

　そんな台詞が天弓の口から出てきそうで、もう気が気でない。あまりの居《い》た堪《たま》れなさに、思わず彼女が立ち上がりそうになったとき、

「うん、口食女だ」

「はい？」

「俺の目の前に、口食女がいる」

「……うちのことですか」

　別の意味で顔が熱くなった。いや、頭が沸騰したと言うべきか。

「いいか――」

　天弓が続きを喋りそうになるのを、愛は片手を挙げる仕草で制すると、

「待って下さい。うちが推理します」

「はあぁ？」

　目を剝《む》いて驚く彼に、早くも冷静さを取り戻しつつ彼女が言った。

「天弓さんが机上の推理に行き詰まり、この部屋の中を歩き回ったあと、いつも真相に辿り着かれるのは、ここにある書籍や置物を目にして、そこに謎解きのヒントを見出《みいだ》されているからやありませんか」

「机上の推理って、この長机に座っている状態と、ひょっとして掛けてるのか」

愛は得意そうに頷いたが、すぐに鼻で軽く笑われたあと、

「だから俺の真似をするっていうのか」

かなり不遜《ふそん》な態度で挑戦的に、そう天弓に返された。

「はい、やってみます」

「お手並み拝見といこうか」

完全に天弓は余裕の様子だったが、愛が立ち上がって室内のあちこちから、真っ黒な仮面、角兵衛獅子の小さな人形、『ペロー童話』と『グリム童話』、カーター・ディクスン『ユダの窓』を取ってきて机の上に並べ出すと、次第に興味深そうな表情に変わっていった。

「まず亡者《ぼうもん》の事件ですが、この黒い仮面を目にして、天弓さんは生首を連想された。首無女の怪異では、角兵衛獅子の人形から逆立ちを思いつかれた。狐鬼の猟奇殺人事件は、『ペロー童話』と『グリム童話』に収録された『赤ずきん』から狼のお腹を裂くシーンを手掛かりにされた。座敷婆の殺人未遂事件では、カーター・ディクスン『ユダの窓』の間取り図が立体で描かれているため、そこに屋根がない見た目から一階の天井裏、つまり二階の存在に気づかれた。そうですよね」

「へえぇっ、よく分かったな」

天弓が本心から感心しているのが伝わってきたので、彼女は得意満面になり掛けたが、まだ早い――と気を引き締める。

「カーター・ディクスン『He Wouldn't Kill Patience』は、内側から目貼りされた完全密室だと仰《おつしや》ったのに、どうして『ユダの窓』なのか。引っ掛かったので本屋さんに行ったとき、この本を捜して

中に目を通したら、あの間取り図がありました。そこから天弓さんの推理の道筋が分かった気がして、これまでの事件を振り返ったところ、それぞれのヒントとなっているらしい置物や本を思い出したわけです」

「お見事」

天弓が拍手をしたので、気取った仕草で愛は一礼すると、

「で今回は、一体どんな推理になる？」

すぐさま突っ込まれたので、彼女は慎重に考えながら進めた。

「天弓さんは簪を持って戻られて、うちの顔を凝っとご覧になった」

「そうだな」

「うちの可愛い顔に見蕩《みと》れた可能性は、当たり前やけどあります」

「な、何を莫迦な……」

「今頃ようやく気づかれたんか、前々から知ってたけど繁々と見るんが恥ずかしゅうて、その機会を窺《うかが》ってはったんか、そこまでは分かりませんけど——」

「ば、莫迦なこと言ってないで、早く推理を述べろ」

天弓が強い口調で怒り出したが、明らかに照れてもいたので、愛は必死に笑いを堪《こら》えつつ、

「他に考えられるとしたら、それは何か。うちの見た目がこれまでとは違っていたから——という理由でしょうか」

「ほうっ」

「だとしたら髪の毛やありませんか。うちは今日、髪の毛を下ろしてます。簪から女性の髪を連想するのは、とても自然ですからね」

「なるほど。で、その二つがどう結びつく？」

「古茂田家に嫁いだ女性が亡くなって火葬にされたとき、仏さんの妹さんが駆けつけたわけですが、そのとき彼女は半月形のつげ櫛を落としたので、それを地郎さんが拾われた。簪と櫛、どちらも髪飾りになります」

そう言いながら愛は、自らの下ろした髪の毛を両手で触っていたが、はっと急に身動ぎしたかと思うと、

「こうやって髪の毛を、まず顔全体に掛かるように下ろして、そこから両耳のところに集めるように取り分けたうえで、それぞれを三つ編みにします。この二つの束を顔の前に持ってきて、その先に櫛を巻きつけたあと、それを口に銜《くわ》える。夜中の月明かりしかない山中や、同じく星明かりしかない墓地で目撃した場合、つげ櫛の半円形と、そこから伸びる三つ編みの二つの束の形が、恰も口が大きく裂けたような顔に見える。これが口食女の正体やないでしょうか」

「正体ついでに訊くが、それは何者だ？」

「火葬にされた仏さんの妹さんです」

「うん、つげ櫛を落としているからな。でも彼女は、なぜ口食女になった？」

「刀城先生は二つ隣の村から、問題の竹迫村へ行かれた。妹さんは山を二つ越えて、お姉さんの葬儀に駆けつけました。つまりお二人は同じ村から出発した。だから例の峠で行き逢《あ》う恰好になった。

ただし先生の方が早く、妹さんはあとから来ました。時間は夜中、場所は通り慣れない山中、しかも越えなければならぬ峠近くの御堂には、なんと見知らぬ男がいる。この状況から妹さんは用心のために、口食女に化けたのだと思います」

「恐らく彼女のアイデアではない」

「どういう意味です？」

「その場で咄嗟に思いついたわけではなく、いざというときの用心として子供の頃にでも、きっと祖母や母親から教えられてたんだよ」

「あっ、なるほど」

「峠に出た口食女は分かったけど、古茂田家と大生田家の仏壇の供物が荒らされた件は、一体どうなる？」

「もちろん犯人は、どっちも妹さんです。古茂田家には泊まっていたでしょうから、いくらでも仏壇荒しはできました。大生田家も田舎の家ですから、それほど戸締まりも厳重ではなかったのでしょう」

「供物が消えたり食われたりしたのは分かるけど、花が枯れる現象は？」

「お供えの花の種類って、菊をはじめ似てますよね。だから墓地に行って、数日前の枯れ掛けた花を取ってきて、仏壇の新しいものと替えたんだと思います」

「そんなことをした妹の動機は？」

「理由は両家に対する嫌がらせでしょう。本当は復讐《ふくしゅう》したかったのだと思いますが、彼女の立場では何もできなかった。それを考えると可哀想です」

妹に同情を寄せる愛とは対照的に、

「具体的に説明してくれ」

あくまでも天弓は謎解きに拘《こだわ》った。

「姉さんに対する酷い仕打ちの仕返しが、古茂田家の方です。大生田家に対する動機は、ちょっと大胆な想像に基づきます。古茂田家で虐げられていたお姉さんは、何らかの機会から大生田家の当主と、つい不倫関係になってしまう。夫には決して求められないものを、相手に見出したのかもしれませんね。しかし運の悪いことに、相手の男が畜這病に罹ったがために、それが彼女にも伝染ってしまいます。そのため二人の葬儀が、ほとんど立て続けに行なわれる羽目になった——という推理はどうですか」

「まだ土葬が主流の村なのに、彼女が野焼きされたのは、そのためだよ。土葬の時代でも伝染病の死者だけは、氏神の裏山などで火葬にしていたからな」

そう言いながらも天弓が再び拍手をした。それは先程より力強く心が籠《こも》っているように感じられたので、思わず愛の顔にも笑みが溢《こぼ》れた。

「ここまでは良いとして——」

だが彼は急に拍手を止めると、

「棺桶から死者が這い出した現象は、どう説明する?」

「そのお話だけしか情報がなかったら、本当に昔話としか思えない内容に、きっと途方に暮れてました。けど口食女の正体と仏壇荒しの真相を推理できてしまえば、あとは簡単です」

「ぜひ聞かせてくれ」

「大生田家は昔、村の筆頭地主でした。その当主の野辺送りにしては、あまりにも貧相な有様だったと、刀城先生の記述で分かります。しかも夕方になるのを待っていたかのように、葬列は家を出ています。恐らく村人の目を避けるためでしょう。これって当主の死因が、やはり忌まれるべきものだったから……という推理の状況証拠になりますよね」

「先程の君の推理も、それに基づいていた」

「同じ指摘が古茂田家にもできます。お姉さんの野焼きが早朝に行なわれたのも、野辺送りが前日の夕方だったからでしょう」

「普通の火葬なら、そのまま夜を徹してやっただろう。けど忌まれる死因の一番とも言える畜這病の仏の遺体を、たった一人で夜中に焼くのは、火葬人も勘弁して欲しかったに違いない」

そこで天弓は試すような眼差しになると、

「野焼きの場に、どうして網と杭があったのか」

「そう言えば……。えーっと、火葬にした遺骨を覆うため？　あっそうか。火葬は午前中で終わるけど、遺族としては明るいうちに骨揚げはしたくない。村人の目を避けるためにも、やっぱり日暮れに行ないたい。かといって放置しておくと、小動物などに荒らされる危険が出てくる。だから遺骨に網を被せて杭打ちした」

「正解だ」

「そして大生田家の野辺送りも、野焼きの場所を目指していた。もちろん同家も、できるだけ秘密裏に済ませたかった。それなのに刀城先生が、のこのこと葬列を追い掛け出した……」

「本人は気づかれてない自信があったのだろうけど、そういうときの先生って周りが見えてないことが多いからなぁ」

大きな溜息を吐く天弓に、愛は相槌を打ちつつ、

「正体不明の他所者に尾けられてると気づいた大生田家の人たちは、竹林に入ったところで一計を案じます。幸い不審者は先回りして、松の樹の上に登ってる。その間に新しい棺桶を若者にでも取りに行かせ、そこに遺族の誰かが入って、それを松の樹の下まで運んで不審者を脅し、もう尾けられないようにした。ほぼ全員が死者と同じ白装束姿だったため、このすり替わりが容易にできた
――と推理したのですが、どうでしょう?」

一抹の不安を覚えながら彼女が確かめると、

「刀城先生が松の樹の下に置かれた棺桶の中を覗いたとき、まったく何も見当たらなかった。もし本当に当主の遺体を入棺していた棺桶なら、経本や数珠《じゆず》や六文銭《ろくもんせん》、握り飯や菓子などが差し入れられていたはずだ。仮にバラバラで供えなかったとしても、それらを頭陀袋《ずだぶくろ》に収納して仏に持たせたに違いない」

「つまりは棺桶がすり替えられた……」

「そういうことだ」

天弓は断言してから、

「四十九日法要の食事会の席で、両家に食中毒が発生して死人が出た事件も、君は妹の犯行だと思うか」

珍しく愛の意見を求めてきたが、即座に彼女は首を振った。

「いいえ、そこまで復讐する気があったなら、最初から仏壇荒しなんて悪戯レベルの仕返しを、彼女もしなかったと思います」

「そうだよな」

「ということは……」

口食女の祟りではないか——と愛が口にする前に、

「よし。これで今回も解決したな」

さっさと天弓が「終了」を宣言したのは、もちろん怖い話へと会話が流れるのを阻止するためだろう。

だが、このとき二人しかいないはずの室内で、囁《ささや》き声のようなものが聞こえた。これには彼だけでなく愛も思わずぞっとして……。

五

一瞬の戦慄《せんりつ》のあと、その正体を察した瞳星愛は、怪民研の扉口まで急いだ。

「あっ、やっぱり」

廊下には助教授の保曾井がいて、恐る恐る室内を覗き込んでいる。だが彼女の顔を見た途端、ほっとした表情を浮かべたあと、すぐに不遜な顔つきになって、

「やっぱりとは、どういう言い草なんや。私の声が聞こえたのなら、さっさと出迎えなさい」

「あれ？　何も聞こえませんでしたけど……」

「そんなはずない。ちゃんと『ゲンヤはおるか』と囁いたんやからな」

部屋の奥まで声が届くはずない――と思いながらも、そこには敢えて触れずに愛は尋ねた。

「どうして小声なんですか」

「……普段はしーんとして物音一つ立たん怪民研の中で、ぼそぼそと話し声が聞こえてきたんやから、そら声を落とすやろ」

まったく何の説明にもなっていないが、要は怖かったのだろう。だから「ゲンヤはおるか」という お馴染みの呼び掛けも、つい囁きになってしまったに違いない。

「で、奴はおるんやろ」

愛を目の前にしている所為か、保曾井は尊大な態度になっている。そこで彼女はわざと顔を曇らせながら怯えた口調で、

「……お、可怪しいです」

「何が？」

「だって怪民研には今、私しかいないんですから……」

「………」

「本を読んでいたら、うとうとしてしまって……。でも、ひそひそと話し声のようなものを耳にした気がして……。怖くなっていたところ、扉口で何か気配があって、それで恐る恐る出てきたところ、先生がおられて……」

「………」

「ちょっと一緒に入って、室内を調べて——」

「ああーっ、あそこに行く用事があった」

と言うが早いか、その場から保曾井は立ち去った。

「先生《せんせ》ぇぇ」

愛は形だけ呼び止めると、にんまり笑いつつ元の長机まで戻った。だが、その下に身を隠す天弓馬人の姿を認めて、びっくりした。

「な、何をしてはるんです？」

「保曾井先生だろ」

訳が分からないまま彼女が頷くと、

「あの先生、論文を出せって煩くてなぁ」

さらに理解不能な台詞が彼から返ってきて、思わず首を捻《ひね》った。

「そうなんですか。けど保曾井先生、いつも刀城先生に用事があるみたいですよ」

「うん？　それは変だな」

すると今度は天弓が小首を傾げたので、

「だって保曾井先生、いつも『ゲンヤはおるか』って、うちに訊くんですもん」

そう愛が応《こた》えたところ、やにわに彼は苦笑しつつ、

「俺のことだよ」

「はぁ？」

「だから『ゲンヤ』とは、俺のことなんだよ」

「……で、でも、天弓さんは、天弓さんじゃないですか」

当たり前の事実を口走りながら、愛が大いに混乱していると、

「ここまで君との付き合いが、長引くとは思ってもなかったから、最初の誤解を放っておいたんだけど――」

「な、何です？」

天弓は奥の机の上から同人誌『新狼』を取ってくると、目次に記された「天弓馬人」の名前を指差して、

「これは俺の筆名だ」

「……えっ。じゃあ本名は？」

「弦矢駿作《つるやしゅんさく》」

彼が目次の別の箇所にある「弦矢駿作」を指し示すと、

「本名と筆名、両方で書いてはるんですか。ずるい！」

頓珍漢な反応を愛がしたため、彼は苦笑しながら説明する羽目になった。

「俺だけではない。この小松納敏之という人も本名と、『こまつな　としゆき』を並べ替えた『夏《なつ》目《ま》雪壽子《ゆきとしこ》』という筆名を使っている。同人誌ならよくあることだ」

「いえ、やっぱり変です。本名も筆名も、ゲンヤと関係ないやないですか」

愛が少しも納得できないでいると、

「保曾井先生は君にはじめて会ったあと、俺に『どうせいあい』だって紹介した。あれは『瞳星愛』を読み替えた、あの先生なりの渾名《あだな》だった」

「レベルが低過ぎます」

保曾井に改めて嫌悪感を覚えたところで、はっと彼女は気づいた。

「つまり『弦矢』を、あの先生は『げんや』と読んだ……」

「うん。もちろん刀城言耶先生の存在を頭に置いたうえで、そんな呼び方をあの人はしたわけだ」

小心者的な意地の悪さが感じられ、愛は益々《ますます》あの保曾井が苦手になったが、

「天弓馬人って筆名は、いったい何処から……」

ふと命名の由来が気になって尋ねた。

「まず名字の『弦矢』から『天弓』が浮かんだ。名前の『駿作』は馬偏と人偏を組み合わせて『馬人』とした」

「蠍座《さそりざ》に弓を向ける射手座のケンタウロスも、その命名に関係してませんか」

「弓矢を持った半身半馬だからか」

「天弓さん、射手座ですからね」

なぜ知っているのか少しは疑問に感じたらしいが、

「上手《うま》く追っ払ってくれて、ほんとに助かった」

喜びの方が先にくるみたいで、天弓は嬉《うれ》しそうに笑っている。

「けど天弓さん、そこまで執拗《しつよう》だということは、ほんまは論文を出さんとあかんのと違いますか」

「……まぁな」

「だったら、ちゃんと提出して下さい」

「うん、そのうち――」

「小説を書く時間があるなら、先に論文を仕上げる――」

「それにしても君は見事に、あの先生を追っ払ってくれたなぁ」

少しも聞く耳を持たない彼に、かちんときた愛は、

「前からお訊きしたかったんですけど――」

「何だ？」

「恐らく似たような体験を、保曾井先生もしてはる気がするんですけど――」

「何だよ？」

「天弓さんが出掛けていて無人のはずなのに、怪民研の部屋に誰かいるような気配がするのは、なぜなんですか」

「そ、そんなこと……」

「否定しはっても駄目です」

きっぱりと彼女は言い渡したのだが、それに対する天弓の返しが予想外だった。

「それが本当なら、君がお祓《はら》いしたらいい」

「はぁ？」

「君のお祖母《ばあ》さんは、有名な拝み屋さんなんだろ。きっと君にも、その血が流れているに違いない。だから――」

「べ、別に祖母は有名なんかじゃ……。第一うちに、そんな力はありません」

「いやいや、隔世遺伝ということもある」

「そんなこと言うて、天弓さんは怖いもんやから、うちに怪民研の怪異を押しつけようと――」

「だ、誰が怖がってる？　この部屋で俺は、独りで小説を書いてるんだぞ。聞き捨てならんことを言うな」

「それは天弓さんが、創作を何よりも優先されてて、この部屋ほど没頭できる場所がないからだと、前にも仰ってましたよね」

「無理に我慢してるって言いたいのか」

「そうです。もし違うと主張されるなら、今度ここで怪談会をやりましょう」

「な、何だよ、それ……」

「冬の怪談会も、なかなか乙ですよ」

――などと不毛な会話を繰り広げる二人だったが、もちろん互いの将来について、まだ何も知らなかった。

やがて瞳星愛は祖母と同じ特異な能力に、さらに強く目覚める。その結果、日本でも有数の拝み屋となって「愛染様《あいぜんさま》」の呼び名で親しまれ、数多《あまた》の怪異を祓う羽目になる。

やがて弦矢駿作は作家デビューを果たすが、いつしか「読んだら呪われる」と忌避されるほどの怪奇小説を書くようになり、一部の愛読者にカルト的な人気を誇るようになる。

しかも二人は結ばれて、やがて可愛い孫に恵まれる。俊一郎《しゅんいちろう》と名づけられた彼は生まれながらに他人の死相を視られる特殊な能力を持っており、成人後「死相学探偵」として活躍する。

そういった未来を何ら知るはずもなく、二人の半ば巫山戯《ふざけ》たやり取りは、いつまでも続いたのである。

主な参考文献

牧田茂『民俗民芸双書11　海の民俗学』岩崎美術社／一九六六
『日本文学全集　別巻1　現代名作集　野菊の墓　蟹工船　桜島　二十四の瞳　他』河出書房／一九六九
週刊朝日 編『値段の明治大正昭和風俗史』朝日新聞社／一九八一
週刊朝日 編『続・値段の明治大正昭和風俗史』朝日新聞社／一九八一
早川書房編集部 編『ハヤカワ・ミステリ総解説目録　1953年―1993年』早川書房／一九九三
千葉幹夫 編『全国妖怪事典』小学館／一九九五
川村善之『日本民家の造形　ふるさと・すまい・美の継承』淡交社／二〇〇〇
高橋貞子『座敷わらしを見た人びと』岩田書院／二〇〇三
高橋貞子 著／石井正己 監修『山神を見た人びと　岩手岩泉物語』岩田書院／二〇〇九
佐々木喜善 著／石井正己 編『遠野奇談』河出書房新社／二〇〇九
宮田登『ケガレの民俗誌　差別の文化的要因』ちくま学芸文庫／二〇一〇
野村純一 著／野村純一著作集編集委員会 編『世間話と怪異　野村純一著作集　第七巻』清文堂／二〇一二

竹田晃『四字熟語・成句辞典』講談社学術文庫／二〇一三
常光徹『学校の怪談　口承文芸の展開と諸相』ミネルヴァ書房／二〇一三
グスタボ・ファベロン＝パトリアウ 著／高野雅司 訳『古書収集家』水声社／二〇一四
高橋繁行『土葬の村』講談社現代新書／二〇二一

〈初出〉

第一話　「小説 野性時代」二〇二二年一月号

第二話　「小説 野性時代」二〇二二年五月号

第三話　「小説 野性時代」二〇二二年九月号

第四話　「小説 野性時代」二〇二三年一月号

第五話　書き下ろし

三津田信三（みつだ　しんぞう）
2001年『ホラー作家の棲む家』でデビュー。ホラーとミステリを融合させた独特の作風で人気を得る。10年『水魑の如き沈むもの』で第10回本格ミステリ大賞を受賞。著書に『十三の呪』にはじまる「死相学探偵」シリーズ、『厭魅の如き憑くもの』にはじまる「刀城言耶」シリーズ、『禍家』『凶宅』『魔邸』からなる〈家三部作〉、『どこの家にも怖いものはいる』にはじまる「幽霊屋敷」シリーズ、『黒面の狐』にはじまる「物理波矢多」シリーズ、『のぞきめ』『怪談のテープ起こし』『犯罪乱歩幻想』『逢魔《あま》宿り』『子狐たちの災園』『みみそぎ』など。

歩《ある》く亡者《ぼうもん》　怪民研《かいみんけん》に於《お》ける記録《きろく》と推理《すいり》

2023年６月６日　初版発行

著者／三津田信三《みつだしんぞう》

発行者／山下直久

発行／株式会社KADOKAWA
〒102-8177　東京都千代田区富士見2-13-3
電話　0570-002-301（ナビダイヤル）

印刷所／大日本印刷株式会社

製本所／本間製本株式会社

●お問い合わせ
https://www.kadokawa.co.jp/（「お問い合わせ」へお進みください）
※内容によっては、お答えできない場合があります。
※サポートは日本国内のみとさせていただきます。
※Japanese text only

定価はカバーに表示してあります。

ISBN 978-4-04-112412-3　C0093